ÇEMBERİN ALTINDA

GAMZE AYDENİZ

ÇEMBERİN ALTINDA

Yazarı: Gamze Aydeniz

Genel Yayın Yönetmeni: Mustafa Güneş
Editör: Şeyma Göze
Düzelti: Dilek Karaçöl
Kapak İllüstrasyon: Durmuş Bahar
Kapak Uygulama: Gürkan Ademir
Sayfa Tasarımı: Adem Şenel

1. Baskı: Temmuz 2020
2. Baskı: Haziran 2021

ISBN: 978-605-7583-18-5

Yayınevi Sertifika No: 40169

Baskı: Kerem Promosyon ve Matbaacılık San. Tic. Ltd. Şti.
Maltepe Mah. Litros Yolu Sok. No:12 Fatih San. Sitesi no: 138
Zeytinburnu / İstanbul
Tel: 0 (212) 612 01 74
Matbaa Sertifika No: 50399

Yayımlayan
Mürekkep Divit Bas. Yay. San. Dış Tic. Ltd. Şti.
Gültepe Mahallesi Şahinler Sokak No:2/1
Küçükçekmece / İstanbul
Tel: 444 0 454
www.ephesusyayinlari.com / iletisim@ephesusyayinlari.com

ÇEMBERİN ALTINDA

GAMZE AYDENİZ

EPHESUS®

Her defasında yeni bir heyecana kapılıyor
ve yeni bir yolculuğa çıkıyoruz sizinle.
Günler, haftalar, aylar ve yıllar
göz açıp kapayıncaya kadar geçip gitse de
daima benimle olun. Benim bir tarafım hep sizinle.
EXO, CBX ve cümlelerimle kalbi hızlanan
tüm değerli okurlarıma...

*

XIUMIN • SUHO • BAEKHYUN • CHEN • CHANYEOL
DO • KAI • SEHUN • LAY
Sadece bu şekilde beraber yürürsek
Nereye gidersek gidelim orası cennet olacak.

-Into Your World

각 순간에 여러분과 함께 새러운 설렘이 가득하고 새러운 길에
출발 해요. 수 많은 일, 주, 월 그리고 년들이
눈 깝짝할 사이에 흐르더라도 언제나 저와 같이 있어 주세요.
가슴 한 구석은 늘 너희들과 같이 있을거에요.
엑소, 첸백시 그리고 제 말씀들과 설랜 모든 소중한
독자들에게...

*

시우민 • 수호 • 백현 • 첸 •찬열 • 디오 • 카이 • 세훈 • 레이
마냥 이대로 함께 걸으면
어디든 천국일테니
-너의 세상으로

1

Henüz açmadığım kolilerin yarısı salonda, diğer yarısı kapımın önündeydi. Ampulsüz avizeme, olmayan perdelerime ve her yerin tozlarla kaplı olmasına rağmen açık kahve tonundaki parkemin üzerinde süzülürcesine yürümekten daha şimdiden zevk alıyordum.

Uzun zaman sonra bu kadar rahat olmak iyi geliyordu ruhuma. Kolumdaki birkaç morluğu göz ardı etmek kolaydı. Onlar da geçtikten sonra bir süre kendimi koruyabileceğimi umuyordum. Etrafımda fazla insan yoktu artık. Zaten normalde de kalabalık bir çevrem olduğu söylenemezdi ya, neyse...

"Hanımefendi, siz bir daha kaymadan önce paramı verseniz de gitsem."

Başıma bağladığım mavi bandanayı düzeltip bir kere daha parkede kaymak için koşmaya başlayacaktım ki tamamen unuttuğum çocuğun sesiyle olduğum yerde kaldım. Arkamı döndüğümde kapıdaki çocuk son koliyi de kapının önüne doğru bıraktı. Yorgun bakışları bakışlarımla buluştuğunda kafamı çevirdim.

"Affedersin ya, unutmuşum." Fazladan birinin varlığı tüm rahatlığımı törpülerken çabucak gitmesi için parayı ödedim ve kapının önündeki kolilerimi yavaşça içeri taşımaya başladım.

İnsanlarla iletişim halinde olmayı sevmiyordum. Keyifli kahkahalar atıp sürekli birlikte hareket eden arkadaş grubum olmadı hiçbir zaman, böyle bir arzum da yoktu zaten. Ailemin de dediği gibi birlikte yaşamanın zor olduğu biriydim ben. Dışarıdan bakıldığında kahverengi saçlarım ve aynı renk tonlarına sahip gözlerimle normal bir genç kızdım fakat dışarıdan görünenin her zaman aynı olmadığını en iyi bilenlerdendim.

"Farklı bakış açıları hayatın yönünü değiştirir. Farklı düşünmeye çalış Hera, sana anlattığım olaya odaklan," diyen doktorumun sesini unutmam mümkün değildi. Farklı bakış açıları değilse de o sesin şu an olduğum kişiye yön verdiğini inkâr edemezdim.

Kucağımdaki büyük koliyle, içinde bulunduğum sessiz ve boş salonun ortasında ne kadar mutlu olsam da buraya taşınmak en son seçeneğimdi. Olduğum yeri severdim. Antalya benim gibi bir genç kız için yaşanması en kolay şehirlerden biriydi. Eski evimin denize bakan balkonu belki de en çok özleyeceğim yer olacaktı.

Kolileri salonun ortasına doğru itip süpürgeyi çalıştırdım. Ortalık bu kadar tozluyken kutuları açmak pek doğru bir karar gibi görünmüyordu. Ev işleri konusunda bazı şeyleri yanlış yapacağımı biliyordum çünkü yirmi iki yaşıma kadar annemin kanatları altında yaşamıştım.

Kıyamazdı bana hiç, genel yorgun halimi daha da tetikleyecek herhangi bir şey yaptırmazdı. İçeriye adımımı her attığımda mis gibi yemek kokusunun karşıladığı, tertemiz bir evde yaşıyordum önceden. Şimdi ise tek başına yaşamaya başlayacağım bu evde nereden başlayacağımı bilmiyordum. Yine de illa ki bir şeyler yoluna girecekti.

Öğrendiğim şeylerden biri daha; *hiçbir şey sonsuza kadar iyi ya da sonsuza kadar kötü devam etmez.*

Midem bulanana kadar süpürgeyi çalıştırdıktan sonra belimin ağrısı diğer tüm sıkıntılarımı geride bırakmama sebep olmuştu. Yeni ev demek yeni heyecan falan demek değildi. Yeni ev meselesinde, en çok gazete sayfaları, temizlik malzemeleri ve temizlik yapmaktan doğrulamayan bir omurga etkileniyordu. Yorulmadığımda bir sıkıntı yoktu fakat yoruldukça beni buraya iten noktalar büyüyordu zihnimde.

Yorulan bedenimi bir koltuğa veya yatağa atmak istedim fakat kendimi atabileceğim hiçbir yer yoktu. Yatağımı ve L koltuğumu aynı yerden almıştım ve teslimat hâlâ yapılmamıştı. Akşam olmak üzereydi, teslimatın yapılacağından şüpheliydim. Süpürüp sildiğim bir köşeye yavaşça çöktüğümde rahatlamak yerine sırtımı yasladığım duvarın boyanacağı aklıma geldi. Sanırım bu taşınma işi aylarca sürecekti.

Kafamı geriye doğru yaslayıp gözlerimi kapattım. Tek istediğim yarım saat kestirmekti fakat sanki bugün bana dinlenmek yasakmış gibi bu sefer de telefonum çalmaya başladı. Kimin aradığını tahmin etmek zor değildi. Numaramın olduğu isimler iki elin parmaklarını geçmezdi.

"Yürüyen telefon icat edilsin artık... Allah aşkına bu seferlik gel," desem de telefonum beni dinlemedi ve kısa süren sessizliğin ardından tekrar çalmaya başladı. Harika! Yaslandığım yerden güçlükle kalkıp odanın diğer ucuna ilerleyerek çantamın üzerinde duran telefonumu aldım. Tam da tahmin ettiğim gibiydi, Gizem... Arama ikinci kere düşmeden cevapladım.

"Umarım önemli bir şey için aramışsındır," derken hafifçe gerindim.

"Hera, lütfen hayır deme. Lütfen bu sefer hayır deme," dediğinde gözlerimi devirdim. Gizem'in huyuydu bu. İşini garantiye almak mı yoksa zaman mı kazanmaktı bunun adı bilmiyordum ama her defasında böyle yapıyordu.

"Ne için hayır demeyeceğim bilmiyorum Gizem ama hayır, acayip yorgunum. Adım atacak halim yok." Bir an duraksadım ve konuşmadan önce sessizliği dinledim. "Neden bana doğru geldiğini hissediyorum?"

"Çünkü çok kuvvetli hislerin var. Bak hayır deme, seni almaya geliyorum. Bir arkadaş olarak en büyük görevlerinden biri de arkadaşının hoşlandığı çocuğa şöyle bir bakıp yorum yapmak. Birazdan maç başlayacak ve az önce bana maçta benim için bir işaret vereceğini söyledi. Yanımda olman lazım Hera, kesin rezil ederim kendimi." Gizem, Türkiye'nin çok sevilen basketbol takımlarından birinde çalışıyordu ve uzun zamandır bir sporcudan hoşlanıyordu.

"Kalabalık yerler bana göre değil, biliyorsun. Çocuğu başka yere davet ettiğinde gelsem?" diye sorduğumda kötü hissetsem de kabul etmesini umuyordum. Uzun diyebileceğim bir süre yurt yaşamımı çekilir kılan tek insandı Gizem fakat biraz ısrarcı bir tipti.

"Lütfen..." Mırıldanışı daha da kötü hissetmeme neden oldu. "Zaten seninle dışarıda vakit geçirmiyoruz. Sinemaya gelmek istemiyorsun, alışveriş yapmak sana göre değil, herhangi bir kafeye bile kalabalık diyorsun. Bana söylemediğin her neyse, anlıyorum fakat bu benim için çok önemli. Yanımda olmalısın." Elimin içiyle alnımı ovalayıp derin bir nefes aldım. En nefret ettiğim durumlardan biri daha...

"Sabahtan beri çalışıyorum, duş alıp kendimi toparlamam lazım. İkinci periyoda yetişsek, olur mu? İşareti kaçırsam bile en azından hoşlandığın adamı görmüş olurum." Attığı ufak çığlık ve ardından gelen gülüş içimi ısıtacak kadar samimiydi.

"Olur, tabii ki. Sen rahatça hazırlan, ben aşağıda beklerim." Başımı olumsuz anlamda sallayıp telefonu kapattım. Dudaklarımda hafif bir gülümseme olsa da benimle neden arkadaş olduğuna dair hiçbir fikrim yoktu.

Hazırlanmam çok zaman almadı. Hazırlanmaya özellikle zaman ayıran biri değildim. Duşumu alıp diğer odada bıraktığım bavullarımın içinden siyah bir şort ve üstüne siyah uzun kollu bir badi çıkardım. Yazın sonlarında olmamıza rağmen fena halde sıcak günler geçiriyorduk. Bacaklarımdaki ufak morluklar geçmişti, bir daha ne zaman çıkacağını bilmediğim için şort giyme fırsatını kaçıramazdım. Kollarım için yapacak bir şey yoktu. Hem böyle karışık giyinmeye alışmıştım da...

Saçlarımı kuruttuktan sonra evimin anahtarını ve telefonumu cebime sıkıştırdım. Çanta taşıyamayacak kadar ağrıyordu omuzlarım. Evden çıkmamış olmama rağmen şimdiden eve dönmenin hayallerini kuruyordum.

Aşağı indiğimde heyecandan yerinde duramayan Gizem'i gördüm. Açık bıraktığı kapının önünde bir oraya bir buraya yürürken heyecanını hissedebiliyordum. Beni gördüğü an harekete geçti. Hızlı adımlarla yanıma gelip yanağıma ufak bir öpücük kondurdu ve vakit kaybetmeden arabanın içine doğru itelemeye başladı beni.

"Giyim tarzın yine beni benden aldı, Hera," diye takılmayı da eksik etmedi.

"Evden uzaklaşmış değiliz. Geri dönmemi istiyorsun herhalde?" Kapıya uzandığımda yakaladı elimi.

"Şaka yapıyorum. Anlaşılan sen fikrini değiştirmeden yola koyulsak iyi olacak." Dediği gibi yapıp gaza bastığında huzurum iyiden iyiye kaçmıştı. Ona belli etmemek için elimden geleni yapıyordum fakat içten içe hiçbir yere gitmek istemediğimi biliyordum. Daha önce yakınlarımı kırmayıp gitmeyi kabul ettiğim yerlerde yaşadıklarımdan tecrübe ettiklerim, isteksizliğimi pekiştirmiyor değildi.

On beş yirmi dakikalık bir yolculuğun ardından Gizem, arabasını kapalı otoparka park etti. Aceleyle arabadan indiğinde kendimi arkasına bağlanan bir teneke gibi hissediyordum. Takip ettiğim sırada aklıma biletimin olmadığı geldi. "Kızım, biletim yok benim. Nasıl gireceğim içeri?"

"Takımda çalışıyorum, Hera. Seni içeri alamayacaksam hiç çalışmayayım yani," dediğinde ne demek istediğini anladım. Benim için sıkıntı yoktu. Arkadaşımın bana ihtiyacı olduğu anı atlatıp evime dönmek istiyordum sadece. Fakat bileklerimde hissettiğim ağrı hayra alamet değildi.

Herkesin girdiği kapının yan tarafındaki kapıya doğru sürüklendikten sonra kendimi seyirci tribünün altındaki yerde buldum. Biraz daha ilerlediğimde tam olarak saha kenarındaki sandalyelerin arka tarafındaydım. İnsanın tenini yapış yapış yapan nem gibiydi rekabet. Sahadan gelen iç gıcıklayıcı spor ayakkabı sesleri rekabet ortamını daha da pekiştiriyordu. Sahaya çok yaklaşmış olmam benim dışımda kimsenin umurunda değil gibi görünüyordu.

"Yürü be Çağlar, at şu üçlüğü!" Ön tarafımdaki sandalyelerde oturan sporcular ayaklandı. Onların baktığı tarafa baktığımda potanın altında üç kişinin arasından ribaunt alan adamı gördüm. İnsanların heyecanı o kadar yoğundu ki... Oturup izlemek istedim ama şu an için kendimi hazır hissetmiyordum.

"Hani, nerede kalbini çalan şanslı adam?" dediğimde bana karşı takımdaki adamı gösterdi. Gözlerim büyürken şaşkınlığımı gizleyemedim. "Takımında o kadar adam var ve sen karşı takımdakine mi göz koydun?"

"Bak bak!" deyip beni adamı izlemeye mecbur bıraktığında, adamın attığı basketten sonra bizimkine dönüp göz kırpmasını gülümseyerek izledim. Gizem haklıydı, koluma girmemiş olsa sonuç daha farklı olabilirdi. "Gördün mü?"

"Yorum yapmak için çok erken, fakat..." derken bileklerimde hissettiğim ağrı ellerime indi. Ellerimi birkaç kez açıp kapatarak sakinleşmeye çalıştım. "Havalı bir çocuk değilse güzel bir ikili olabilirsiniz."

"Değil mi? Bence de. Maçtan sonra benimle konuşacakmış. O kadar heyecanlıyım ki..."

"Gizem... Gitmem gerekiyor. Gerçekten gitmem gerekmese seni bırakmayacağımı biliyorsun, değil mi?" Bozulduğunu görebiliyordum fakat bana yansıtmadı. Aksine, dudaklarına yerleştirdiği gülümsemeyle sarıldı bana.

"Bu kadarı dahi bana yetti. Normalde bunu bile yapmayacağını biliyorum." Söylediklerini başımla onayladım ve onu kollarımla sardım.

Yanından ayrılıp kapıya doğru birkaç adım atmıştım ki şiddetli bir çarpma sesiyle başımı sahaya çevirdim. Durduğum yere doğru yuvarlanan topu takip ettiğimde yuvarlananın sadece top olmadığını anlamam uzun sürmedi. Topla birlikte sürüklenen adam ayağa kalkmaya çalışırken hemen önündeki kamera onu görüntülemekle meşguldü. Yardım edip etmemek arasında kaldığımda beyaz formanın sardığı sırtı görüş alanıma girdi.

10 Numara, Çağlar Ataman.

Kan ter içinde zorlukla nefes alarak ayaklandığında takım arkadaşlarından birine bakacakken buluştu gözlerimiz. Ela gözleri bileklerimdeki ağrıyı daha da tetikledi ve bir an için her şeyden uzaklaştım. Başka görüntüler vardı artık önümde, gözlerimin gördüklerinin aksine…

Bütün seyirciler ayakta.

Herkes mavi beyaz formalı Çağlar Ataman için seferber olmuş durumda.

Potanın altına gelen sağlık ekibi uğraşıyor fakat sonuç pek iç açıcı değil.

Çağlar'ın başından akan kanlar ve vücuduna saplanan cam parçaları herkesi korkutuyor.

Duvarları açık mavi bir hastane odası. Başı ve vücudu sargılarla kaplı bir adam.

Doktor adamın başında, yanındaki kişilere sporcunun felç kaldığını söylüyor.

Yapacak herhangi bir şey kalmamış…

Görüntüler sadece saniyeler sürse de aynı on numaralı formayı giyen adam gibi nefes nefese kalmıştım. O çoktan maçına geri dönüp tüm yeteneklerini konuşturmaya devam ederken elime kadar uzanan badimin kolunu sıvadığımda tam tahmin ettiğim gibi kolumun morardığını gördüm.

"Harika..." diye mırıldandım kaçtığım ve koruduğum her şey başıma gelirken. "Gerçekten, harika."

Moraran bileklerimin dışarıdan görünmesinden çok kendimden gizlemek adına badimin uçlarını avuçlarımda sıkıca tutuyordum. İç sesim bunun iyi olmadığını sürekli tekrar ederken moralim her saniye düşüyor, yürüdüğüm otoparkta nereye gideceğimi bilemiyordum.

"İlk önce sakinleş..." dedim kendime derin derin nefesler alırken. "Böyle paniğe kapılman hiçbir şeye yaramayacak, olan oldu artık. Bundan sonra karışmazsın, olur biter." Üst üste içime çektiğim on nefes sakinleşmeme büyük ölçüde yardımcı olduğunda nihayet aklımı kullanabilmeyi başardım. Telefonumu ve anahtarımı kontrol ettikten sonra yaptığım salaklıklardan biri çarptı yüzüme. Gizem'le geldiğim için çantamı almamıştım, dolayısıyla cüzdanım olmadan taksiye nasıl binebileceğimi bilmiyordum. Hafifçe ağrıyan bileklerimi çok fazla zorlamamaya dikkat ederek telefonumu cebimden çıkardım ve sıkılarak aşk sarhoşu arkadaşımı aradım. Kız beni aradığına bin pişman olacaktı.

"Hera?" diyerek, capcanlı sesiyle yanıtladı telefonu.

"Biliyorum, şu an aklın başka yerde ama cüzdanımı evde unutmuşum. Yanında varsa biraz para lazım bana." Derin bir nefes aldığında çoktan pişman olduğunu düşünüyordum ama Gizem beni yine şaşırttı.

"Seninle ne yapacağım ben? Elimden geldiğince aramızdaki mesafeyi kapatmaya çalışıyorum ama bir türlü yanaşmıyorsun. Bunu böyle değil de çantamın nerede olduğunu sorup içinden para alacağını söyleyerek ifade etmeliydin. Ama inanıyorum ki başaracağım bir gün..." İsyankâr cümleleri ve tatlı ses tonu dudaklarıma geniş bir gülümseme olarak yansıdı. Genel olarak ona karşı davranışlarımın biraz daha iyi olabileceğini biliyordum ama elimden ne gelirdi? Bir kere nasıl biri olduğumu öğrenirse, kendisi hakkında henüz bir şey görmediğime nasıl inandırabilirdim onu? Benim yanımda nasıl rahat davranmasını beklerdim? Annem ve babam bile seneler sonra rahat olamadıklarını dile getirmişken bunu Gizem'den nasıl beklerdim?

"Hey..." diye mırıldandım. "Çantan nerede? Biraz para alacağım." Duyulmaya değer kahkahası son bulduktan sonra bana çantasını nerede bulacağımı söyledi.

Söylediğine göre burası özel bir otoparktı ve buradaki asansörü kullandığımda direkt olarak soyunma odalarına ve görevliler için ayrılmış dolaplara ulaşabilirdim. Daha fazla aksiyon yaşanmaması adına adımlarımı hızlandırdım ve asansöre bindikten sonra hangi kata çıkmam gerektiğiyle ilgili herhangi bir fikrim olmadığını anlamış oldum. Telefonumu bir daha elime alsam da cebime geri sokarken söylenmeden edemedim. Kızı bir kere daha rahatsız etmek gibi bir niyetim yoktu.

Şöyle bir düşündüm. *Şu an eksi birde olduğuma göre...* derken parmaklarım sıfırdan sonraki iki düğmenin arasında gidip geliyordu. *Sporcular bu katta olsa, görevliler olsa olsa ikinci kattadır. Kimse ayakaltında fazladan birilerini istemez.* Böylelikle saniyeler sonra ikinci kattaydım. Koridora hâkim olan beyaz renk beni rahatsız etse de takılmamaya çalıştım. Her ne olursa olsun, esas amacıma odaklandığımda hayat benim için daha iyi gidiyordu. Upuzun bir koridoru geçtikten sonra açık mavi renkli kapılar göründü.

"Fizyoterapi kabinleri değil, temizlik odası değil... Hah!" diye seslendim kendi kendime. "Görevli kabinleri." Yavaş ve yorgun adımlarla koridorun sonundaki odaya doğru yürürken daha öndeki kapılardan biri açıldı.

"Koç sana bu maç için kendini zorlamamanı söylemişti. O ne biçim yuvarlanıştı oğlum ya, Allah'tan sakatlanmadın. Seyircilerin kucağına uçsaydın görürdüm

ben seni." Birkaç adım gerileyip döndüğüm koridorun duvarına yaslandım.

"Seyircilerle iç içe olmak iyidir." Ardından gelen gülüşmeler duvara daha çok sinmeme sebep oldu. Bileklerimdeki morlukların sızısı yoğunlaşırken saklanacak bir yer aradım ama ilerideki asansör dışında gizlenebileceğim bir yer yoktu. Hemen çaprazımdaki büyük temizlik arabasının arkasına çöküp kafamı dizlerime yasladım. Yanlara doğru dökülen saçlarımın yüzümün açıkta kalan kısımlarını kapatması iyiydi.

Şu an perdenin arkasına saklanmış bir çocuk kadar acemice gizlendiğimin farkında olsam da yetişkin bir birey istediği her yerde uyuyabilirdi, değil mi? Kimsenin dikkatini çekeceğimi sanmıyordum.

"İyi misiniz?" Harika.

Hayatımın çoğunu evimde ve sadece birkaç saatini okulda geçirdiğimi biliyordum ama son zamanlarda her konuda yanıldığıma bakılırsa bazı şeyler çok çabuk değişiyordu. Kimin sorduğunu anlamamıştım ama kim sorarsa sorsun cevap vermemeye kararlıydım.

"Olacak iş değil, uyuyor galiba. Buraya nasıl girmiş ki?"

Biri koluma dokunduğunda istemsizce yerimde sıçradım fakat kendimi kısa sürede toparlayıp tüm isteğime rağmen kolumu geri çekmeden öylece durdum.

"Neyse, birileri ilgilenir muhakkak. Basın senden birkaç cümle almak için bekliyor." Neredeyse uzun saatler gibi gelen saniyelerde sadece birinin yürüdüğünü anlayabiliyordum. Diğerinin ise hâlâ yanımda olduğunu hissederken o kadar huzursuzdum ki... Bu akşamın bir an önce bitmesini diliyordum. "Çağlar, hadi ama." Birkaç saniye sonra nihayet adım sesleri fazlalaştı ve asansörün kapısı kapandığında sıcaktan terleyen kafamı kaldırıp soluklandım.

Artık eve gitmek istiyordum.

Yeni evimin kapısını açıp hissizce içeri doğru baktım. Zamanı iki saat öncesine geri almak istiyordum. Gizem'den her zamanki gibi özür dileyip bildiğimi okumalı ve uzun süre rahatça yaşamak için bir süredir nasıl yaşıyorsam öyle yaşamaya devam etmeliydim.

İçeri girdiğimde bomboş evim yalnızlığımı iliklerime kadar hissetmeme neden oldu. Her ne kadar şu an ayrı olsak bile ailem tüm garip zamanlarımda yanımdaydı. Onlar hakkında kötü bir olay görüp içime attığım için hasta oluşlarımdan tutun bu yönümü kullanan doktorumdan kurtulmaya çalıştığım ana kadar benimleydiler.

Onlardan hiçbir zaman ayrılmak istemesem de nefes almalarını istiyordum. Benim yüzümden rahatça alamadıkları nefesler ciğerlerini doldursun, ne zaman geleceği belli olmayan gariplikler yüzünden donan gülüşleri dudaklarını genişletecek kadar büyüsün istiyordum.

Yine de henüz çalışmayan buzdolabımdaki olmayan buzları düşünürken, annemin moraran kollarıma yaptığı buz kompresi kalbimi sızlatmıyor değildi.

Gizem aramadan önce öylece çöküp kaldığım duvara tekrar yaslandım. O anı düşünürken gördüklerimi unutmam gerektiğinin farkındaydım. Beni rahatsız etmesine izin verirsem kendimi yine istemediğim bir durumun içinde bulacaktım ve bu şu an için istediğim son şey bile değildi.

Herkesin hayatı, gidişatını kontrol edemediği ama seçimlerle şekillendirdiği tuhaf bir düzende ilerliyordu. Bunun dışında kalmamı söyleyen iç sesimi sonuna kadar dinlemeliydim.

Gözlerimi kapattığım sırada telefonun çalması birkaç saat öncesini hatırlatırken telefonu açmamayı düşündüm ama bu sefer telefon yanımdaydı. Arayanın Gizem olduğunu gördüğümde ise bekletmeden cevapladım aramayı.

Aramayı cevaplar cevaplamaz, "Yemin ederim kılımı kıpırdatacak halim kalmadı. Söz, yarın seninle olacağım," dedim.

"Bir yere gelmeni istemeyecektim ama madem söz verdin, yarın benimlesin," dediğinde gülümsedim. Yarın zaten dışarıda olmam gerekiyordu. Gizem'in yardımı, geri çeviremeyeceğim kadar değerliydi.

"Biliyorsun, evim hâlâ ev gibi değil. Beraber ev için alışveriş yaparız diyordum."

"Alışveriş mi? Tabii ki varım!" Yarın öğlen saatlerinde buluşmak üzere sözleşerek telefonu kapatıyordum ki Gizem'in sesi telefonu tekrar kulağıma götürmeme neden oldu. "Ah, neredeyse unutuyordum. Sanırım bu geceden sonra ciddi bir ilişki içinde olacağım, Hera. Kalbim o kadar hızlı atıyor ki... Şu an canlı yayın röportajı yapıyorlar, biraz önce ise çıkışta onu bekleyip bekleyemeyeceğimi sordu. Teşekkür ederim, çok teşekkür ederim. Sen yanımda olduğundan dolayı benim için daha da özel bir akşam oldu."

"Keşke daha fazla yanında olabilseydim."

Kısa bir konuşmadan sonra telefonu kapattığımda kıvrılıp uyumak için aldığım kalın battaniyeyi iki kat yapıp içine girdim. Özellikle morluklarımın yeni oluşmaya başladığı anlar yaz mevsiminde bile üşüyordum. Gözlerimi kapattığım ilk birkaç saniyenin ardından hızlıca üzerimdeki battaniyeyi açıp telefonumu aldım. Spor kanalının canlı yayınına bağlanırken kendi kendime söylenmeden edemiyordum. Kanala bağlandığım an ekranda yuvarlak masaya kurulmuş, basın mensuplarına demeç veren birkaç adam vardı.

"Canlı bağlantılarımız hazır mı?" diye soran spiker birden konuyu başka bir noktaya çekince biraz daha zamana ihtiyacı olduğunu anladım. "Canlı bağlantılara geçmeden önce başka bir noktaya değinmek istiyorum. Çağlar Ataman'ın şu anki yükselişi yalnızca Türk takımlarının değil, yabancı takımların da dikkatini çekmiş durumda. Gelen son bilgiler ise Çağlar'ın kendi takımında kalmak istediğine yönelik."

Kariyerinin zirve noktasındaydı demek... Belki de kötü biriydi ve olduğu yeri hak etmiyordu? Yaptıklarının cezasını çekiyor olamaz mıydı?

"Yabancı takımlar onun için gerçekten büyük bir şans ama ben en azından bir süre daha onu aramızda görmek istiyorum açıkçası," diyerek başladı yorumuna katılımcılardan orta yaşlı bir adam. "Hâlâ her bağış maçına ve çocuklarla yapılan tüm maçlara çıkan kaç basketbolcumuz var, doğruya doğru. Yükselişinin gerektirdiği çabayı gösterirken bencillik yapmıyor oluşunu takdir ediyorum. Türkiye'nin böyle sporculara ihtiyacı var, Tan Bey." Sözlerini sonlandırarak topu spikere atan yorumcuyu çatık kaşlarla izliyordum. İşler tahmin etmediğim şekilde ilerliyordu. Çok kötü bir adam gibi görünmüyordu Çağlar Ataman.

Onunla ilgili düşüncelerim iyiden iyiye rahatsız etmeye başladı kalbimi. Tam o anda canlı yayın bağlantısı sağlanmış olacak ki boynundaki havlusuyla 10 Numara çıktı ekrana.

"Evet, şu an yanımızda Çağlar Ataman var. Bir galibiyet daha aldınız. Rakiplerini soğuk soğuk terletmeye devam ediyorsun." Spikerin sözleri Çağlar Ataman'ı iyice gülümsetti. "Enerjisi çok yüksek bir maçı geride bıraktınız. Ne söylemek istersin?"

Havlusunun iki ucunu gelişigüzel kavrayan 10 Numara, yüzündeki gülümsemeyle mikrofona eğildi. "Bunu hep söylüyorum. Seyircimiz her zamanki gibi harikaydı. Bize ne kadar destek oluyorlarsa biz de bir o kadar fazla çabalıyoruz. Bu maç bizim için önemli maçlardan biriydi. Mutluyuz ve bizi destekleyen herkese teşekkür ederiz."

Yayını kapatıp battaniyenin arasına tekrar girdiğimde dizlerimi kendime çekip derin nefesler almaya başladım. Ne yapacağımı bilmiyor gibi hissetsem de aslında biliyor olduğum gerçeği şimdiden tüketmeye başlamıştı beni. Bu sefer gerçekten uyumak için gözlerimi kapattım.

Şimdiye kadar yaptığım ve neden olduğum kötülüklerin bedeliydi bu. Yakamı bırakmayacakları bu kadar belliyken bunu umut etmem bile saçmaydı. İstemeden kötü işlere bulaşmış olabilirdim ama bir dilek hakkım olsa yok etmeyi isteyeceğim bu yönümü belki bu sefer iyi bir iş için kullanabilirdim.

Sabahın erken saatlerinde uyandığımda yastıksız uyuduğum için tutulan boynumu iki yana esnetmeye çalışsam da sonuç alamadım. Buna rağmen erken kalkmama değmişti ve nihayet yatağımla koltuklarımı getirmişlerdi. Tek başıma işlerin üstesinden gelmem zor olsa da uzun süren uğraşlarım sonucunda koltuğumu yerleştirdim, yatağımı düzelttim ve perdelerimi taktım.

Uzun süredir morarmayan bileklerim isyan edercesine ağrırken yaptığım işlerin ağrıma iyi geldiği söylenemezdi. Bunun için yapacak bir şey olmadığını biliyordum. Farklı farklı hastanelere defalarca gitmiş, birçok doktora görünmüştüm fakat hiçbiri morarmaların nedenini bulamamıştı. Herhangi bir hastalığım ya da vücudumda hayatımı devam ettirmemi engelleyecek türden bir eksiklik yoktu. Onlar nedenini bilmese de biz biliyorduk.

Görüşlerin uzunluğuna ya da önemlilik derecelerine göre morluklarımın rengi ve büyüklüğü değişiyordu. Yıllarca takip ettikten sonra anlamıştık ki görüşlerim bedenimi yoruyor, hissetmediğim bu yorgunlukları benden çok bedenim çekiyordu.

Pofuduk koltuk minderini de yerine koyduğumda doğrulup derin bir nefes çektim içime. Daha alışverişe gitmeden yeterince yorulmuştum. *Vazgeçebilirim aslında, alışverişe de yarın giderim,* diye düşünüp planımı değiştirmek üzereyken dışarından gelen korna sesi düşüncelerimi küçük parçalara ayırdı. "Gizem..." diye mırıldandım. Dışarı çıkmayacağımı söylediğim an beynimi kemireceğine emindim.

Pencereyi açıp arabasından çıkmış olan arkadaşıma seslendim. Evimin ikinci katta olmasından dolayı sesimi kolayca duydu ve ona beş dakikaya ihtiyacım olduğunu söylediğimde sessizce başını salladı. Yüksek enerjisi, canlı görüntüsü ve geniş gülümsemesine bakılırsa dün akşamki çocuk, arkadaşımın kalbine konmayı başarmıştı.

Odama gidip yatağımın üzerine koyduğum bavullarımın içinden yine uzun kollu bir badi ve siyah bir pantolon çıkardım. Dolabım da gelmişti fakat bavulları döküp dolaba yerleştirecek gücü bulamamıştım kendimde. Çıkardığım parçaları giydikten sonra dalgalı saçlarımı şöyle bir tarayıp parfümümü sıktım.

Aslında kullandığım parfümler rahat nefes almamı engelliyordu ama geliştirdiğim metot sayesinde bir şeyler göreceğimi hissettiğim zaman çok uğraşırsam engelleyebiliyordum. Bu durumlarda odaklandığım şey genellikle koku oluyordu. Bu yüzden sürekli farklı ve kalıcı kokuları kullanıyordum. Bol bol sıktım, Gizem rahatsız olacaktı belki ama böylesi ikimiz için de daha iyiydi.

Çoktan hazırlamış olduğum çantamı aldığım gibi evden çıktım. Bir kat aşağı inmiştim ki edinmeye çalıştığım kapı kilitleme alışkanlığım tarafından dürtüldüm ve indiğim katı tekrar çıkıp evimin kapısını güzelce kilitledim. Zordu belki tek yaşamaya alışmak ama şimdilik iyi idare ediyor gibiydim.

Apartmanın merdivenlerinden inerken Gizem beni yarı yolda karşıladı ve sıkıca sarıldık. Çoğu zaman onun da gözlerine bakmaktan kaçınırdım ama son zamanlarda ona karşı biraz daha rahattım. İstanbul'a geldiğim ilk gün, son senemi okumak üzere kayıt yaptıracağım okula vermem gereken dosyaları verirken tanışmıştım onunla. Karşılaştığım bazı sorunlarla alakalı bana yardım etmiş ve o ayın sonunda sanki hayatımda yıllarca varmış gibi hissettiğim biri olup çıkmıştı.

Gizem'le tanıştığım için mutluydum ve umutsuz tarafım onun hep benimle kalmasını istiyordu. Tüm gariplikerime, soğuk tarafıma ve gösteremediğim özelliklerime rağmen...

Kısa bir selamlaşmadan sonra o sürücü tarafına geçerken ben de yerime geçtim ve yolculuğumuz başlamış oldu. "İlk nereye gidiyoruz?"

"Aslında büyük yapı marketlerinden birine gitsek bütün ihtiyaçlarımı bulabilirim ve çok gezmemize gerek kalmaz," dediğimde adlarını bile bilmediğim o büyük marketlerden birine doğru arabayı sürmeye başladı. Arabanın üst camı zaten açıktı ve sıcaklamıyorduk fakat Gizem kendi camını açtığında hissettiğim mahcubiyet yine saklanma hissini beraberinde getirdi. Ağır parfümüm güven duygumu besliyordu beslemesine ama bu kokuların bana yakışmadığının da farkındaydım.

Büyük marketin otoparkına arabayı park edip bir yandan sohbet ederken diğer yandan inmek üzere hazırlanıyorduk. Nihayet arabadan indik ve giriş kapısına yöneldik. İçeri girdiğimizde dev gibi reyonlar gözümü korkutsa da alışveriş listemi çantamdan çıkarıp ilk neyi almam gerektiğine karar vermeye çalıştım.

Bu arada Gizem çoktan alışveriş arabasını almış ciddiyetle sürerken kenarına tutunup kaymak için delirdiğini görecek kadar tanıyordum onu. Kısa süre içinde alışveriş arabası mutfak ve banyo gereçleriyle dolmuş olsa da alacaklarımın yarısını bile tamamlamamış olmak gözümü korkutmuyor değildi.

"Bir sürü şey aldık ama hâlâ alacak çok fazla parça var. Bugün hepsini bitirebileceğimizi sanmıyorum," dedim hayal kırıklığıyla. Bugün her şeyi bitirmeye çalışıyordum hâlbuki.

"Yeni ev hayatım bu, olacak o kadar. Bakayım listene," derken elimdeki listeyi kaptı ve birkaç parçayı bugünlük eledi. "Çok büyük parçaları eledim. Elektroniklerden su ısıtıcısı ve gece lambası alıp bitirelim. Temel ihtiyaçlarının neredeyse hepsini aldık zaten."

"Tamamdır, şu tarafa gitmemiz gerekiyor sanırım." Tavandan sarkıtılan tabelaları işaret edip reyonları gösterdiğimde ilerlemeye devam ettik. Elektronik eşyaların bulunduğu kısımda büyüklü küçüklü bir sürü televizyonun arasında elindeki kumandayla koşuşturan güvenlik görevlisi en büyük televizyonlardan birinin önünde durduğunda, yüzündeki aceleci ifadeyle bir kanal açtı. Açtığı kanal sırf o büyük televizyonda değil, diğer televizyonlarda da açıldığında etrafım sarılmış gibi hissediyordum. Bu kanal dün gece izlediğim spor kanalıydı ve ekranda 10 Numara vardı.

"Gel gel!" dedi görevli çocuk cebinden çıkardığı telsize doğru. "Kumandayı ele geçirdim. Şef gelmeden Ataman'a bakalım, hazır reyon da durgun. Bağış maçı başlamak üzere." Onlarca ekrandan rahatsız olup gözlerimi kapattım. Kapattığım gözlerimin arkasında ekranda görünen güçlü kuvvetli adamın aksine tıpkı maçtaki gibi tüm ruhu çekilmişçesine etrafa bakan cılız bir adam belirdi.

Derin bir nefes aldım. Tam da şu an doğru bir karar verdiğimden emin değildim.

"Gizem..." diye seslendim çaresizce. "Sahaya yakın olabileceğim bir işe ihtiyacım var. Aynı bölümdeyiz, biliyorsun, ben de seninki gibi bir işte çalışabilirim ya da Ataman'ın takımında herhangi bir iş bile olur," dedikten sonra sızlayan kollarımla alışveriş arabasını itmeye başladım.

"Elbette bulurum da... Ne oldu böyle birdenbire. Genellikle çok kalabalık olur oralar. Emin misin?" dediğinde biraz bocalasam da ifadesizce onayladım.

"Eminim."

Parmaklarımın arasında dalgınca çevirdiğim kalemin düşmesiyle kendime geldim. Birkaç gündür fazlasıyla dalgındım ve şimdiki gibi odaklanma problemi yaşıyordum. Önümde açık olan defterimi ve kitaplarımı itip kafamı sehpama yasladım.

Sıkıcı bir öğlen vaktiydi. Çalışmak için başına oturduğum ama çalışmaktan başka her şeyi yaptığım kitaplarımla geçirdiğim bir öğlen vakti... Kafamı kaldırıp evime baktım. Eksikleri de olsa evim artık gerçek bir ev gibi görünüyordu. Daha şimdiden sevdiğim birçok özelliği vardı evimin. Ne kadar sıksam da damlatan musluğum, tam olarak çalışmayan klimam ve ne zaman ısıtmaya kalksam yemeğimi yakan mikrodalgamla güzel bir ekip oluşturmuştuk.

"Tamam, bu sefer çalışacağım," diye mırıldandıktan sonra derin bir nefes alarak odaklanmaya çalıştım. Bir öğrencinin olduğuna akıl erdiremediğim kadar pahalı ders kitabımı açıp girişten itibaren işaretlemeye başlarken içindekiler kısmını geçtiğim gibi onuncu sayfadan başladı kitap. Onuncu sayfa. 10 Numara. "Ah..." dedim kalemimi tekrar fırlatırken. "Aklımı kontrol edemiyorum."

Koltuğun üzerine bıraktığım telefonumu alıp Gizem'den herhangi bir mesaj var mı diye kontrol ettim. Henüz bir haber yoktu fakat alışverişten döndüğümüz günün sonunda iyi sayılabilecek bir haber gelmişti. Gizem'in sevgilisi, yaklaşmaya çalıştığım Çağlar Ataman'ın rakip takımında oyuncuydu. İlişkilerinin resmileşmesinin ardından sevgilisinin takımına geçmek istediğini, yapabilirse beni de yerine alabileceğini söylemişti. Gizem'in pozisyonu tam istediğim gibi bir pozisyondu. Yakın zamanda bırakacaktım ne de olsa. Dönüm noktası olabilecek bir maçın zamanını görebilecek kadar yakın olsam yeterdi.

Daha önceden böyle işlerde çalışmış olmamın yanında klinik derslerinde de uygulama notlarım hep yüksekti. Spor fizyoterapistlerinin yardımcısı olarak çalışabilecek konumdaydım ve bu beceriye sahiptim. Bildiğim kadarıyla kulüpte çalışan iki ana fizyoterapist vardı. Biri hastanedeydi, diğeri de benim yanında olmak istediğim özel fizyoterapistti.

Gizem'le kurduğum rahat arkadaşlığın nedenlerinden biriydi işi. Takımla birlikte hemen hemen her maçta bulunuyor ve kenarda herhangi bir durum için hazır bekliyorlardı. Bu işi yapan insanlar yok değildi fakat her takım özel çalışanını yanında tutmayı istiyordu son zamanlarda. Bu işi gerçekten istiyordum. Parası mühim değildi, babamın gönderdiği parayla gayet iyi idare edebiliyordum bakıldığında. Bir süre çalışmasam sıkıntı çekmezdim fakat morluğu yeni geçmeye başlamış kollarım öyle söylemiyordu.

Ani bir kararla ayaklanıp odama ilerlediğimde içinde olduğum durumun gerçekliği tüylerimi ürpertecek kadar rahatsız ediyordu beni. Bu kadar erken açacağımı tahmin etmediğim kutumu dolabımdan dikkatlice çıkarıp kucağıma aldıktan sonra salona geri döndüm. Orta sehpamın üzerindeki kitaplarımı kolumla yere itip mor kadife kutumu sehpanın ortasına koydum. Doktorumdan çaldığım kutu inanılmaz çekici rengiyle enerjimi şimdiden yükseltmişti.

Kutuyu açmadan önce yapmam gereken bir şey daha vardı. Telefonumu alıp arama motoruna şimdiden hayatımın içine keskin bir giriş yapmış ismi girdim: Çağlar Ataman...

Görsellerden özellikle basketbol sahasının içinde olanları telefonuma kaydedip basit bir kolaj hazırladım. İşte şimdi tamamdı. Hazırladığım kolajı açıp telefonumu sehpanın kenarına koyduktan sonra unuttuğum için kendime kızarak tekrar ayaklandım. Sıcaktan bunalacak olsam da tüm camları kapatıp perdeleri sonuna kadar çektim. Buzdolabının da dâhil kendinden uğultulu sesleri olan tüm aletlerin fişini çektikten sonra yumuşacık halımın üzerine nihayet oturabildim.

Derince aldığım nefesin verdiği kararlılıkla uzandığım kutu hatırlamak istemediğim anıları da beraberinde getirdi. Görüş özelliğimin kötüye kullanılmasını sağlayan doktorumun, benim için özel olarak hazırladığı kutunun kapağını açıp ilk önce büyük parçayı, ardından da diğer küçük parçaları sehpanın üzerine dizdim. Şimdi karşımda bir sürü kuvars kristali varken bunu en son ne zaman yaptığımı hatırlayamamam düşündüğümden daha çok dinlenmiş olduğumu anlamamı sağladı.

"Yapabilirsin, Hera," diye mırıldandım kendi kendime. "Senin için zor değil, ne kötü işlere sebep oldun. Bunu yapman gerekiyor."

Sehpanın üzerinde dizili taşları tam ortaya toplayıp kutunun içinden çıkardığım iki küçük kavanoz adaçayı bitkisini sehpanın iki ucuna yerleştirdim. Başlamak için hazırdım.

Ellerimi birkaç kez sıkıp açtıktan sonra iki iri taşı elime alıp dirseklerimi sehpaya yasladım. Kuvars kristalinin keskin kenarlarını avucumun içinde hissederken terlemeye başlamıştım bile. Sıcaktan değil, hissettiğim yoğunluk ve gerginlikten şimdiden nemlenen alnımı koluma silip sakinleşmeye çalıştım. Gergin olacağımı az çok biliyordum ama bu kadarını beklemiyordum.

İlk kez bir görüşün hemen gelip beni bu yükten kurtarmasını istiyordum. Son kez sporcunun fotoğrafına baktıktan sonra başımı sehpaya yasladığım dirseklerimin arasına alıp adaçayının kendine has mayhoş kokusuna odaklanmaya çalıştım.

Ne kadar süre öylece durduğumu bilmiyordum ama hissettiğim serinlikle kaldırdım başımı. Daha önceki görüşlerimin en netiydi ama ne yazık ki burayı ve etrafımdaki karmaşayı maça gittiğim akşam görmüştüm. Birden her şey hızlıca akmaya başladı. Biri zamanı ileri sarıyordu sanki.

Başındaki sargının değiştirilmesini bekleyen bir adam.

Kendisi değil ama bakışları ölmüş.

Kimseyle konuşamıyor, durumunun iyiye gitmeyeceğini öğrenirse ne yapacağını bilmiyor.

Koca bedeninin çoğunu kaplayan sargı bezleri enerjisini emiyor her saniye.

Her sayı yaptığında keyifle kıvrılan dudaklarından biri aşağı doğru sarkmış, bedenini kullanamadığı gibi yüzünün şekli de değişmiş.

Göz kapaklarımın arkasındaki yüzü gördüğüm an tüm odağımı kaybedip taşları attım ellerimden. Ayaklandığım gibi lavaboya gidip soğuk suyu açtım ve suyla doldurduğum avucumu güçlü bir şekilde yüzüme çarptım. Kulaklarıma kadar yanıyormuş gibi hissederken gördüğüm yüzü bir türlü unutamıyordum. İlk görüşümde de onu yatarken görmüştüm ama bu kadar yakın değildim. Odağımı kaybetmemi sağlayan hayranlarının bayıldığı yüzünün aldığı garip şekil değildi, öyle eziciydi ki bakışları. Öylesine kaybetmişti ki ölesiye bitirmek ister gibiydi...

"Bu çok zor," dedim aynadaki yansımama. "Bu gerçekten çok zor olacak." Başımı eğip neredeyse iyileşmiş bileklerimin taze morluklarına baktım. Kısa olsa da canımı yakan görüşlerden birini atlatmıştım. Kollarımı kaldırıp her şey normalmiş gibi kafamı salladım. "Çok morarmamış aslında," desem de sesimin bile zar zor çıktığını bilecek kadar yaşamıştım bu olayı.

Banyodan çıktıktan sonra taşlarımı ve bitkimi kutuya geri yerleştirip ortadan kaldırdım. Camları açıp içeri giren havanın beni sakinleştirmesine izin verdikten sonra daha iyi hissediyordum. Koltuğa oturduğum sırada telefonum çaldı. Sehpaya uzanıp telefonumu aldığımda Gizem'in aradığını görmemle aramayı cevaplamam bir oldu.

"Sana iki tane güzel haberim var," dedi ben aramayı cevaplar cevaplamaz.

"Lütfen en güzelinden başla." Telefonu omzumla kulağım arasına sıkıştırıp minderlerden ikisini koltuğun kenarına koyarak uzandım. Buz alamayacak kadar yorgundum ki dün gece buz kalıplarını doldurmayı unutmuştum. Hafifçe sızlayan kollarım için yapabileceğim tek şey uyumaktı.

"İş tamam. Artık Kristal Dinamo Spor Kulübü ekibinden birisin. Fatih Ağabey'in yanında işe başlayacaksın. Hemen vakalara bakmayı bekleme. Fatih Ağabey işini çok iyi bilir. İlk önce bana yaptığı gibi seni sıkı çalıştıracağından adım kadar eminim. İlk başta sana havlu toplatırsa şaşırma diye anlatıyorum. Bir vakayla karşılaştık diyelim ki Allah korusun, seni hemen yanında görmek ister. Bunun dışında ise sporcularla ilgilenebileceğin her türlü işi yaptırır. Ne kadar ilgilenirsen o kadar değer verirsin ve ne kadar değer verirsen o kadar kalbin titrer. Ben demiyorum, o diyor." Gizem'in neşeli ses tonu gülümsememe neden olurken işe alındığım için tabii ki havalara uçmuyordum ama ona belli etmedim.

"Harika olduğunu söylemiş miydim? Bana tüm bunları kahve içerken anlatsana. Çok güzel kahve yaparım, bilirsin. Eh, güzel bir kahveyi hak ettin."

"İkinci haberime geldi sıra. Onu da söyleyeyim de iyice öv beni," dediğinde ufak bir kahkaha attım. O ise abartılmış ciddiyetini bozmadı. "Okuldu, işti derken sana ev hediyesi alma fırsatım olmadı." Devam etmesine izin vermeden lafını kestim.

"Senden herhangi bir hediye beklemiyorum. Benim için o kadar çok şey yaptın ki asıl benim sana teşekkürümü desteleyecek bir hediye almam lazım. Okul işlerimi hallettin, sen olmasan evim eve benzemezdi."

"Beklentilerin olmadığını biliyorum Hera. İçimden geldiği için listendeki malzemelerden birini almak istedim. Geçen gün alışverişteyken görmüştüm." Derin bir nefes alarak onun heyecanına ortak olmaya çalıştım. Olmadığım biri gibi davranmıyordum. Gizem'e göre daha cansızdım ki ondan daha neşeli olduğum zamanlar yok değildi. Sadece uzun yıllar önceydi. Artık neşeli veya heyecanlı tepkiler vermiyor, veremiyordum. Yine de Gizem için denemeye değerdi.

"Ya!" diye bağırdım. "Madem aldın, geri çevirecek değildim. Uzun zamandır hediye almamıştım, çok mutlu ettin beni."

"O zaman kapıyı açıp kutuyu içeri al çünkü biri alırsa kafayı yerim. Bütün mal varlığımı harcadım da." İşte bu gerçekten gülmemi sağladı. Biraz önceki sarsak adımlarımı şimdi daha hevesli atıyordum. Kapıyı açıp Gizem'i de görmeyi beklerken sadece güzelce paketlenmiş büyük bir kutuyla karşılaştım.

"Bütün mal varlığını yatırdığın belli. Kutu dizlerime geliyor neredeyse." Kutuyu içeri alıp kapıyı kapattıktan sonra cama koştum. Tam tahmin ettiğim gibi arabasına yaslanmış benimle konuşuyordu. "O elbisenin altına o ayakkabı olmuş mu?" dediğimde izlendiğini anladığı gibi kafasını kaldırıp bana baktı. Telefonu kapatmadık yine de.

"Şortun üzerine uzun kollu badiler giyen bir kız mı söylüyor bunu?" diye karşılık verdiğinde, ona pencerenin kenarındaki saksıdan küçük bir avuç toprak attım. "Tamam tamam, kızma. Yaz aylarının senin için zor geçtiğini söylemiştin. Her ne kadar yazı yarılamış olsak da kutuyu açtığında bir buz makinesi bulacaksın. Rahatlamana yardımcı olacağını düşündüm." Gözlerim yavaşça doldu ve kendimi bırakmayı düşündüğüm birkaç saniyede ona her şeyi anlatmayı düşündüm. Kafamı olumsuz anlamda sallayıp kendimi toparlamaya çalışıyordum. "Beğenmedin mi yoksa? Listende vardı ama?"

"Hayır hayır," dedim hemen. "O kadar çok beğendim ki nasıl teşekkür edeceğimi düşünüyordum." En çok kollarımın minnettar olacağından şüphem yoktu.

"Teşekküre gerek yok. Kahve sözünü unutma yeter. İnan bana, her şey iyi olacak," dediğinde başımla onayladım. Ben de öyle olmasını umuyordum.

Onu eve davet etsem de işi olduğunu söyleyip gittiğinde kutuyla baş başa kaldım. Hediyesinin ne kadar anlamlı olduğunu anlatabilmeyi istiyordum. Kutunun kurdelelerini açarken de, paketi yırtıp pahalı makineyi mutfağa götürürken de başka bir isteğim yoktu. Ona sıkı sıkı sarılıp teşekkür edecektim belki ama benim hissettiğim gibi hissetmesini hiçbir zaman sağlayamayacaktım.

Makineyi kurup çalıştırdıktan sonra kollarımı göğsümde birleştirip tezgâha yaslandım. Bir bakıma makine benden daha yetenekliydi. Bazı anları dondurabilseydim işte o zaman süper güçleri olan bir kahraman olabilirdim.

Bunu nasıl engelleyebilirim? diye düşünürken derin bir nefes aldım. *Sahi, nasıl engelleyebilirdim?*

2

Uzun zamandır hissetmediğim gerginlik ve heyecan dolu duygularla sarmalanırken önümde dev gibi dikilen adamla göz göze gelmemeye çalıştım. Üzerinde beyaz bir eşofman takımı vardı ve odası maç günü Gizem'in çantasını bulduğum odanın hemen yanındaydı. Burada tekrar bulunmak garipti.

Bakışlarımı kaçırmam genel olarak kötü bir izlenim bırakmama neden olsa da bu sefer kötü hissetmiyordum. Burada bulunmam bile bir amaca hizmet ederken herkesten daha fazla efor sarf edecek olan bendim.

"Gizem senden çok bahsetti," dediğinde kısa bir süreliğine gözlerine baktım.

"Evet Fatih Bey, ben Hera Koçoğlu. Marmara Üniversitesi Fizyoterapi ve Rehabilitasyon Bölümü son sınıf öğrencisiyim. Öncesinde Manisa'da okuyordum. Zorunlu bir geçiş nedeniyle okulumun bir dönem uzama ihtimali var çünkü geçişim bağlantılarla gerçekleşti. Anlayışla karşılayacağınızı umuyorum," dedikten sonra tekrar başka yerlere bakmaya başladım.

"Bu kadar netim diyorsun yani?" derken masasına ilerledi ve bıraktığım dosyayı açıp incelemeye başladı.

"Net olmak değil de bağlantıları kullanmanın sizin için sorun olup olmadığına karar vermeniz için söyledim. Sonuçta şu an burada da bir bağlantı yoluyla bulunuyorum. Normalde böyle bir spor kulübünde çalışmak için daha çok yol almam gerekir." Orta yaşlarda olduğunu düşündüğüm adam dosyamı kapatıp yüzünde gülen bir ifadeyle bana baktı.

"Bunları söylerken korkmuyor musun? Ya seni kabul etmezsem?"

"Gizem başka takıma geçtiği için şu an herhangi bir yardımcınız yok. En azından başka birini bulana kadar bana deneme süresindesin diyeceksiniz zaten. Henüz neler yapabildiğimi bilmediğiniz için daha tecrübeli birini istemeniz tabii ki çok normal. Sizi anlayabiliyorum."

Adamın kahkahası odayı doldururken neden güldüğünü anlayamamayarak şaşkınlıkla yüzüne baktım. Kahkahası sona erdiğinde göz göze geldik ve olduğum andan kopmasam da gördüğüm kısa bir görüş gülümsememe neden oldu. "Sizinle gerçekten güzel bir ekip olacağız." Sözlerimle birlikte yeniden gülmeye devam etti.

"Gizem anlattı mı bilmiyorum ama benim dememe sürecim bile başlı başına bir beladır. Madem açık konuşuyoruz ben de sana uyacağım. Çalışma sistemim diğerlerinden farklıdır, prosedürlere uymam.

Öğrendiğin her şeyi test etmek isterim. Son sınıf olduğuna göre beslenme derslerini çoktan geçmişsindir. Diyet listelerini veririm mesela, dosyalar benim için çok önemli. Zamanında aldığım eğitimin haricinde yanında piştiğim hocam olmasa şu an Türkiye'nin en iyi kulüplerinden birinde olamazdım. Ve hâlâ talibim de çok. Demem o ki, benim yardımcım olmak kolay değildir. Arkadaşının ağlaya ağlaya gittiği çok olmuştur."

"Daha kötülerini gördüm sanırım," diye mırıldandım kendimden emin bir şekilde. "Ağlayacağımı düşünmüyorum."

"Sen bilirsin. Ağlamak yasak değil, pes edersen işin biter." Dosyamı bana doğru itip ayaklanan adamın ardından ben de ayaklandım. "Beni takip et."

Dosyamı alıp çantama sıkıştırdıktan sonra çoktan odadan çıkmış olan adamı takip etmeye başladım. Asansöre binip zemin kata indiğimizde ise artık geri dönüşü olmadığını biliyordum. Spor tesisinin yetkililerine tanıttı beni. Özel görüşme olduğundan sıralama biraz değişik olsa da şimdilik her şey yolunda gidiyordu.

Çıkartılacak yaka kartı için kimlik bilgilerimi ve bana verilecek eşyalar için beden ölçülerimi verdiğim kız getirmem gereken belgeleri bir kâğıda yazıp bana verdi. Bir işe başlamanın en zor yanı evrak işleri olsa gerekti. Hayatımda bu kadar belgeyi bir arada görmemiştim.

"Tamam mıyız?" diyen Fatih Bey tekrar kendisini takip etmemi söyleyip arkasında birleştirdiği elleriyle önden yürümeye devam etti. Bu süreçte hayatım onu takip etmekle geçecekmiş gibi hissediyordum.

İlk geldiğimde dikkat etmemiştim fakat burası tahmin ettiğimden daha güzel ve kaliteli bir tesisti. Her yer tertemizdi ve herkes işini en iyi şekilde yapmaya çalışıyor gibi görünüyordu. Henüz negatif enerji aldığım biri de olmamıştı üstelik. Saha katına indiğimizde ise istemsizce nefesimi tuttum.

İşin ciddiliği her dakika daha da belli ediyordu kendini. O gün geldiğimde büyüklüğünü fark etmediğim saha şimdi sadece sporcular varken daha da büyüktü sanki. Seyirciler için ayrılmış kocaman alanların ortasındaki saha ve saha kenarındaki bizim bölgemiz tedirgin etmişti beni biraz. Bir yandan Fatih Bey'in arkasından yürürken bir yandan da yıllarca görüştüğüm tek tük insanın arasından bu kadar kalabalık bir ortama girecek olmanın hayatımda yaptığım en aptalca iş olduğunu düşünüyordum.

Düşüncelerimin arasında sert bir top sol dizime çarptığında dengemi kaybettim ve bir an düşer gibi oldum. Neyse ki topun gelişini fark eden Fatih Bey beni tuttu ve böylece bir sürü dev gibi adamın ortasında düşmekten kurtuldum. "Sen de iyi alıştın seyirciyle paslaşmaya. Gözümden kaçmıyor değil."

Dibimize kadar gelip topa uzananın burada bulunma nedenim olan adam olduğunu topu koluyla beli arasına sıkıştırıp bize dönene kadar anlamadım. O kadar terlemişti ki üzerindeki beyaz atlet ten rengi olmuştu ve saçları aynı maçtaki gibi dağınıktı. "Gözünden hiçbir şey kaçmıyor bakıyorum," diyen Ataman bu sefer tamamen bana döndü ve "Gerçekten geldiğinizi görmedim, kusura bakma," dedikten sonra bakışları tekrar yanımdaki adama yöneldi. "Yeni yardımcın mı?"

Bir diğer eşofmanlı adam elindeki dosyayla antrenmanları izlerken bize doğru bağırdı. Anladığım kadarıyla koç oydu ve sesinden bile asabilik akan adamın otoritesini iliklerime kadar hissediyordum. "Sonra tanışırsınız. Soğumadan devam et. On beş dakikanız kaldı." Başıyla onaylayan Çağlar bana şöyle bir baktıktan sonra sahaya koşmaya başladı. Sahaya adımını attığı gibi topu başka bir takım arkadaşına fırlattı ve top ona geri döndüğünde üçlük noktasından temiz bir atış yaptı. Tasasız görüntüsü iki gün önceki görüşümden o kadar farklıydı ki. Nasıl olsa bir şeyler görmekten korkmadığım için onu rahat rahat izlerken derin bir nefes aldım.

"Fatih Bey," diye seslendiğimde, Fatih Hoca dememem konusunda küçük bir uyarı aldım ve bu sefer "Fatih Hocam," diyerek seslendim. "Uzun kollu tişörtleriniz vardır umarım." Mırıldanışımın ne kadarını duyduğunu bilmiyordum. "Uzun kollu tişörtlere her zamankinden daha çok ihtiyacım olacak gibi görünüyor."

İşe alınmış olmam ne kadar işe yarayacaktı bilmiyordum ama en azından biraz daha yararlı bilgilere ulaşacağımı umuyordum. Çağlar Ataman'ı kurtarmayı seçmek hayatımda verdiğim en keskin kararlardan biriydi.

Gördüklerimin ve göreceklerimin hayatımı nasıl değiştireceği belli değildi fakat durum şimdiden daha da karmaşıklaşıyordu. Karmaşıklıklardan biri de konuşmak zorunda olduğum insan sayısının gitgide artmasıydı.

"Kutuyu şöyle bırakabilirsiniz." Kapının önüne doğru kutuyu bırakan adam bir kolunu kapıya yaslayıp kapatmamı engelledi.

"Selçuk ben," dedi gevşek bir tavırla. "Fatih Hoca kutunun içinden araba yapıştırmasını aldı. İstediğin uzun kollu tişörtlere sayacakmışsın."

"Sorun değil. Araba yapıştırmasına ihtiyacım yok." Kapıyı kapatmak için öne doğru bir adım attığımda o da hamlesini yaptı ve yine hiç tanımadığım bir insanla konuşurken buldum kendimi.

"Bu havada uzun kollu pek bir yakar. Kısa kollu tişörtlerimizden de koydu kutunun içine." Adamın kolunu hafifçe ittirip geri gitmesini sağladım. Neyse ki yüzüne bakmakta herhangi bir sıkıntı çekmemiştim.

"Teşekkür ederim, getirdiğiniz için. Fatih Hoca'ya teslim aldığımı ileteceğim," dedikten sonra nihayet kapımı kapatabildim. Şimdiye kadar koruduğum her şey yavaş yavaş ellerimden kayıyor gibiydi.

Hepsi 10 Numara yüzündendi gerçi. Bir de Gizem. O gün maça gelmem için ısrar etmiş olmasaydı bugün bunların hiçbirini yaşamıyor olacaktım. Sınırlarım güvende olup, yaşantım tekdüzeliğiyle devam edecekti. Kısacası, kafam rahat olacaktı.

Kutuyu salonun ortasına getirip zaten açılmış kutunun kapaklarını genişçe açtım. Merakla içine bakarken elime aldığım ilk şey uzun kollu tişörtüm oldu. Yazın normal giyindiğim bir zaman hiç olmamıştı, yakın zamanda da olacak gibi görünmüyordu.

Tişörtü kenara bırakıp diğer eşyaları çıkardım. Anahtarlıktan gözlüğe, eşofman takımından tayta kadar Kristal Dinamo Spor Kulübü'ne dair her şey vardı. Su matarası da dâhil...

Yeni mataramı sehpamın üzerine koyup geri kalan her şeyi yatak odama götürdüm. Burası, en özel ve sade kalmasını istediğim evimdi fakat daha ilk zamanlarından lanetlenmeye başlamıştı bile.

"Okuldan çıktım ben şimdi. Sen transfer işlerini hallettin mi? Kulübe geçeyim diyorum artık." Turnikelerden geçip okuldan uzaklaşırken önümden geçen boş bir taksiyi telefonla konuştuğum için kaçırdım. "Gizem ya, senin yüzünden taksi gitti."

"Bu sabah hallettim ben çıkış işlemlerimi. Takım sana emanet. Biraz endişeliyim senin için ama iyi iş çıkaracağına da eminim."

Nihayet bir taksi durdurdum ve binip adresi tarif ettikten sonra dikkatimi Gizem'e verdim. "Benim için endişe etme. Çalışmaya bir yerden başlamam gerekiyor. Bölümümle ilgili bir iş olunca kaçırmak istemedim. Hem şu an üzerimde kulübün tişörtü ve eşofmanı var. Gerçekten fazlasıyla rahatlar. Bundan nasıl vazgeçebilirsin?"

Taksi biraz ilerledikten sonra sağa yanaşıp durdu ve ben daha ne olduğunu anlamadan ön koltuğun arka cebine uzanan adamla göz göze geldik. Koltuğun cebinde bir şeyler ararken bir yandan özür diliyor bir yandan da ne arıyorsa hemen bulmaya çalışıyordu.

Fakat benim için sorun olan o değildi. Onunla göz göze geldiğim an gördüklerim kalbimi hızlandırmaya yetmişti. Beni istediğim adrese bıraktıktan yedi dakika sonra trafik ışıklarının hemen yanında bir çocuğa çarpacağını gördüm.

Sürekli konuşan ama konuştuklarından hiçbir şey anlamadığım arkadaşıma, "Gizem..." diye mırıldandım soğuk sesimle. "Seni sonra ararım." Telefonu kapatıp görmekten mutlu olmadığım bu görüntü karşısında ne yapmam gerektiğini düşündüm.

Yine, yine ve yine, öğrendiğim ilk şeyi hatırlattı bu an bana. *"Karışma. Ne görürsen gör karışmamayı öğren,"* demişti doktorum. Her ne kadar bütün işlerine karışmama neden olsa da bu cümleyi kurmaktan geri kalmamıştı.

Karışmamak mı daha kolay yoksa değiştirmek mi, karar vermek güçtü.

Bununla yaşıyorsam, ufak dokunuşlar yapmaya hakkım olmalıydı. Belki de, bunu değiştirebilirsem Çağlar Ataman için daha çok umudum olurdu.

Bu düşüncelerle spor kompleksinin önünde durduğumuzda ne yapacağımı düşünmeye başladım. Kesinlikle hazırlıksız yakalanmıştım. Benden tam yedi dakika sonra olacaktı ne olacaksa. Gördüğüm arabanın içindeki saat tam yedi dakika ileriydi.

"Ah kahretsin," dedim sahte bir şekilde. Bu konularda hiç yeteneği olmayan insanlardan biriydim. "Cüzdanımı almayı unutmuşum. Biraz bekleyebilir misiniz? İçeriden parayı alıp hemen geleceğim."

"Tabii efendim, sıkıntı değil, bekliyorum." Arabadan inip kompleksin kapısından girdiğim gibi içeri saklandım. Yedi dakika bekletmeyi denemek aklıma gelen en iyi fikirdi şu an için. İşe yarayıp yaramadığını öğrenmek için takip etmem gerekecekti.

Bana asır gibi gelen bekleyişimin son dakikasında çantamdan parayı çıkarıp hazırladım. Dışarı çıktığımda ise her ne kadar endişeli olsam da sakin davranmaya çalıştım.

"Buyurun, geciktim, kusura bakmayın." Parayı alan adam önemli olmadığını söyleyip yola çıktığında planımdaki eksik nokta bir anda kendini gösterdi. Takip etmem gerekiyordu etmesine ama neyle edecektim?

Kompleksin önünden otoparka ilerleyen arabayı gördüğümde neredeyse önüne atladım. Normalde asla yapmayacağım bir şeydi bu. Bir tarafım durmamı söylese de bir tarafım devam edip sonuçlarını görmemi istiyordu.

En nihayetinde araba durduğunda şoför koltuğunda oturanı görür görmez tekrar sorguladım kendimi. Gerçekten sonuçları görmem gerekiyor muydu? Kafamı çevirip taksinin köşeyi dönmek üzere olduğunu gördüğümde, "Kahretsin," diye söylendim ve izin bile istemeden ön koltuğa oturdum.

"Hera?" dedi Selçuk Bey gözlerini büyüten bir şaşkınlık içinde.

"Lütfen soru sormayın. Öndeki taksiyi takip edebilir misiniz?" Neyse ki ikiletmedi. Aracı yakalamak için hızlandığını hissettiğimde minnettardım. Yarım dakika içinde taksi görüş alanıma girdi.

Bir yandan saatimi kontrol ediyor, kaç dakika geçtiğini aklımda tutmaya çalışıyordum. Beşinci dakikanın sonuna geldiğimde endişemin en üst noktasındaydım. Düz fönlü saçlarım terden enseme yapışmış, uzun kollu tişörtümün altında kalan tenim yanıyordu.

Kazanın olduğu yerde olduğumuzu fark ettiğimde yedinci dakikanın sonundaydık. Tuttuğum nefesimi gergince bıraktım. Rahatlayabilmem mümkün değildi. Selçuk Bey'e kenara çekmesini söyledim. Biraz hava almam gerekiyordu. Gerginliğim hiç olmadığı kadar yoğundu.

Derin nefesler aldığım sırada kopan çığlık ve bir anda etrafa yayılan panik havası yüzünden irkildim. Neler olduğunu anlamaya çalışıyordum.

Koşa koşa oluşmaya başlayan kalabalığın arasından geçtim. Dört yol ağzının ortasına yatan çocuğun yüzünü gördüğümde adımlarım geri geri gitmeye başlamıştı bile.

"Hayır," diye mırıldandım kendi kendime. "Engellemiş olmam gerekiyordu."

Selçuk Bey, "Hera! Neler oluyor?" dedikten sonra bir gürültü daha koptu. Bu ses daha çok çarpışma sesi gibiydi ve kafamı çevirdiğimde taksinin yan tarafından çarpan kamyonun arabanın kırılan camından adamı yola savurduğunu gördüm.

Çığlıklar, yoğunlaşan kalabalık, karışan olaylar, yavaştan duyulmaya başlayan siren sesleri...

Bütün bu karmaşaya neden olan ben miydim?

"Elini nereye çarptın sen öyle?" Selçuk Bey elimi tutup havaya kaldırdığında elimi çekemedim bile. "Gittikçe morarıyor mu yoksa bana mı öyle geliyor?"

Elimi çekip hangi tarafa gideceğimi şaşırmış bir şekilde kaza alanının ortasında kalakaldım. İki kazaya sebep olmuş olmanın yanı sıra aklım yerinde değildi. Çözebileceğimi düşündüğüm bu olay Çağlar Ataman kazası hakkındaki endişelerimi ve korkularımı maksimum seviyede besledi. Kim ve ne olursa olsun bir tarafı kurtarmaya çalışmam demek, başka insanların zarar göreceği anlamına mı geliyordu?

Elime, her saniye elimin üst tarafına yayılan morluğa bakarken umudum iyiden iyiye kırılgandı.

"Siz gidebilirsiniz," dedim solgun sesimle. "Ben sonra geleceğim. Durumu Fatih Hoca'ya açıklarım."

Tavırlarımın garipliğinden ürkmüş olacak ki bir şey söylemeden arabasına yöneldi. Gittikçe uzaklaşan Selçuk Bey'in ardından kazalara odaklandım.

İkisinin de kurtulmasını umuyordum.

Hastanenin iki katı arasında gidip geldiğim saatlerde işe geç kalmış olsam da Fatih Hoca uydurduğum durumu anlayışla karşılamıştı.

Ve neyse ki ikisinin de ölümcül bir yarası yoktu.

Çocuk kazayı ufak sıyrıklarla atlatmıştı fakat taksi şoförünün durumu ona göre epey ağırdı. Bacağının alt ve üst kısımlarında kırıklar, kollarında ve birçok yerinde ezilmeler olduğu için bir süre hastanede yatması gerekiyordu. En azından hâlâ hayattaydı.

İkisinden biri ölseydi şu an ne durumda olurdum bilmiyordum ama hayatta olmalarına sımsıkı tutundum. Hayatta oldukları için minnettardım.

Hastanenin kapısından çıkıp derin bir nefes aldım. Başım fena halde ağrıyordu, berbat durumdaydım. Elimi saymıyordum bile. Morlukların hiç bu kadar parmaklarıma dek indiği olmamıştı. Başımı gökyüzüne kaldırıp nefes almaya çalıştım. Bir yanım ağlamak istiyordu, diğer yanım ise kaçmak...

En başından beri hiç karışmamalıydım, böyle mi olmalıydı gerçekten? Okulumdan başka hiçbir şey düşünmemeli, evimden dışarı çıkmamalıydım. *Bunlar nasıl olabildi?* Kimin başına ne gelirse gelsin, işleri daha kötü hale getirmeden vazgeçmeliydim.

Eve gitmek için tekrar taksiye bindiğim sırada telefonum çaldı. Arayan Fatih Hoca'ydı. Antrenmanların bugün erken bittiğini ve gelmeme gerek olmadığını söylediğinde daha başlamadan ayrılmak istediğimi ona söyleyemedim. Yarın yüz yüze konuşmak daha iyi olacaktı.

Şoföre güzergâhımız üzerindeki bir kahve dükkânını tarif ederken Gizem'e mesaj attım. Sert bir kahveye, sıcacık kolları olan bir arkadaşa ihtiyacım vardı. Ve biraz da buza...

"Şu ilerideki kahve dükkânı mı hanımefendi?"

"Evet, önünde beni birkaç dakika bekleyebilir misiniz?" dediğimde kibar bir baş onayı aldım. Arabadan ineceğim sırada kapım birisi tarafından açıldı. Uzun boyu yüzünü görmemi engellese de arabadan indiğimde kapımı açanın 10 Numara olduğunu gördüm. Tam da şu an, yanlış kişi.

"Teşekkür ederim," dedikten sonra arabanın kapısını kapatıp kahve dükkânına girdim. Kapıyı içeri girmesi için tuttum fakat yüzüne bakmak istemiyordum. Aynı gün içinde iki kazaya neden olmuş, fazlaca yorulmuştum ve fena halde hastane kokuyordum. Her şey onu kurtarma ihtimalimi test etmek içinken onunla yan yana olmak bile huzursuz ediyordu beni.

Vazgeçmiştim.

Net olarak Çağlar Ataman ile ilgili bir görüş daha istemiyordum.

"Tutmana gerek yok, elini zorlama." Sıcak bir yaz gününe rağmen giydiğim uzun kollu tişörtüm bile saklayamıyordu morluğumu. Beceriksizce tişörtümün uçlarını çekiştirerek görmesini engellemeye çalıştım. Başarısız bir hamleydi.

"Sorun değil," dedim sessizce ve ekledim, "İyi günler." Konuşacak hiçbir şeyim yoktu. Tanışmaya niyetimin olmadığı gibi...

Kahve sırasında beklerken varlığını hissetmek bile yeterince garipti. Her an beklenmedik bir görüş tarafından sarılmaktan korkuyordum. Çünkü göreceğim herhangi bir görüş kararımı sorgulamama neden olabilirdi.

"Siparişinizi alabilir miyim? Hanımefendi?" sorusuyla kendime geldiğimde geriye doğru bakakaldığımı fark ettim. Aynı şekilde etrafımdaki herkes bana bakıyordu.

Hiçbir şey olmamış gibi önüme döndüm hemen. "Bir orta boy *Americano,* bir büyük boy *mocha.*" Gizem'le zevklerimiz her zaman farklıydı. "Paket olacaklar. Bir tane de *cupcake.* Onu da paket yapın lütfen. Teşekkür ederim."

İyi bir arkadaş değildim belki ama onun neleri sevdiğini çok iyi biliyordum.

Paketim hazırlanırken başka bir tarafa geçip beklemeye başladım. Bir yandan kahvemi içip dinlenirken bir yandan da beklettiğim taksiyi düşünüyordum. Aynı mekânda olduğumuz kişiyi düşünmemek için elimden gelen her şeyi yaptım. Kahve çekirdeklerini inceliyor, nerelerden toplanıldığına dair bilgiler içeren kitapçıklara göz gezdiriyor, ihtiyacım olmamasına rağmen almak istediğim bardaklara bakıyordum.

Derken kapı girişinde her geçişte çalan zil sesi dikkatimi dağıttı. İçeri tatlı bir kadın girdiğini dikkatimin dağıldığı sırada gördüm. Başka bir görüntü olasılığından dolayı kafamı çevirip sıkıntılı bir nefes çektim içime. Dışarıda olmayı bu yüzden sevmiyordum. Benim için tamamen bir işkenceydi.

"Oğlum benim." Sesi mekânın her köşesinden duyulan kadına dönmeden edemedim. "Nasıl özlemişim yavrumu," derken bir yandan oğluna yetişmeye çalışıyor, yetişemeyince sinirleniyordu. "Eğilsene, sıpa seni."

O kadar tatlı bir görüntüydü ki... Uzun zamandır böylesi güzel bir ana şahit olmadığıma emindim. Dudaklarıma yayılan ufak gülümseme birkaç saniye sonra dondu ve yok oldu.

"Basketbolcu olduğunda beni ihmal etmeyecektin hani? Uzun zamandır görmediğin anneni kahve dükkânına çağırmaya utanmıyor musun? Aman hiç eve geleyim deme." Yüksek sesle konuşan kadın etrafındaki insanları güldürürken 10 Numara, yüzündeki gülümsemeyle etrafa kibarca selam verdi.

"İnsanların dinlenme vaktini sabote etmeyelim istersen anne? Seni buraya çağırdım çünkü antrenmanım var," dediği gibi bir azar daha işitti.

"Yok bugün antrenman falan. Dolma yaptım sana. Ben anlamam, kahveyi arkadaşlarınla içersin. Eve gidiyoruz."

Kendisine göre epey kısa olan kadına sarılıp başının üzerinden öpen Çağlar Ataman'ı izlerken kahve poşetimi sımsıkı tutmuş, gitmek istiyordum fakat onları izlemekten alıkoyamıyordum kendimi. Çok fazla popülerdi, annesiyle vakit geçirirken bile etrafında ondan imza almak isteyen insanlar vardı.

Hiçbirini kırmıyor, annesinin çekiştirmelerine ise yüzündeki gülümsemeyle karşılık veriyordu.

Karmakarışıktım. Kararımı sorgulamaya başlamıştım bile.

Annesine arabasının anahtarını verdiğinde daha fazla izlemeyi bırakıp hareketlendim fakat annesini dışarı yönlendirdikten sonra bana döndüğünde gözlerimi kaçırdım. Fark etmemiş gibi yapmaktı niyetim, yanından geçip gidecektim.

"Hera?" Tam karşıma dikildiğinde bakışlarımı göğüs hizasında tutmaya çalıştım. Gördüğüm tek şey açık mavi gömleğiydi. Boyum bu kadarına yetiyordu işin doğrusu. Yüzüne bakmamamı kabalık olarak algılayabilirdi ama kendimce sebeplerim vardı. "Geçen gün tanışamadık ama Fatih Hoca bahsetti senden. Ben Çağlar Ataman." Uzattığı ele baktım, baktım ve sadece baktım.

"Hera Koçoğlu," dedim elini sıkmadan. Her şeyden korkar hale gelmiştim gün içinde yaşadıklarım yüzünden. Ne el sıkışabilirdim ne de kafamı kaldırıp yüzüne bakabilirdim.

O an yapabileceğim tek şeyi yaptım.

Hızlı adımlarla kahve dükkânından çıktım ve uzun süre beklettiğim taksiye binip en hızlı nasıl uzaklaşabiliyorsam öyle uzaklaştım.

İşin kötüsü kararım çoktan sallantıdaydı. Bugün yaşadıklarımdan sonra bile annesiyle birlikte olduğunda gördüğüm tablo, bozulmasını istediğim bir tablo değildi.

Bol aksiyonlu, gürültülü ve kalabalık geçen bir günün ardından sessiz salonumdaki koltuğumun bir ucunda ben bir ucunda Gizem, öylece oturuyorduk. Ellerimizdeki kahveleri yudumlarken arkadaşım ona aldığım keki yiyor ve tıpkı benim gibi tek kelime etmiyordu.

Anlatacak çok fazla olayım, destek almak istediğim çok fazla konum vardı. Onun için kapıyı açtığım andan itibaren teker teker dökülmek istiyordum. Ağzımı açsam bir sürü şey söyleyeceğimden korktuğum için midir bilmem, ben ağzımı açmadığım gibi o da açmıyordu. Anlatmamak benim tercihimdi evet ama son zamanlarda anlatamıyor oluşum canımı sıkmıyor değildi.

"İçindekileri bana anlatacağın günü bekliyorum, biliyorsun." Ortamdaki sessizliği bölen arkadaşıma gülümseyip hafifçe başımı salladım.

"Şimdi değil," diye mırıldandım sessizce. "Yaşadıklarımın bana bile faydası yok. Hiçbir şey söylemeden yanımda olmanı istemek büyük bencillik, farkındayım. Neden yanımda olduğunu da anlayamıyorum, iyi bir arkadaş değilim."

Bir şey söylemeden kahvesini sehpanın üzerine bırakıp ayaklandı. Mutfağa doğru ilerlediğinde canının bir şeyler istediğini düşünmüştüm fakat küçük buz torbalarımdan birini alıp koltuğa geri döndüğünde ne diyeceğimi bilemedim. Moraran elime uzandı, elimi çekmek istesem de izin vermedi. Morardığını unutmuştum bile. Daha kötülerini gördüğüm içindi belki de, çok kötü görünmüyordu.

"Senin anlatmamak için sebeplerin, benimse yanında kalmak için sebeplerim var ama bu sebeplerin en başında seviyorum seni Hera. Kafana koyduğun her şeyi başarabileceğine inanıyorum. Güçlü olduğuna inanıyorum." Avucunun içindeki elimi buz torbasıyla sardı.

Hiçbir şey anlatmasam da, "Vazgeçmek üzereyim," diye mırıldandım.

Elime odaklanmış bakışları gözlerime doğru yükseldi ve ela gözleri hafifçe kısıldı. "Vazgeçmek yok." Ne olduğunu bilmese de sözlerindeki ciddiyet gerçekti. "Her şey daha ne kadar kötü olabilir? Felaketler zincirinde kötü en küçük halkadır. Endişelerin, zincirdeki en küçük halkanın içinde dolanıp duruyor. Küçük bir halkaya boyun eğme!"

Endişelerimin üstesinden gelebilir miydim bilmiyordum ama gittiği yere kadar uğraşır, olmayacağını hissettiğim yerde uğraşlarıma son verirdim. Sanırım böyle düşündüğüm sürece altından kalkabilirdim.

Şüphelerle başlayacak olsam da hiç başlamamak daha kötü sayılmaz mıydı?

"Dün gelemediğim için kusura bakmayın. Bir daha olmayacak."

Eşofmanlarımı giymiş Fatih Hoca'nın önünde onun bir kopyası gibi duruyordum. Tek fark onun yarım, benim uzun kollu tişörtümdü.

"Sorun yok. Selçuk önemli bir durum olabileceğinden az buçuk bahsetti. Öyle durumlarda bana haber ver yeter," dedikten sonra birkaç kalın dosya çıkarıp sıkıştırdı koltuğunun altına. "Hadi başlayalım."

Odadan çıkarken bana da tutmam için birkaç defter fırlattı. "Takımın sadece fizyoterapisti değilim. Öncelikle bunu bilmen gerekiyor. Sporcuların sezon ve antrenman dâhilinde geçirdikleri süre boyunca beslenmelerinden, aktivitelerine kadar takip ediyorum."

"Demek ki bu yüzden zorlanacağımı söyleyip duruyorsunuz." Takılmadan edemedim. Benim gözümü korkutmaya çalıştığı şeyler bunlar olduğu sürece gülmeden nasıl durabilirdim? Asla ama asla işten kaçan bir tip olmamıştım. Tabii bunu Fatih Hoca bilmiyordu.

"Gül bakalım," dedi keyifli bir tonda. "Nasıl olsa ne demek istediğimi anlayacaksın birkaç hafta içinde."

Birlikte antrenmanların yapıldığı sahaya indiğimizde sanki hep buraya giriyor çıkıyor gibi rahattım. Genel olarak çok heyecan hisseden bir insan olmadığımdan olsa gerek fazlasıyla durgundum ama bugün ekstra bir durgunluğum vardı. Ya da tepkisiz mi demeliydim?

O sırada üzerimdekini işaret eden Fatih Hoca daha fazla içinde tutamadığından "Sana bakınca ben sıcaklıyorum," dedi.

"Benim için herhangi bir sorun yok," desem de bugün gerçekten çok sıcaktı.

Direkt olarak aklıma morluklar, dolayısıyla elim geldi. Neyse ki sarmayı akıl edebilmiştik. Morarmalardan daha kötü olan tek şey nedeninin sorulmasıydı.

Bundan birkaç yıl önce anneme ve babama soruşturma bile açılmıştı. Kolumdaki ve bacağımdaki morlukları gören komşularımıza sıkı bir yalan uydurup hastalıktan olduğuna inandırana kadar hep şikâyet edilirdik. İstanbul'a biraz da bu yüzden gelmiştim. Artık rahat bir yaşam sürmelerini istiyordum.

Kimse görüşlerimin vücuduma morluk olarak yansıdığına inanmazdı. Düşününce bunu yaşıyor olmasam ben de inanamazdım.

Sağa sola çarpan top sesleri dikkatimi tekrar bulunduğum yere çekti. Derin bir nefes aldım, şöyle bir etrafıma bakındığımda çok değişik bir ortamdı.

"Bu alan bizim alanımız," dedi Fatih Hoca sahaya en yakın küçük bir alanı işaret edip. "Buz torbalarımız, çantamız ve iri gözlerimizle tam buradan izliyoruz her şeyi. Sen de izle şimdi. İncele, hep burada olacaksın." Elimdeki defterleri yanımdaki sandalyenin üzerine koyup etrafa bakınmaya başladım.

Boşken bile göz alıcı bir mekândı burası. Koyu gri seyirci koltukları arasında herkesin odaklandığı açık kahverengi parlak, heyecana ev sahipliği yapan oyun alanı, burada olmayı seven biri için harika olmalıydı. Işıklar, dev dijital ekranlar, bitmeyen gıcırtılar... Hepsi beni içine çekecek gibi hissediyordum.

"İncele dedim de öyle korku dolu bakmana gerek yok." Neden korktuğum hakkında hiçbir fikri olmayan Fatih Hoca gülerek devam etti. "Her zaman burada antrenman yapmıyoruz. Antrenman için başka bir sahamız var fakat tadilatta şu an." Cevap vermedim. Oradan oraya koşturan sporcuların dışında incelemediğim daha bir sürü yer var gibiydi.

Derken biz daha yerimize yerleşmeden antrenman alevlendi. Kan ter içinde dev gibi bir sürü adamın hareketlerini anlamsızca izledim.

Benim burada ne işim var Allah aşkına?!

Çağlar Ataman potaya asılıp bedenini eğlenceli bir şekilde sallandırdığında neredeyse hiçbir zaman hissetmediğim bir öfkeyle ayaklandım.

"Neden şu hareketi yapıyorsunuz?!" diye bağırdım sahanın ortasına doğru. "Ne kadar tehlikeli olduğundan haberiniz var mı?!" Ellerim iki yanımda yumruk şeklinde, hitabım herkese olsa da bakışlarım Ataman'daydı. Oyun durdu, basketbolcular durdu, zaman bile durmuş gibi hissedilirken tek hareket eden, ufak ufak sekerek uzaklaşan şey toptu.

"Uyarınız için teşekkür ederiz, Hera Hanım fakat," diye başladı söze Çağlar yüzü düştükten sonra. "Herkes kendi işine bakarsa daha güzel geçiniriz."

Kendi işime bakarsam neler olacağını ona teker teker anlatmak istedim. Neler olacağını bilse böyle sakin durabilir miydi?

"Kız sizi düşünüyor," diye araya giren Fatih Hoca olmasa daha ne kadar bakışırdık bilmiyordum.

"Teşekkürümü ilettim zaten." Çağlar Ataman'ın cevabı olayın sonu oldu ve hiçbir şey söylemeden yerime geçip Fatih Hoca'nın verdiği dosyalarla ilgilenmeye başladım.

Haklıydı, istemediğim bir işin içine girmem ve hiçbir şeyden haberi olmayan birine patlamam normal değildi. Kimse bana yardımcı olmamı söylememişti. Geçmişte yaptıklarıma karşılık bunu kendime görev edinen bendim. Her şeyden önce güvenli bölgemi terk edip tüm sınırlarımı zorlayan bendim.

"Kendine hâkim ol," diye mırıldandım. "Bir an önce şu işi hallet ve çık içinden."

Böylelikle antrenmanın sorunsuz geçen süresini dosyaları inceleyerek tamamladım. Gerçekten yapılacak, akılda tutacak çok fazla şey vardı, en azından bana fazla geliyordu ama tabii ki bunu Fatih Hoca'ya belli edemezdim.

"Dosyaları evine götür, Hera. Sana verdiğim listeleri de kontrol edip düzenlemeler yap. Girişkenliğine bakılırsa bazı şeyleri değiştirme potansiyelin var." Onaylarcasına başımı salladım ama o susmadı. Hayatımda gördüğüm en konuşkan tipti. "Topları ve havluları toplamayı unutma."

"Toplar ve havlular mı?" Sesime yansıyan memnuniyetsizliğimi başkaları da anlamış olacak ki etrafa küçük gülüşmeler yayıldı. Yapacak onca işin arasında bir de toplar ve havlular da mı benimdi?

"Buraya alışmanın yolu her şeyle içli dışlı olmandan geçer. Toplar ve havlular malzemecinin görevi olabilir ama sen şu an yeni olduğun için benim sana verdiğim görevleri sorgulamadan yapmak gibi bir mecburiyetin var. Ne o? Şimdiden şikâyetçi misin yoksa?"

"Hocam, gitme kızın üzerine," dedi 28 Numara Anıl Balkan. "Biz yardım ederiz. İlk günden korkutup kaçırmayalım Hera'yı."

Önce saha kenarında öylece dikilen malzemecilere, sonra da 28 Numara'ya bakıp, "Ben halledeirim," dedim ve kendimi tutamayarak ekledim. "Herkes kendi işine bakarsa daha güzel geçiniriz. Lütfen kişisel algılamayın Anıl Bey, edindiğim bilgileri hemen uygularım." Gerginlik olmasını beklerken kahkahalar sahaya yayıldı.

Asla komik bir şey söylememiştim ve bu konuda benimle aynı fikirde olan Çağlar Ataman da benim gibi gülmüyordu.

"Fena!" diye bağırdı biri arkalardan. Kim olduğunu bilmiyordum fakat benim için şu an iyi biriydi. Topları büyük sepete doldurmaya başlamıştı bile.

Neyse ki cevabımın üzerinde kimse durmadı. Durulacak bir tarafı yoktu gerçi ama ilk günden otokontrolümü kaybetmem hoş değildi.

Topları yerine koyan sporcular yavaşça soyunma odalarına dağılırken Çağlar Ataman hâlâ sahanın içinde dolanıyordu. Umursamadan işime devam etmeye çalıştım. Bir yandan da odaklanıp bir şeyler görmeye çalışsam mı diye düşünmüyor değildim.

Havluları toplayıp çamaşırhaneye gidecek sepetin içine koyduktan sonra dosyalarımı almak için salona döndüm. Çemberin altında duran Çağlar Ataman'la birlikte görüntüler değişti ve ortam bir anda daha önce gördüğüm o görüntüye dönüştü.

"Lütfen!" diye bağıran biri var.

Tam bir kaos.

Koşuşturan bir sürü insan var fakat Çağlar Ataman hâlâ yerde.

Görevliler yavaş ve ağlama sesleri yoğun.

Yavaşça kapanan gözler. "Hayır!"

Üzerine saplanan cam parçalarından hareket edemiyor ve acısı yüzüne vuramayacağı kadar şokta.

Uzakta gülen biri daha var. Yüzündeki gülümseme manasız, neden gülüyor?

Dosyalara uzanan elim havada, bakışlarım ona neden baktığıma anlam veremeyen 10 Numara'daydı. "Bir şey mi oldu?" derken bir yandan kendine bakıyor ve kendince anlamlandırmaya çalışıyordu.

Nefes nefese kalmış, bu sefer neremin morardığını merak bile etmezken sorusuna cevap veremedim.

Not defterim yanımda olmalıydı tam da şimdi. Bu görüşümde muhakkak değişik bir şeyler vardı çünkü genel olarak on saniye süren görüşlerimin her biri birbirinden farklıydı. Aynı sahne olsa bile her seferinde en azından bir kısmı farklı olmuştu şimdiye kadar. Fakat burada farklı olan an hangisiydi?

Toparlanmak isterken birbirine dolanan bacaklarım yüzünden sendeledim ve güç bela sardığım sargı çözülürken Ataman'ın bana doğru koştuğunu gördüm. Harika...

Odaklan Hera, diye geçirdim içimden. Unutacağım en ufak bir şey önemli bir kilit noktası olabilirdi. Bunu göze alamazdım. "Aynı görüntü," Çemberin altındaki kısma bakarak düşünmeye çalıştım.

"Kaos, 10 Numara, kan... Her şey aynı." Neyin farklı olduğunu düşünürken birden aydınlanma yaşar gibi, "Bir şey dışında," dedim. "Gülen kim?" Yüzünü hatırlamaya çalışırken yanımda biten Ataman yüzünden dikkatim yine dağıldı. *Ah.*

Çözülen sargımın açıkta bıraktığı morlukların olduğu kolum şimdi onun elleri arasındaydı. Çekmeye çalıştım fakat izin vermedi. Sıcacık elleri morluklarımın üzerinde oldukça yabancıydı.

"Şiddet mi görüyorsun?" dedi kaşları çatık bir şekilde. Yüzüme bakmıyor, bakışları tamamen morluklarıma odaklanmış bir şekilde saklamaya çalıştığım her şeyi inceliyordu.

Utandım. Hiç olmadığı kadar gizlenmek ve bir daha ortaya çıkmamak için yanıp tutuşan hislerim kalbimi zorluyordu. "Kolumu bırakır mısınız?" Neyse ki sesim düşmemişti.

"Kendini çaresiz hissedip asla boyun eğme. Artık her türlü desteği bulabilirsin. Yardım ederim, ederiz. Şikâyet etmen yeterli."

Kolumu çekmek için bir girişimde daha bulunduğumda bıraktı. "Şiddet görmüyorum," dedikten sonra dosyaları aldığım gibi sahadan uzaklaştım. Korktuğum gibi peşimden gelmedi ve acımayla karışık ilgisi devam etmediğinde uzunca bir nefes aldım. Eve gidip buz makinamı çalıştırsam iyi olacaktı.

3

"Bir günde bu kadar yiyen bir insan gerçekten var mı yahu?" Sporcuların beslenme programlarını incelerken gün içinde ne kadar az yediğimi bir kere daha anladım. Fakat şu an sorun bu değildi. Çağlar Ataman'ın listesinde hoşuma gitmeyen birkaç şey vardı. "Değiştirebileceğimi söylemişti sonuçta."

Aldığım iznin rahatlığıyla listeye havuç, avokado ve Brüksel lahanası ekledim. Felç olma oranını azaltan bu besinlerin görüşlere bir etkisinin olmayacağından adım kadar emin olsam da yapabileceğim her şeyi yapmadan pes etmemeye kararlıydım. Tekrar kabuğuma çekilmeden önce yapacağım en iyi şey bu olmalıydı, olmak zorundaydı.

Gece boyunca listeler, egzersizler üzerinde çalışıp tüm bilgilerimi kullanarak takımdaki bütün sporcuların -ağırlıklı 10 Numara'nın- listelerinde yenilikler yaptım. Fatih Hoca'nın onayından geçtikten sonra uygulanmaya başlanacak listeleri kenara koyup dosyaları önüme aldım.

"Vay canına!" diye bağırdım morarması geçen kolum dikkatimi çektiğinde. "Nasıl bu kadar hızlı geçti bu? Yeşillenmedi bile." Bugünkü görüşüm kolumu morartmıştı çoktan ama en azından diğer kolum çabucak geçmişti. "Nasılsa nasıl, diğerleri de böyle hızlı geçmeye başlarsa harika olur. 2018 sürümüm güncellendi galiba."

Bomboş evimin içinde kendimle dalga geçip gayet de güzel eğlenirken aklıma Gizem geldi. Hazır keyfim de yerindeyken dosyaları kenara bırakıp arkadaşımı davet ettim. Gelirken tatlı alması şartıyla tabii.

Nereden geldiğini bilmediğim keyfimle evimi toplamaya başlarken mırıldandığım şarkı uzun zamandır izleyemediğim filmleri-dizileri getirdi aklıma. Güvenli bölgemde fanatik bir dizi-film izleyicisiydim. Her şey kötüye gitmeden önce geçirdiğim zamanların güzelliğini şimdi şimdi anlıyordum.

Evimi hiç acele etmeden toplayıp daha önce hiç kullanmadığım çaydanlığımla güzel bir çay demlerken şöyle bir baktım etrafıma. "Evim..." diye mırıldandım. "Evimdeyim."

Kendi kendime mutluluk içinde salona doğru yöneldiğim an kapı çaldığında Gizem geldiği için bandaja ihtiyaç duymadan kapıya ilerledim. Üzerimdeki ev pijamalarım arkadaşımın en sevdiği maymunlu olanlardı ve görünce güleceğinden adım kadar emindim. O sırada kapı bir kere daha çaldı. "Geliyorum!"

Kapıyı açtığımda Gizem olduğundan emin olduğuma iç sesim kahkahalarla gülerken ne yapacağımı bilemediğim anlardan birindeydim.

"Özür dilerim, evinin adresini Selçuk'tan aldım," dedi Çağlar Ataman.

"Burada ne işiniz var?" Maymunlu pijamam, dağınık saçlarım ve askılı badimle her morluğum ortadayken aklım çalışmamaya başladı.

"İki hafta önceki açılış maçına gelmiştin, değil mi? Koridorda yere çökmüş duran kadın sendin, kolunda yine morluk vardı. Bunu sana kim yapıyor?"

Şok bir, Çağlar Ataman kapımın önündeydi. Şok iki, ondan saklanmaya çalıştığım günü hatırlıyordu. Şok üç, bunu neden öğrenmek istiyordu? Kapıyı kapatıp kapatmamak arasında gidip gelirken dakikalar geçti sanki. Hâlâ daha ne yapacağımı bilmiyordum.

Derken yapabileceğim en iyi şeyi yaptım. "İçeri girmez misiniz?"

Ne demek içeri girmez misiniz, Hera Koçoğlu? İyice kendini kaybettin, diyen iç sesim, içeri girip girmemek konusunda kararsız Çağlar Ataman ve kaynayan su ısıtıcısının sesi eşliğinde geçen saniyelerden sonra 10 Numara'nın adımıyla garip süreç son buldu.

Daha bir garip sürece ise o an girmiş bulunduk. "Ayakkabılarımı çıkarayım, değil mi?"

"E tabii, ama size verebilecek bir terliğim yok." Aramızda geçen sohbetin sadeliği ve evimden içeri giriyor oluşu hakkında ne hissettiğimi bilmiyordum. İçeri girerken ekledi.

"Rahatsız ediyorum bu saatte ama birkaç sorum var. Bu önemli bir mesele. İki hafta önceki başlangıç maçında sepetin kenarına çökmüş hareketsizce duran sendin." Bu bir soru değildi ama cevap isteyen ifadesi epey yoğundu.

"Çağlar Bey," diye başladım söze. Şiddet görmediğimi bir şekilde anlatmamın gerekliliği bir yana morluklarımı bu kadar önemsemesini istemiyordum. Daha fazla bilgi alabilmek için yanında çalışmaya başlamamış mıydım? Daha fazla görüş daha fazla morluk demekken zamanla ondan saklamak daha zor olacaktı. "Şiddet görmüyorum."

"Kollarında morluk hiç eksik olmuyor. O gün ayak bileğinde bile vardı. Bunun bir çözümü olduğunu söylemeye geldim."

Nedensizce sıcacık olan içim kafamdaki hanesine bir artı olarak yansıdı. Onun hakkında iyi konuşulmasının altının dolu olduğunu iyice anladım. Çocuklarla ilgilenip bağış maçları düzenleyen duyarlı 10 Numara beni düşünüyor ve gecenin bu saatinde yerinde duramayacak kadar rahatsız görünüyordu.

"Çok düşüncelisiniz," dedim hafifçe gülümseyerek. "Ama gerçekten düşündüğünüz gibi bir durumun içinde değilim. Bir hastalığım var diyelim." Söyleyebileceğim tek neden buydu. Şimdiye kadarki en sağlam yalanım... Tabii hiç kimse Ataman gibi düşünceli bir şekilde yaklaşmamıştı, orası ayrı.

"Hastalık mı? Sürekli morarmalarla mı uğraşıyorsun?" Üçlü koltuğumun geniş bir kısmını kaplayan adamı kapının kenarına yaslanıp izlemeyi tercih ettim. Ellerim göğsümde birleşmiş, bir nevi karşımdaki görüntüyü sorguluyordum sakince.

Derken her şey değişmeye başladı. Daha ne olduğunu anlamadan ortam tekrar basketbol sahasına dönüştü ama bu sefer biraz daha farklıydı.

Spot ışığının ufak bir kısmını aydınlattığı saha...

Kimse yok.

Çağlar Ataman tek başına gibi, gülümseyerek bir şeyler yapıyor.

Hayır, biri daha var. Bir kadın, kadın mı?

Gülüyorlar fakat bir şeyler değişik.

Ataman kıza yaklaşıyor.

İkisi de heyecanlı.

Öpüşmeye başlıyorlar.

Kız kim?

Çağlar Ataman

Maymunlu pijamasıyla öylece duran kadını rahatsız ediyor muyum diye düşünmeden edemiyordum. Fazla meraklı davranıyor gibi görünmek istemesem de şiddet görüp görmediğini bilmem gerekiyordu. Bu önemli bir meseleydi.

"Rahatsız etmek istememiştim. Yine de bir kere gördüysem hiç görmemiş gibi yapamam. Nedenini bilmem gerekiyordu."

Cevap vermesini beklerken kapının kenarına yaslandığından beri yüzünde duran bıkkın bakış iyice derinleşti. Fazlasıyla garip bir andı ve ne olduğunu anlamakta güçlük çekiyordum. "Kızdın mı bana?" desem de beni dinleyip dinlemediğine emin değildim. Zaman akıp giderken dinlemediğine iyice emin oldum.

Hep böyle mi oluyordu? Bana bakıyor gibi göründüğünü söyleyebilirdim ama saniyeler geçtikçe bulunduğumuz andan uzaklaşıyor gibiydi. Korkmalı mıydım, emin değildim. Bahsettiği hastalık böyle bir şey miydi? Gözlerini hiç kırpmaması görüntüyü iyice garip bir hale getirirken elimi kaldırıp takip ediyor mu diye sağa sola salladım ama takip etmiyordu.

"Hera?" diye seslendiğimde kaşları çatılsa da genel duruşunda hiçbir değişiklik olmadı. Tamamen donmuş olduğunu söylesem yalan sayılmazdı.

Tehlikeli bir anda mıydık?

Bir şey yapmam gerekiyor muydu?

Hiçbir şey bilmemek ve müdahale edememek canımı sıkıyordu. Onu daha önce de böyle görmüştüm. İkisi de sahadaydı ama çok kısa anlar olduğu için dalıp gittiğini düşünmüştüm. Demek ki her zaman o kadar kısa sürmüyordu. Bu hastalığın adı neydi sahi?

Acil servisi arayıp durumu bildirmeli miydim? Daha ne kadar sürecekti?

Ayaklanıp bir şeyler yapmaya karar verdiğim sırada donuk bakışlarındaki yumuşamayı saniyesi saniyesine izledim. Sürekli ve dikkatli baktığım için midir bilmem, minik detaylar bile çarpıyordu gözüme.

Gözlerini birkaç kez kırpıştırdığını izlerken seslice yutkundum. Fena gerilmiştim. Saçlarımı şöyle bir karıştırıp derin bir nefes aldım. Kendine geliyor gibiydi.

"Hera? Hera?"

Tuttuğum nefesimi sessizce verirken basketbol sahası yavaşça evime dönüştü. İlk önce duvarlarım, koltuklarım derken nihayet evim netleştiğinde gözlerimi birkaç kez kırpıştırıp bulunduğum ortama adapte olmaya çalıştım.

"Sesimi duyuyor musun?" Bakışlarım Çağlar'ın bakışlarıyla buluştuğunda ise tamamen kendime geldim.

"Evet, ne diyordunuz?" dedim hiçbir şey olmamış gibi.

"Az önce ne oldu? Bu dalmaların sebebi hastalığın mı?"

"Öyle diyorlar." Mırıldanışım ona ulaştı mı bilmiyordum ama aklım görüşümdeydi. Nasıl bir görüştü bu? Neden özel hayatından karelere şahit olmak zorundaydım? Garip hissediyordum, fazlasıyla... garipti. "Düşündüğünüz gibi bir durum olmadığını öğrendiğinize göre," Nasıl git denirdi? "Yarın görüşürüz diyelim mi?"

Paniklediği her halinden belli olan Çağlar hafifçe üzerini düzelttikten sonra kapıya, bana doğru gelmeye başladı. Yolunda çekilmek için oradan uzaklaşırken fark ettim ki onun uzunluğunda bir adamla birlikte evim daha küçük görünüyordu gözüme.

"Hera-" derken sözünü kestim. Daha fazla uzamasını istemediğim gibi evimden hemen uzaklaşmasını istiyordum. Geçmeyen morluklarıma yenileri eklenirken en azından onları canlı canlı izlememeliydi. Biraz... korkutucu bir görüntü oluyordu.

"Geldiğiniz için gerçekten çok teşekkür ederim." Cümlesine devam etmek istediğini biliyordum fakat bu sefer de telefonu izin vermedi. Gelen aramayı cevaplayıp birazdan orada olacağını söyledikten sonra tekrar bana döndü ve gözü hazırladığım dosyalara takılmış olacak ki bir an dikkati dağıldı.

"Fatih Hoca'nın dediklerine bakma. Bir şeyleri değiştirmeyeceksin, değil mi?"

"Hayır, merak etmeyin. Hiçbir şeyi değiştirmeyeceğim."

"Brüksel lahanası mı? Havuç mu?"

Şeytani gülümsemem eşliğinde Fatih Hoca'nın arkasından yeni listesine göz atmaya çalışan Çağlar'ı izlerken keyifliydim.

Dün yaptıklarına cevap vermemiş olmam intikamımı almayacağım anlamına gelmiyordu. Aslına bakıldığında intikamım bile onun yararınaydı ya, neyse. *Kendim için ne istiyorum ki tüm yaptıklarım senin iyiliğin için,* diyen bir anneden farksızdım şu an.

"Hocam, lahana ve havuç sevmediğimi biliyorsun, istemiyorum." Bunu söylerkenki ifadesi normalde korkutucu gelebilirdi fakat şu an korkunç bir şekilde zevk veriyordu bana. Fatih Hoca'yı çoktan yanıma çekmiştim çünkü.

"Senin sevmemen iki yararlı besini listenden çıkarmamız için yeterli bir sebep değil. Anlat, Hera," dediğinde göğsümde birleştirdiğim kollarımı çözüp toplantı odasında yavaşça gezinmeye başladım. Dün akşam Gizem nedenini bilmediğim bir şekilde gelmekten vazgeçince bütün gece dosyalar üzerinde çalışmıştım.

"Öncelikle Fatih Hoca gibi bir ekip arkadaşı ve eğitmene sahip olduğunuz için çok şanslısınız," diye başladım söze.

"Sağ ol, Heracığım." Gururla kollarını göğsünde birleştirmiş uzaklara bakan Fatih Hoca herkesi güldürdü. Şimdide çok iyi bir ekip olmuştuk.

"Seçmeli derslerimin yanında besinler üzerine eğitimlerim, sertifikalarım ve tezlerim var. Yani listenize hiçbir eklemeyi boşuna yapmadım."

Kollarını göğsünde birleştirme sırası 10 Numara'daydı.

"Her hareketinizi gözlemleyip listeleri hazırlayan hocamızın verilerine göz attığımda, affedersiniz ama farklı farklı saçmalıklarınız olduğunu gördüm. Mesela; Anıl Bey, neden gözlüklerinizi çıkarmayı unutup antrenmanlara başlıyorsunuz? Size anlaşmalı hastanemizden defalarca muayene ayarlanmasına rağmen bir şekilde iptal ettiğinizi ya da gitmediğinizi görüyorum. Uyarı bile almışsınız. Yarın için muayene ve listenize göz sağlığınız için düzenli tüketeceğiniz besinler ekledim. Tekrar iptal etme ihtimalinize karşı randevuyu kendi çıkış saatimle denk getirdim ki iptal etmeniz mümkün olmasın. Sizi ben götüreceğim."

İtirazlar ve mırıldanmalar çoğalmaya başladığında kafamı çevirip Fatih Hoca'ya baktım. Devam etmemi söyler gibi başıyla onayladı beni.

"Servet Seçkin," diye devam ettim aldığım onayla birlikte. "Servet Bey, dosyanızı incelediğimde iki kere yapmamanız gereken bir hareketi yaparken sakatlanmışsınız. Yaşınız itibariyle şu an gayet iyi idare ediyorsunuz gibi görünüyor fakat ilerisini düşünüyorsanız daha dikkatli olmalı, uyarıları göz ardı etmemelisiniz. Kaslarınızı güçlendirmemiz gerektiği için Fatih Hoca'nın da yardımıyla protein desteğinizi yoğunlaştırıp sizi gözetime aldık."

Yaptığım iş konusunda kendime olan güvenime hep şaşırırdım. Normal zamanda çekindiğim her şey, aktif olarak çalıştığım zaman yok oluyor gibiydi. Belki daha önce çalışırken kötü bir görüşe maruz kalmadığımdan böyle hissediyor olabilirdim ama bunu daha sonra düşünecektim. Zaten en uzun ne kadar çalışmıştım ki.

"Hocam, Gizem'in yetkileri bu kadar geniş değildi. Neye uğradığımı şaşırdım açıkçası. Normal mi bunlara karışması?" Servet'in benden hoşlanmadığını anlamamak imkânsızdı.

"Fizyoterapist adayı olsa da benim asistanım Hera. Eğitimi varsa size faydalı olmaması anormal olmaz mıydı? Yaptığı her şey benim onayımdan geçiyor üstelik." Servet bir adım geri çekilirken yüzündeki memnuniyetsizliğin aynısından Ataman'ın yüzünde de vardı.

Buranın dışındaki tüm iyi niyeti burada memnuniyetsizliğe dönüşüyor gibiydi. Çalışma esnasında yaptığım ya da söylediğim her şeye bir garezi vardı. Liste sıralamasında Çağlar'ı gördüğümde üzerine gözle görülür bir hareketle çizik attım. "Sıra Çağlar Bey'de fakat baştan itiraz ettiğine göre çoktan biliyor yaptığımız değişiklikleri."

"Lütfen devam edin. Sürprizlerle dolu olmayı seviyorsunuz anlaşılan," dedi dün akşam samimi formda konuşan o değilmiş gibi. "Merak ediyorum."

"Sizin dosyanızdan ziyade kendi görüşlerimi de göz önünde bulundurdum." Cümlem gözlerimin kocaman büyümesine neden olurken buradaki kimsenin ne demek istediğimi anlamayacak olması içimi rahatlattı. "Listelere genel olarak eklediğim şeyler, güçlenmeniz için ve her türlü gelişebilecek kazalar için sisteminizi daha dayanıklı hale getirebilecek besinler. Bu eklentiler hayatınızı tümden ve anında etkileyecek şeyler değil. Düzenli tüketimle deponuzu dolduruyoruz diyelim." Birkaç sporcu tarafından onaylandım ve hatta çoğunun gözlerindeki hayranlık dolu bakışları anlamayacak kadar saf değildim.

"Bugünlük bu kadar yeter, Hera. Antrenmandan sonra listeleri sisteme geçirip çıkabilirsin." Onaylarcasına başımı salladıktan sonra dosyalarımı toplamaya başladım. Sporcular ise yakına yakına dağılmakla meşgullerdi. 10 Numara yanımdan öylece geçip giderken Anıl Bey durakladı.

"Yarınki kontrol için sabırsızlanıyorum. İlgin için teşekkür ederim," dedikten sonra o da Çağlar'ın peşinden toplantı odasından ayrıldı.

"Asi bu çocuklar, ben yaptığın işleri beğeniyorum. Üzme kendini, Gizem'e de zor alışmışlardı. O da soyunma odası düzenine çok karışırdı. Taze bilginiz ve tutkunuz olduğu için genç çalışma arkadaşlarını seviyorum. Harika gidiyorsun."

Onları umursamadığımı bilse beni böyle teselli etmeye çalışmazdı muhtemelen ama bir şey demedim. Madem buradaydım, bilgilerimi kullanmaya çalışıyordum sadece. Yoksa buradaki tek işim Çağlar Ataman'ı kurtarmaktı. Pardon, kurtarmaya çalışmaktı.

Birinin hayatını kurtarmak ne kadar zor olabilir ki diye düşündüğüm günler için aptal kafamı duvarlara vurabilirdim. Zordu işte. Hem de hiç olmadığı kadar zordu.

"Hiç önemli değil, illa ki alışacaklar," dediğimde toplantı odasına giren kadın tüm dikkatimi dağıttı.

Uzun zamandır gördüğüm en güzel kadınlardan biri olabilirdi kapıdaki kadın. Yazlık kırmızı elbisesi, sandaletleri ve koluna taktığı kocaman çantayla rahat, bir o kadar da güzel görünüyordu. Belinden aşağı doğru dökülen sarı saçları ise göz alıcı şekilde parlıyordu.

"Çağlar burada mı acaba? Toplantı odasında olduğunu söylemişti bir saat önce." Elindeki kahve paketi ve sevimli gülümsemesiyle aklıma dün akşamki görüşümü hatırlattı. Kadındaki tanıdık ifade bazı noktaları bağlamama yardımcı oldu. *Acaba?* dedim içimden. *Bu kadın Çağlar'ın öptüğü kadın olabilir mi?*

Büyük ihtimalle o olduğu konusunda kafamda bir şeyleri netleştirip konuyu kapattım. Kaza meselesiyle ilgili değilse konuyla ilgilenmenin herhangi bir mantığı yoktu.

"Az önce antrenman için ayrıldılar buradan," dedim Fatih Hoca'dan önce. "Aşağı katta bulabilirsiniz kendisini."

"Çok teşekkür ederim," diyerek güzelce gülümsedi ve gitmesini beklerken kadın bize doğru yaklaştı. "Fazladan kurabiyem var. Siz de alın lütfen," derken paketi uzattı.

Fazla sıcakkanlı, diye geçti içimden. *Fazlasıyla hem de.*

"Teşekkür ederim ama istemiyorum. Fatih Hoca böyle şeyleri çok seviyor. Ona verin."

"Evet, çok seviyorum. Bana verin." Kolayca alışmama şaşmamalı, komik adamdı Fatih Hoca.

O kurabiyeleri yerken kadın tekrar teşekkür edip aynı kibarlıkla ayrıldı odadan. "Bu kadın kim?" diye sormadan edemedim.

"Bir süredir Çağlar'la görüşüyor. Yakınlık derecelerini bilmiyorum." Öyle bir umursamazlıkla söylüyordu ki önündeki kurabiyelerden başka hiçbir şeyi önemsemediğini rahatlıkla görebiliyordum.

Dosyalarımı iyice topladıktan sonra nihayet ben de toplantı odasından çıkabildim. Belirsizlikler neyse de bu iş fena yoruyordu beni. Bir türlü geçmek bilmeyen iki haftanın ardından neredeyse işi bırakmak üzereydim. Uğraştığım adamlar dev gibi görünseler de çocuktan farkları yoktu.

Beni ne derece benimsediler bilmiyordum ama en çok Çağlar Ataman'a kafa tuttuğum zamanlarda destek görüyordum. Spor hatırlatıcı ve liste kontrolü yaptığım zamanlarda ise dünyanın en kötü insanı olup çıkıyordum onlar için. En ufak bir hatamda Fatih Hoca'ya şikâyet ediliyordum ama bir yandan da aldığım hiçbir ekstra iş için yorulmuyordum.

Öncesinde şikâyet edip ceza almamı sağlayan adamlar benimle birlikte top topluyor ve saha düzenlemesi yapıyorlardı. Herkesin istemediği ama bir türlü vazgeçemediği yan cebi konumundaydım.

Yine top topladığım zamanlardan birindeydik ve istemememe rağmen yardım etmeden duramıyorlardı.

"Beyler!" diye bağırdım en sonunda. "Hem beni şikâyet edip ceza almama neden oluyorsunuz hem de cezamı çekmeme izin vermiyorsunuz. Bu işin içinde bir gariplik yok mu sizce de?"

Anıl keyifle gülerken Servet elindeki topları düşürmeden sepete koymaya çalışmakla meşguldü. Onları anlamak neredeyse değil, gerçekten imkânsızdı.

Ne kadar sinir olsam da keyifli bir durum olduğunu söyleyebilirdim bir yandan da. Monotonlaşan günlerimin içinde farklı birer etkinlik gibilerdi benim için. Canımı sıkan tek şey kollarım morluklarla dolu olmasına rağmen işime yarar bilgiye ulaşamamış olmamdı. Sürekli bir yararı olmayan detayları görüp duruyordum Çağlar'la ilgili. Benden ne kadar uzak olursa işim o kadar zorlaşıyordu ve zaman geçtikçe o günün yaklaşmasından daha çok korkuyordum.

"Ceza alınca birlikte daha fazla vakit geçiriyoruz bir kere. Hiç bu açıdan bakmıyorsun, Hera," diyen Anıl'a şöyle bir dönüp baktım. Omuzlarına bile yetişecek boyum yoktu belki ama korkutmayı denemekten zarar gelmezdi.

"Sorun bakalım Anıl Bey, belki ben daha fazla vakit geçirmek istemiyorum?" Herkes gülmeye başladığında derin bir nefes çektim içime. Yine, başarısız bir hamle...

"Hadi hadi, senin bizimle uğraştığın kadar bile uğraşmıyoruz seninle. Fatih Hoca öldürür bizi." Tamamen aksini düşünüyordum tam da şu an. Her seferinde onların sözüne inandığı için cezayı alan bendim sonuçta.

Toplardan birini alıp gülerek onlara fırlattığım sırada Anıl eğildi ve attığım top keskin bir hareketle Çağlar Ataman'ın eline geçti. Geldiğini görmemiştim bile. Asla benimle ilgilenen gruba dâhil değildi, onlara da çok bakamıyordum zaten. Neyse ki herhangi biri hakkında görüşüm olmamıştı.

"Bir insan nasıl bu kadar beceriksizce bir atışta bulunur? Hem de basketbol sahasında," derken açık mavi forması ve kucağındaki turuncu topla biraz uzakta olsa da karşıma dikildi. Hızlıca bir atış yaptığında top tekrar bendeydi. Neler olduğunu anlayamayacak kadar hızlı gelişiyordu her şey. "Atışını yap bakalım. Sahada olmak başka bir şeydir. Basketbol yeteneklerini görelim."

"Ben basketbolcu değilim," diyerek topu ona gönderdiğimde hemen topu geri attı ve ısrarcı bakışlarıyla resmen üzerimde baskı kurdu.

"Basketbolcu olmadığını biliyorum. Sadece topu atmanı istiyorum." Sahadaki herkes etrafımızda bir daire oluşturmuştu ve bu ortam kendimi çok rahatsız hissetmeme neden oldu. Kimseye bakamıyordum, bu koca kalabalığın ortasında etrafım böyle sarılmışken, görüş gelmesinden korktuğum için bakışlarımı yerde tutmaya çalışıyordum.

"Yapmak istemiyorum," diye mırıldandım tüm gözler üzerimdeyken. Paniklemiştim. Beni anlamasını o kadar isterdim ki. Hayatım boyunca izlenilmekten ve odak noktası olmaktan kaçınırken etrafımda bir sürü insanın bana bakması ve bir beklenti içine girmesi hiç gerilmediğim kadar gerilmeme neden oluyordu.

Çağlar olmadan hiçbir sıkıntı yoktu ama o işin içinde dâhil olduğunda aklım görüşlere gidiyor, herkese yine aynı gözle bakmaya başlıyordum.

Neyi sezdiğini bilmiyordum ama Anıl'a yaptığı bir baş hareketinden sonra daire dağıldı. Çağlar hariç diğerleri sahayı terk ederken hızlı nefesler eşliğinde yere bakmaya devam ediyordum.

"Hastalığınla mı ilgili?" diye sordu herkes gittiğinde. Gitmeye çalıştım, tüm topları orada bırakıp gitmeye çalıştığım sırada kolumu tuttu. "Kötü hissetmene mi neden oldum? Oyun oynamak istemiştim sadece. Diğerleriyle eğleniyor gibi görünüyordun."

"Oyun oynayacak zamanım ya da isteğim olsaydı burada olmazdım. Neden hep burada davrandığın gibi ciddi olmayı seçmiyorsun. Herkes işini yaparsa daha mutlu olmaz mıyız?"

Neden sinirlendiğim hakkında hiçbir fikrim yoktu ama hissettiğim gerginlikle kalbim ağzımda atarken sakin kalamıyordum. Ya da sakin kalmak istemiyordum.

Bakıştık. Gerçekten uzun süre diyebileceğim bir süre boyunca hiçbir şey yapmadan birbirimize baktıktan sonra elindeki topu öyle bir fırlattı ki bir an bana attığını düşündüm. Fakat elindeki top arkamdaki sepette diğer toplarla buluşunca ne yaptığını anlamış oldum.

"Peki öyleyse," dedi düz bir ifadeyle. "Bana olan garezini anlamış değilim ama böyle devam etmende bir sorun yok." Ciddi sesi ve aynı ciddilikteki tavırlarıyla sahayı terk ettiğinde öylece durdum olduğum yerde.

Diğerlerine de çok yaklaştığım söylenemezdi ama henüz kimse hakkında görüşüm olmaması hareketlerime yansımıyor değildi. İşin içine Ataman girdiğinde renk her zaman değişiyordu. Görüşlerim, amacım ve bir türlü amacıma yaklaşamamış olmam ona sürekli gergin yaklaşmama neden olsa da bunu değiştirmek istemiyordum. Sınırlar iyiydi, sınırlar güven demekti.

Yaptığım her neyse onu yapmaya devam ettim. Topları ve havluları topladıktan sonra bir sepeti depoya diğerini ise çamaşırhaneye bıraktım. Şimdi dosyalarımı almalı ve üzerinde tekrar çalışmak için eve dönmeliydim. Belki de hiçbir şey yapmadan uyurdum. Biraz yorgun hissediyordum.

Merdivenleri ağır adımlarla çıkarken her merdiven bitişinde cam duvarlardaki yansımadan kendimi izliyordum. Uzun kollu tişörtüm ve altımdaki buz mavisi eşofman bana yakışmasa da rahat oldukları bir gerçekti. Üçüncü kata çıkmıştım ki koridorun diğer tarafından gelen ses dikkatimi dağıttı.

"Bugünlerde seni özlüyorum, Çağlar. Annen de özlüyor." Her ne kadar sarıldığından dolayı yüzünü göremesem de duyduğum sesi hemen tanıdım.

"Annemle geçen gün görüştüm." Eli kızın sırtında, yumuşak mı sert mi anlayamadığım ses tonuyla konuşan 10 Numara geri çekilip kızı omuzlarından tuttu. Bakışlarından bir şeyler anlamak zordu ve tam da şu an kendimi fazlalık gibi hissediyordum. Gitmem gerekiyordu ama Fatih Hoca'nın kapısının önünde duruyorlardı. Dosyaları almak için oradan geçmekten başka şansım yoktu. "Daha boş bir vaktimde de sana haber verecektim. Böyle habersiz gelme, seninle ilgilenemediğim zaman içim rahat etmiyor."

Her neyse. İçimden fark edilmenin çok da önemli olmadığına karar verip onlara doğru ilerledim. Eve ne kadar erken gidersem o kadar erken dinlenmeye başlardım. Yanlarına gidene kadar fark etmediler beni. Fatih Hoca'nın kapısına geldiğimde de tekrar göz göze geldiğim 10 Numara, kız arkadaşını bir adım öne çekip geçmeme izin verdi.

"Selam!" diye şakıdı kız arkasından geçtiğimi anladığında. Sıcakkanlı olduğunu unutmuşum... "Geçen toplantı odasında karşılaşmıştık, değil mi?"

"Evet, hatırlıyorum sizi. Nasılsınız?" dediğimde gülümseyerek ellerimi tuttu kız. Gözlerine bile bakmaya çekindiğim insanların yakın davranmasından nefret ediyordum.

"Dediğin kadar varmış, Çağlar. Çok ciddi ama insanın tanıyası geliyor. Canan Ayla ben, istediğin gibi seslenebilirsin."

"Hera," dedim sadece. "Tanıştığıma memnun oldum fakat acelem var. Kendinize iyi bakın." Ellerimi çekip kapısı açık odadan dosyaları aldığım gibi oradan uzaklaştım. Kimine göre çok kabaydım, kimine göre çok soğuk...

Düşündüğümde küçük bir şişenin içindeki gemiden farkım yoktu. Alanım şişenin içindeki su, büyüklüğüm yine şişenin izin verdiği boyuttaydı. Yıllarca böyle yaşayarak kazandığım alışkanlıklarımı Çağlar Ataman yüzünden bozacak değildim. Kimseye karşı, olmadığım biri gibi davranmamıştım şimdiye kadar.

Koridorun sonundaki merdivenlere ulaşmıştım ki biri tarafından durduruldum yine, yine ve yine... Bu sefer de diğer morarmış kolumdan tutan kişi 10 Numara'dan başkası değildi.

"İyi misin?" diye sordu endişeli bir tavırla. Nedenini anlayamadım.

"İyiyim, bir şeyim yok."

"Aşağıda hastalığını tetikledim sanırım. Eve gidebilecek gibi misin? Biri bırakabilir ya da ben bırakabilirim," dediğinde yan taraftan bizi izleyen Canan'ı buldu bakışlarım. O kadar yoğun bakışlarla izliyordu ki bizi, izlendiğimi fark etmemem imkânsızdı.

Tekrar iyi olduğumu belirteceğim sırada her şey bulanıklaşmaya başladı. *Hayır, şimdi değil!* diye haykıran iç sesim eşliğinde ortamım ve olduğum an değişti. Duvarlar yavaşça eridi ve bulunduğum anda öylece yok olduğumu hissettim.

Üç, iki, bir! Kaldırın!

Cam odanın önünde iki kişi.

Kim oldukları belli değil ama ikisi de kadın.

Biri ağlıyor, biri çok sakin.

Gereğinden fazla sakin, hadi ama nasıl sakin olabilir?

Monitördeki yeşil çizgiler zikzaklı bir şekilde ilerliyor.

Düzleşmeye başladığında ortalık kıyamet yeri gibi.

Hemşireler dört bir yana koşturuyor.

Burası mı son? Son tam olarak neresi?

Felç kalması gerekmiyor mu?

Çizgiler neden düz ilerliyor?

Kucağımda daha fazla tutamadığım dosyalar kollarımdan düşerken dizlerimin bağı çözüldüğü sırada Çağlar Ataman tuttu beni. Başım inanılmaz bir ağrıyla sınanırken gözlerim dolu doluydu. Görüşüm neden değişmişti? Daha önce onun öldüğü bir görüşüm hiç olmamıştı? Yaptıklarım mı sebep oluyordu buna?

"Hey hey hey!" diye bağıran Çağlar beni tutarken bir şeyler söylüyordu arkasındaki kadına, anlamıyordum. "Boynun morarıyor," dediğinde elimi istemsizce boynuma götürdüm. "Nasıl bu kadar hızlı morarabilir?" Eliyle boynumu sarıp morluklara dokunduktan sonra elini çekti.

Kendi durumumdan çok onun yüzüne bakmak yoruyordu beni. Her gün yaşadığım müthiş ikilem ve tükenmemi sağlayan Çağlar'ın kollarından kurtulmak için gücümü kullanmaya çalışsam da başaramadım. Sıkıca tuttu beni ve kucağına aldığında çabalamayı bıraktım. Sıcak tenine yaslı başım ve atletini sıkıca tutan elimle her şeyi unutmak istesem de unutamıyordum.

Kapalı gözlerinin bir daha açılmayacağı o anı görmek, günlerdir farklı görüşler görmek için harcadığım enerjimin son kırıntılarını da sömürmüştü... Derken gözlerim kapandı ve kendimi tamamen bıraktım. Keşke her boşluk bu kadar rahat ve huzurlu olsaydı…

"Sana daha kaç kere söyleyeceğim, böyle saçma sapan sözler nereden geliyor aklına?"

Yedinci yaşının ilk saatlerinde küçük kız, başındaki parti şapkasıyla öylece duruyordu annesinin karşısında. Yeşil elbisesi içinde tam bir prenses gibi görünse de söyledikleri görüntüsüyle zıttı. Salonda kendi gibi minik arkadaşları oyuna dalmışken partideki tek eksik olan doğum günü pastası hakkında konuşuyorlardı. Kadın kızının neden bahsettiğini bilmese de bıkkın bir şekilde dinlemeye devam ediyordu.

"Yalan söylemiyorum anne. Babamı pasta almaya gönderme. Pastaneye kötü adamlar girmek istiyor. Ellerinde

kötü bir şey var." Çokbilmiş kız biraz endişeli bir halde gizli bir bilgi verircesine annesine doğru yaklaşıp fısıldadı. "Silah anne. Herkesten para isteyecekler, paraya ihtiyaçları varmış."

"Hera..." Kızı gün içinde o kadar çok şey söylüyordu ki hangisini dinleyeceğini şaşırmıştı artık genç kadın. Arkadaşının bir yere takılıp düşeceğinden tutun, balığının birkaç saat içinde öleceğine kadar her şeyi söyleyip ağlamaya başlıyordu. Aslında söylediklerinin birkaçı gerçekleşmişti şimdiye kadar ama kötü tesadüfler zincirinden başka bir anlam ifade etmiyordu. "Baban çıkalı çok oldu. Birazdan gelir pastanla birlikte. Neden arkadaşlarınla oynamayı denemiyorsun? Bak," diye işaret etti kalabalık çocuk grubunu kızının ilgisini çekmesini umarak. "Nasıl da eğleniyorlar."

"Oynamak istemiyorum. Babam gelsin!"

"Hera!" Gitgide sinirlenen kadın kızını salona götürecekti ki çalan kapı kendini sakinleştirmesi için gerekli süreyi verdi. Hera böyle şeyler söylediğinde bu kadar gerilmesinin tek sebebi kızı için endişeleniyor olmasıydı. Bir noktada o da ne yapması gerektiğini bilmiyordu. Yeni bir doktor araştırsa iyi olacaktı.

Diğer çocuklar evi birbirine katarken güç bela kapıya ulaşabildi. Kapıyı açtığında kocası bembeyaz olmuş bir suratla karşısındaydı. "Ne oldu?" diye sordu kocasını içeri alırken. "Bembeyaz olmuşsun Mehmet, ne oldu?"

Adam ceketini çıkarıp portmantoya gelişigüzel bırakırken derin bir nefes aldı. "Pastanın parasını öderken pastaneyi tefeciler sardı. Neyse ki beklenen bir saldırıymış, pastanenin sahibi geleceklerini bildiğinden çoktan teslim olup polisle anlaşmış. Ama korktum Mine, adamların şakası yok." Mehmet, kızına ne kadar korktuğunu belli etmemek için kızın dikkatini pastaya çekmeye çalıştı. "Doğum günü kızının pastası geldi!"

"İyi misin baba?" Mutfağın geniş kapısından babasına doğru bakan küçük kızın alt dudağı memnuniyetsizce aşağı doğru sarkmıştı. "Kötü adamları kovabildiniz mi?"

Gözlerimi ufacık bir odada açtım. Nerede olduğuma dair hiçbir fikrim yoktu ve başımdaki dayanılmaz ağrıyla doğrulmak istesem de doğrulamadım. Elimi kaldırıp alnıma dokunmak bile yorucu bir eylemdi sanki. Hissettiğim bitkinlik, uzun süre yas tutmuş birinin bitkinliği gibiydi. Yorgun, durgun ve hissiz.

"Neden hep yorgunsun?" Kafamı sesin geldiği yöne çevirdiğimde göğsünde birleştirdiği kollarıyla duvara yaslanan Çağlar'ı gördüm. Nedensizce gözlerim dolduğunda gözlerimi kapatıp derin nefesler alıp vermeye başladım. Tekrar gözlerimi açtığımda yüzü ifadesizdi, üzerinde ise hâlâ takım forması vardı. Sürekli burada mıydı? "Bu hastalığın bir tedavisi yok mu?"

"Ne hastalığı?" diye sordum boş bulunarak. "Ha... Şu hastalık." Neyse ki hatırlayıp toparlamam uzun sürmedi. "Küçüklüğümden beri böyleyim. Bu konuda uzman olan her doktora göründüm. Böyle durduğuma bakma. Sağlıklıyımdır."

"Belli," diyerek onayladı beni. "İnanılmaz sağlıklı görünüyorsun şu an." Durumun karışıklığına gülerken onun da dudakları yukarı doğru kıvrıldı. Ardından tekrar birkaç saniye önceki suratsızlığına döndü. "Sahada seni zorladığım için mi?"

"Seninle alakalı bir durum değil." Yalanın böylesi...

Kapı sert bir şekilde açılıp içeri kocaman açılmış gözleriyle Fatih Hoca girdi. Böylelikle revirde olduğumu da anlamış oldum. Kimsenin dikkatini çekmemeye çalışırken yine ilgi üzerimdeydi. Asıl huzurumu kaçıran da buydu ya, kimseye anlatamıyordum.

"Benim biricik asistanım... Yaşıyor musun, doğruyu söyle... Yaşıyorum de..." Fatih Hoca'nın bu kadar duygusal bir insan olacağını kim bilirdi? Adam uzanıp elimi tuttuğunda yattığım yerde doğrulmaya çalıştım. Çabamı gören Çağlar yavaşça yanıma gelip sırtımdan destekledi beni. Oturduğumda daha iyi hissediyordum, elimi kurtarabilirdim.

"Yaşıyorum hocam, gördüğünüz gibi. Merak etmeyin," dediğimde elimi bıraktı ve şöyle bir etrafına baktı. Bir hışımla buraya gelip kendini kaybettiği o kadar belliydi ki gülmeden edemedim, fazlasıyla sevimliydi. Toparlanıp tekrar eski despot görüntüsüne bürünmeye çalıştı.

"Tabii ki iyisin. Kötü olmana izin verdiğimi hatırlamıyorum. İyice dinlen, yarın izinlisin." Gitmeden önce Çağlar'a döndü. "Komplekste kimse kalmadı. Hera'yı eve bırak öyle geç sen de evine."

"Hocam, ben kendim giderim," dememe kalmadan susturdu beni.

"Konuşmaya devam edersen her kelimen için bir dosya bağlarım sırtına. İzin gününde dosyalarla uğraşmak istemezsin herhalde." Elimle ağzıma fermuar çekiyor gibi yapıp geri yaslandım. Saat kaçtı ki? Telefonum çantamda olduğu için bakamıyordum. Kollarım sürekli ağrıdığı için ise saat takma alışkanlığım yoktu.

"Bırakırım hocam, siz de gidin. Saat geç oldu." Yan gözle Çağlar'a baktığımda o da bana baktı. Hemen elindeki telefonu işaret edip saati sordum.

"On iki," diyerek oynattı dudaklarını. Şaşkınlıkla ağzım açık kaldığında ise gülümsedi.

"İnanmıyorum." Bir yandan da kalkıp ayakkabılarımı giymeye başladım. "Saat ne kadar geç olmuş öyle. Akşam bile değildi antrenman bittiğinde. Neden uyandırmadınız beni?"

"İhtiyacın olmasa bu kadar uyumazdın, dert etme. Hadi gidelim."

Keşke Fatih Hoca bıraksaydı beni evime. Görüşümün vücuduma yaptığı etkiyi henüz atlatamamışken 10 Numara'yla yan yana olmak çok garipti. Nasıl göründüğümden bihaber olduğum için önce tuvalete gitmek istediğimde beni dışarıda bekleyeceğini söyleyip yanımdan ayrıldı.

Koridor boyu ilerlerken boynumdaki moraran yeri elimle ovalıyor bir yandan da yavaşça yürüyordum. Görüşümdeki yeşil çizgiler gözümün önünden gitmiyordu. Daha önce de birçok ölüm görmüştüm fakat hiçbir zaman bu kadar net bir şekilde olmamıştı görüşlerim.

Tuvalete girdiğimde görüntüm karşısında şok olmayı beklerken gayet normal göründüğümü fark ettim. Sadece saçım dağılmıştı biraz o kadar. Cebimde olduğunu hatırladığım tokayı çıkarıp saçlarımı atkuyruğu yapmak için tepeye topladım. Topladığım gibi aynada gördüklerim saçlarımın ellerimden kaymasına neden oldu. Aynaya biraz daha yaklaşıp boynuma birkaç kez daha dokundum.

"Morardığına eminim," dedim şaşkınlık içinde. Hatta 10 Numara bile morardığını görmüştü. Hiçbir morluğum bu kadar kısa sürede geçmemişti. Neler oluyordu?

Bir hışımla tişörtümün kollarını sıvadığımda yaşadığım sarsıntıyı tarif edemiyordum. "Bu da neyin nesi Allah aşkına?" Morlukların arasında el izi gibi geçen bir bölge bile vardı. Öyle garip duruyordu ki mantıklı düşünemeyecek kadar şok olmuştum.

Kollarımı yeniden elime kadar çekip boynuma tekrar baktım. "Hâlâ baygın olma ihtimalim var mı acaba?" Kendimi çimdiklemek istiyordum fakat uyanık olduğumdan o kadar emindim ki. Ellerimi, yüzümü hızlıca yıkayıp tekrar baktım kollarıma ve boynuma. Hâlâ az önce gördüğüm gibilerdi. Tuvaletten atlatamadığım bir şaşkınlık içinde çıkarken bile kollarıma bakma hissinden kurtulamıyordum. Aklımda beliren düşüncenin saçmalığı ve gereksizliği karşısında ürperdim.

"Yok artık," diye mırıldandım. "Öyle bir şey olabilir mi? Ne kadar da mantıksız düşünmeye başladın, Hera Koçoğlu... O zaman kolumdaki el izinin mantığı ne?"

Üçüncü kata çıkıp çantamı ve eşyalarımı toparladıktan sonra otoparka doğru ilerledim. "Hayır ya." Kendi kendime söylenmeden edemiyordum. "Mümkün değil."

Otoparkta arabasına yaslanmış bekleyen Çağlar Ataman'ı gördüğümde gözlerimi kıstım. Dağınık ama bir o kadar da meraklı düşüncelerimle birlikte ona doğru ilerlediğimde bile iç sesim susmadı. Geldiğimi gördüğünde hareketlenip ön kapıyı benim için açan 10 Numara'nın önündeki boşluktan geçip koltuğuma oturdum. Kafamı eğip bir kere daha düşündüm. Nasıl olabilirdi?

Araba hareket edene kadar daldığımı fark etmedim. Boş bulunup öne doğru sarsıldığımda Çağlar tam yola çıkmamışken arabayı durdurdu. Uzun kollarıyla emniyet kemerime uzandığında ise hafifçe ittirdim elini panik halinde. "Ben yaparım. Sen arabayı sür lütfen." Öyle bir baktı ki kapıyı açıp beni yaka paça dışarı atacak gibiydi.

"Hayatımda yardımı senin kadar reddeden birini daha görmedim," dese de arabayı çalıştırıp evime doğru sürmeye başladı. Yolu tarif etmeme gerek yoktu. Daha önce evime geldiğini anımsadığımda düşüncelerim tekrar kıpırdadı. Düşündüğüm gibi olursa eğer bu lafı için pişman olacağından haberi yoktu tabii. Elim boynuma giderken göz ucuyla elimi takip etti.

"Morlukların hep böyle kendini gösterip gidiyor mu?" *Ah, keşke,* diye cevaplayan iç sesime ve öyle bir ihtimalin var olma düşüncesine karşı gülümsemeden edemedim.

"Pek sayılmaz. Bugün şanslı günümdeyim sanırım." Unutamayacağım günlerden biri olduğunu nasıl bilebilirdi ki? Değişen görüşümün, içinde bulunduğum kötü durumu daha da içinden çıkılmaz hale getirdiğini nasıl açıklayabilirdim? Bugünkü görüşüm gerçekleşirse öleceğini nasıl açıklardım...

"En büyük korkunu çok merak ediyorum," diye mırıldandım elim boynumdayken. Bir yandan da çizilmiş gibi duran sakin yan profilini izliyordum.

"Senden beklemediğim bir adım." Bana şöyle bir bakıp yola döndü. Gecenin bir vakti üzerindeki formasıyla beni eve bırakırken tatlı göründüğünü inkâr edemezdim. "Biri benim hayatıma dokunduğu için şimdi bu haldeyim. Birkaç hayata dokunmadan ölmek istemiyorum. En büyük korkum bu."

"Elinden geleni yapan birisin," dedim edindiğim bilgilere dayanarak. "Yani herkes öyle konuşuyor senin hakkında. Kahraman mı olmak istiyorsun? Bu yüzden mi bu kadar heveslisin insanlara yardım etme konusunda."

"İstediğim çok başka bir şey, kahraman olmak gibi bir niyetim yok. Eğer hâlâ birlikte çalışıyor olursak anlayacaksın zaten." Konuşmamızda geçen son cümle bu oldu. Sonrasında bir şey söylemeden izledim yolu, kendi düşüncelerimi bile güç bela bir arada tutarken söylediklerinden anlam çıkarabilecek durumda değildim.

Birkaç dakika sonra evimin önüne geldiğimizde kaşlarımı çatıp karar vermeye çalıştım. Denemeye değer miydi? *Tabii ki değer Hera, tabii ki değer!* diye yakınan iç sesim eşliğinde emniyet kemerimi açarken beni izleyen gözlere baktım. Morluklarımla ilgili bu ihtimali test etmeliydim.

"İçeri gelmez misin?" diye sordum yine. Yine yaptım bunu. Kafamı camlara vurma isteği eşliğinde beklentiyle yüzüne bakarken ne düşündüğünü anlamak zordu. "Bütün akşam benimle kalmışsın belli ki. En azından bir çay yapayım." Onaylamak yerine emniyet kemerini çözdüğünde dudaklarımı birbirine bastırdım. *Şüpheli davranma,* diyen iç sesime karşılık genişçe gülümsediğimde aniden biri beni çimdikledi sanki. *Sana şüpheli davranma demedim mi?*

Apartmana girip merdivenlerden çıkarken sessizce takip etti beni. Kapıdan girerken bu sefer hiç sormadan ayakkabılarını çıkardığında öyle komikti ki gerçekten gülmeden edemedim. Hem de sesli bir şekilde. Sinirlerimin bozulduğundan mıdır bilmem gülmeden duramıyordum.

Çağlar, yüzünde ne olduğunu anlamaya çalışan ifadesiyle etrafına bakıyor neye güldüğümü çözmeye çalışıyordu. En sonunda bulduğunda o da genişçe gülümsedi. "Çok komik gerçekten."

"Ama gerçekten komik." Koskoca adam kapımın önünde dizine kadar çektiği beyaz çorapları ve dağılmış formasıyla öylece dikiliyordu. Elinde salladığı araba anahtarı komik görüntüsünü pekiştirirken gülüşüm yavaşça azaldı. Bakışı ve düşüncelerim gülüşümü soldururken salona doğru ilerledim. "Gelsene buraya," diye seslenip koltuğa oturdum. Boş yeri işaret ettiğimde artık geri dönüş olmadığını kendim de biliyordum.

Sakin adımlarla gelip yanıma oturduğunda gerginlikten ne yapacağımı bilemedim. Geniş göğsü ve kollarıyla önümde öylece dururken bu duruma düştüğüme inanamıyordum. "Öncelikle çok teşekkür ederim bugün için," diye mırıldandım. "Lütfen şimdi sana söyleyeceğim şeyi yanlış anlama ve yap, olur mu?"

Kaşları şaşkınlıkla kalkan Çağlar Ataman duyduklarını tartıyor gibi görünüyordu. "Söyle bakalım," dese de içten içe kaçmak istediğini biliyordum ya da kendim kaçmak istediğim için onun da öyle hissettiğine inanmak istiyordum.

Kolumu uzatıp morluğumun üzerinde bir noktayı işaret ettim ve "Bana dokunur musun?" dedim. Cümlemi bile yanlış kurduğumu fark ettiğimde gözlerim istemsizce kocaman açıldı. Bana demeyecektim ki, buraya diyecektim! Gözleri kocaman açılan sadece ben değildim. "Buraya dokunur musun diyecektim. Sadece parmağının ucuyla dokunsan yeter?"

Yer yarılsa ve içinde kendime bir hayat kursam bile geçmezdi bu utanç.

"İyi misin?" İyi olan bir insan bunu sorar mı diye hiç düşünmüyordu tabii. "Sana dokunmamı mı istiyorsun?"

"Sadece birazcık," dediğimde ise ilk önce şaşkın bir ifadeyle baktı bana. Ardından ufacık evimin içinde 10 Numara'nın kahkahası yankılandı. O kadar keyifle gülüyordu ki ne diyeceğimi bilemedim. Gülemeyecek kadar gergin olmamın yanı sıra bu durum benim için çok önemliyken nasıl gülebilirdim? Yine de gülmesi gerçekten hoştu. Sadece sırıttım. "Ee?" diye yokladım aynı zamanda. "Dokunmayacak mısın?"

"Fena halde garip bir kadınsın." Hâlâ gülse de bir yandan da işaret parmağını kaldırdı. "İşaret parmağımla ufacık dokunacağım, değil mi?"

Onaylarcasına başımı sallamakla yetindim. Acınası durumda olduğumu nereden bilebilirdi ki? Acınası ama aynı zamanda umutlu... Umudu hissetmeyeli ne kadar zaman geçtiğini bile bilmezken içimde oluşan kıpırtılar bile çok değerli geliyordu şu an. Gerçi, *işe yarasa ne olacak sanki?* diye düşünmeden edemedim.

İşe yarasın ya da yaramasın, dedi iç sesim, *en azından bir şeylerin değişebileceğini görürsün.* Her zaman benden daha zeki olan iç sesime hak verip moraran koluma dokunması için kollarımı sıvadım.

Morlukları gördüğünde ilk önce gülüşü soldu ve sonra yavaş yavaş ciddileşse de gözlerindeki parıltı yerindeydi. "Dokunuyorum bak," dedi muzip bir şekilde.

"Dokun artık ama," Muhabbetimizin gidişatı korkutmuyor değildi.

Parmağını tenime bastırdıktan beş saniye sonra kolumu geri çekip anında tişörtümün kollarını indirdim. "Teşekkür ederim." Neyin teşekkürünü ediyorsam?

"Rica ederim," dedikten hemen sonra ayaklandı. "Çay sözünü başka bir zamana ertelesek, olur mu?" Nasıl olsa amacıma ulaştığım için erteleyebileceğimizi söyledim.

"Sana bir çay sözüm olsun." Aklım sürekli kolumdayken absürt bir şey söylememeyi umuyordum. Durum yeterince karışmıştı zaten.

"Anlaştık." Kapıya kadar arkasından yürüdüm. Açık mavi formasındaki 10 Numara gözüme iliştiğinde derin bir nefes aldım. Ayakkabılarını giyip bana dönene kadar sırtını izlediğimi fark etmem uzun sürmedi ve gülen gözleri gözlerimle buluştuğunda bir an için boş bulundum.

"Güzel bir adamsın." Söyleyiverdim içimdekini. Saniyesinde gelen farkındalıkla, "Yani, iyi bir adamsın anlamında güzel demek istedim," diyerek toparlamaya çalışsam da görüşlerimde öldüğünü gördüğüm için duygusal olduğumu sadece ben biliyordum. Yanlış anlaşılacak sözler söylemekten vazgeçmeliydim.

O ise söylediklerimi hiç duymamış gibi davrandı neyse ki. "İyi dinlen. Hafta sonu görüşürüz." Başımla onayladıktan sonra kibarca iyi geceler diledim ve kapıyı kapattım.

Başımı yasladığım kapım tüm korkularımı içeride tutarken koluma bakmaya korkuyordum. "Yarın sabah." Evet, yarın sabah gözümü açtığım gibi bakacaktım duruma. Şimdi kolumu sıvayacak kadar bile cesaretim yoktu.

Sadece eşofmanımı çıkarıp şortumu giydim. Her ne kadar iş kıyafetleriyle durmayı sevmesem de bu gece iş tişörtümle uyumaya kararlıydım. Elimi yüzümü yıkayıp direkt yatağıma attım kendimi. Uyanık kaldığım her saniye aklım koluma gidiyordu. Böylelikle her türlü düşünceye rağmen kapattım gözlerimi.

Hayatın sürprizlerle dolu olmasını umarak yaptım bunu...

Olmadı.

Ya da ben henüz koluma bakmadığım için öyle düşünüyordum fakat güneş ışığı ve vahim sıcaklık uzun kollu tişörtümün içinde yanmama neden olurken alnımdan ter akıyordu. Evde hiç böyle dolaşmazdım ki... Uzun kollu tişörtlerim dışarıya karşı kalkanımdı benim.

"Açamayacağım galiba." İnce çarşafım bacaklarıma dolanmış daha da sıcaklamama neden olurken hiçbir şekilde hareket edemiyordum. Yatağımın karşısındaki aynada gördüğüm sakin ama saçı başı dağılmış Hera'nın aksine danalar koşuyordu içimde: İkinci Ataman Danalar Koşusu...

"Aç işte," diye yüreklendiririrken kendimi bir anda sıvadım tişörtümün kolunu. Sonucu gördüğüm gibi geri kapattım. Ardından saniyeler sonra tekrar açtım ve tekrar baktım. Bu saçma ve değişmeyecek sonucu görmek için tişörtümün uzayan kolunu defalarca çekip indirdim. Koluma ve morluklarıma bakakaldım en sonunda.

Geniş bir morluk kitlesinin ortasında, 10 Numara'nın dokunduğu yerin iyileşmiş olmasına nasıl tepki vereceğimi bilmiyordum. O kadar komik duruyordu ki...

"Bir haftadan fazla beklememe gerek yok mu artık yani?!" diye bağırsam da acı gerçek yine pat diye çarptı yüzüme. Ne zaman çarpmamıştı ki? "Ne yapacaksın? Sürekli *bana dokun* mu diyeceksin? Yok artık."

Kendimi tekrar yatağa bırakıp yastığımı yüzüme bastırdım. Keşke hiç test etmeseydim desem olmaz demesem olmaz anların biri değil de neydi? İlacın olmaması başka bir durum, ilacı bulup sahip olamamak başka bir durumdu. Hem bir kere işe yaraması onu etkili bir ilaç yapar mıydı?

"Yapar tabii ki, noktayı görmüyor musun?" Düşüncelerime yönelttiğim öfkemle tekrar ayaklanıp bu sefer odamın içinde dolanmaya başladım "Ben onun hayatını kurtarmaya çalışıyorum. İki dokunsa incileri dökülmez ya." Saçmaladığımın farkında olsam da söylenmeden edemiyordum. İşler zaten iyice karışmıştı, bu nereden çıkmıştı ki şimdi?

Yarım kollu tişörtler ve askılılar gözümün önüne geldiğinde iyice umutsuzluğa sürüklendim. Yazları böyle dolaşmaktan şikâyetçi olmadığımı düşünüyordum fakat şimdi, ufak bir dokunuşla normale dönebiliyorken fazla gelmeye başlamıştı.

Aklıma gelen dâhice bir fikirle yüzüm aydınlandı. Yeni bir test zamanıydı. "Çaktırmadan dokunabilirim belki? İlla eli olması gerekmiyor, değil mi?"

4

Kendimi ajan gibi hissettiğim o anlarda antrenman sahasına gizlice giriş yapıp sandalyelerin arasından emekleye emekleye gizlenebileceğim bir alan aramaya başladım. Sabah Fatih Hoca'yı arayıp işe gelmek istediğimde söyledikleri çok netti. Dinlenmez de işe gelirsem beni dinlenecek hale getirip izin kullandırmayacağını söylerkenki sesini hatırladığımda içim ürperdi. Ne kadar kokutucu bir adamdı.

Bütün bu tehditlerin arasında Fatih Hoca'nın bilmediği birkaç şey vardı tabii ki. İlki, yerimde oturamayacak kadar enerjik ve dinlenmiş hissediyordum. İkincisi, iyileşmeden önce üç aşamadan geçen morluklarımı tek seferde geçirmenin yolunu bulmuştum. Üçüncüsü ise test etmem gereken bir şey daha vardı.

Kafamı eğmiş seyirci sandalyelerinin arkasında resmen sürünürken kafam bir şeye çarptı. Ses çıkarmamak için dudaklarımı ısırdım. Önümde sandalyenin ne işi vardı ki? Kafamı kaldırdığımda çarptığım şeyin sandalye olmadığını anladım. Anıl Bey'in bacağı?

"Anıl Bey?" diye fısıldadım. "Çekilin şuradan."

Anıl Bey ise dudaklarındaki şeytani gülümsemeyle kafasını sahaya çevirdi. "Fatih Hocam?" Ayağına vurduğum zaman daha çok güldü. Bana bu hainliği yaptığına göre Fatih Hoca'nın telefonda kükrediğini sadece ben değil onlar da duymuştu. Seslenişi duymayan hocamıza tekrar seslendiğinde bu sefer yumruk attım baldırına.

"He Anıl he?" diye bıkkınca cevap veren Fatih Hoca'ya herkes güldü. Ne kadar bunalttıysa artık adamı...

"Hocam, gelme demenize rağmen Hera şimdi burada olsa... Ah!" Çimdiklediğim için cümlesine devam edemeyen Anıl Bey'e korkunç bir bakış atmaya çalıştım. O ise beni önemsemeden cümlesini bitirdi. "Ne yapardınız?"

"Ne yapmazdım ki? Sözümün dinlenmemesinden hiç hoşlanmam, bilirsiniz. Aklıma gelen gelmeyen tüm saçma işleri yaptırırdım ki bir daha aynı şeyi yapmasın."

"İyi ki burada değil o zaman," dediğinde ona yapacaklarımı biliyordum. Anıl Bey'in listesini tekrar düzenlemeye almak şart olmuştu artık.

"Tek derdin Hera mı senin? İn bakayım sahaya." Anıl Bey önce aşağı bakıp keyifle gülümsedi sonra da uzaklaştı. Burada tanıştığım hiç kimse normal değildi.

Koltuk arkası sürünme sürecim boyunca başka kimse çıkmadı yoluma. Fatih Hoca'ya yakalanırım, o da ilk önce kızar ama sonra işimize devam ederiz diye düşünmüştüm. Şimdi bu durumda nasıl yakalanabilirdim? Beni gördüğü an onlarca işi üzerime yıkacaktı. Yorgun değildim belki ama onca işin altına girmek gözümü korkutmuyor değildi.

İkinci testim için seçebileceğim iki mekân kalmıştı. Ya Çağlar'ı tenhada kıstıracaktım ki bu nasıl bir düşünceydi bilmiyordum ya da soyunma odasında yakalayacaktım. Buraya kadar gelmişken gözüm hiçbir şeyi görmüyordu.

Sürüne sürüne soyunma odasının girişine kadar ilerleyip kendimi uzun koridora attım. Sürünmekten acıyan dizlerim bir yana inanılmaz bir şekilde sıcaklamış olduğum için yanıyor gibi hissediyordum. Acı ve sıcak çok iyi bir ikili değildi. Ellerimle kendimi yelpazelediğim her saniye daha da sıcak basıyordu. Üzerimdekini çıkarıp atmak istiyordum.

"Bileklerinin ağrısını Fatih Hoca'ya söylemelisin artık, Kerem. Olmaz böyle. İlerleyen zamanlarda daha kötü sonuçlarla karşılaşabilirsin."

Yakınlaşmakta olan sesi duyunca bir anda tutuştum. 10 Numara'nın sesiydi bu fakat tenhada sıkıştırmak için tek olması gerekiyordu. Onlar uzaktan gelirken nereye saklanacağımı bulmaya çalışıyordum. Listesini düzenlediğim günden beri Kerem Bey hiç sevmiyordu beni. Gördüğü an burada olduğumu Fatih Hoca'ya söyleyeceğinden adım kadar emindim.

Buraya ilk geldiğim günkü gibi fakat bu sefer tek farkla, temizlik arabası değil de kocaman havlu tankı iliști gözüme. Havluları toplayıp attığımız tankın içine atlayıp atlamamak arasında gidip geliyordum. Terli havluların içine atlamaya değer miydi?

Köşeden döneceklerini hissettiğimde hiç düşünmeden tankın kapağını açıp zıpladım ve saniyeler sonra tok bir sesle ufak çığlığım yankılandı tankın içinde. Terli olmalarına bile razı geldiğim havlular ortalıkta yoktu ne yazık ki. Bildiğiniz üçlük atar gibi atmıştım kendimi boş tanka, top bendim.

"Sesi duydun mu?" diye seslendi Kerem Bey. Omzum delice acırken yakalanmak istemediğim için sesimi çıkarmadım. Yaptıklarımın boşa çıkmasından nefret ederdim.

"Duymadım. Sesi boş ver de git bileğine krem sür. Söyleyeceğim seni Fatih Hoca'ya." Neyse ki önemsememişlerdi. Gitmelerini beklemenin sıkıntısı bir yana o kadar kötü bir pozisyonda düşmüştüm ki karanlık kutunun içinde paket olmuş gibiydim. Ayağımın ve kolumun uçları nerelere değiyor kestiremiyordum bile. Tankın ucu ya da sonu nerede onu da bilmiyordum.

Gittiklerini sanırken tankın metal kapağı birden açıldı ve içeri sızan ışık eğik başıma vururken genişçe sırıttım. "Merhaba."

"Sesi duyduğumda aklıma senin gelmene şaşmamalı. Ne işin var orada?" derken ellerini uzatan 10 Numara'nın ellerine daha bir değişik bakıyordum artık. Ah o eller! Gerçekten işe yarıyorlarsa o eller nasıl değerliydi...

"Düştüm birden," dediğimde başını olumsuz anlamda sallayıp kolumu tuttu. Gülmeden edemedim. Tuttuğu yerin morluklara denk gelmesi için elimden geleni yaptım. Nasıl bir insana dönüşmüştüm böyle?

"Yalan söyleme bari." Tüm ağırlığımı aşağı verip kolumun her yerini tutmasını sağlamayı planlıyordum ki beni tuttuğu gibi çıkardı tankın içinden. "Kendine göre mantıklı sebeplerin olduğuna eminim gerçi."

Bunlarla harcayacak vaktim yoktu. Omzumun acısına aldırmadan kolumun yukarı kısmındaki morluğu atletine sürtmeye çalıştım. "Ay nasıl da kirlenmiş kolum. Ne yapıyorlar bu tankın içinde anlamıyorum ki?"

"Ne yapıyorsun?" dediği anda yaptığım her neyse dikkatim dağıldı ve ne kadar yakınlaştığımı fark ettim. Boyum onun kadar uzun değildi belki ama ne yaptığıma bakmak için başını aşağı eğdiğinden yüzlerimizin arasında az bir mesafe vardı.

Antrenman ortasında ter kokması gerekmez miydi? Kolları terden parıl parıl parlarken ve omzum göğsüne yaslanmışken şimdiye kadar yaşadığım tüm garip anların yanında farklı bir kategori açılmış gibiydi.

Gerçekten, ne yapıyorsun? diye fısıldadı iç sesim. Yavaş yavaş geri çekilmem gerekiyordu ama geri çekilmem için bile ufak bir zamana ihtiyacım vardı.

"Hera? Senin burada ne işin var?" Kafamı çevirip seslenene baktığımda omuzlarım düştü. Yakalanmanın tarifsiz mağlubiyeti...

"Ben çağırdım hocam." 10 Numara ilk önce benim yerime cevapladı Fatih Hoca'yı ve sonra beni arkasına aldı. İstemsizce elimi sırtına koyduğumda görüntüler yavaş yavaş değişmeye başladı. Derin bir nefes çektim içime. Şu andan kopmak istemesem de önümdeki uzun koridor aniden tatlı bir eve dönüştü.

Taştan duvarlar.

Cayır cayır yanan bir şömine.

Önünde iki kişi, biri Çağlar Ataman.

Kime sarılıyor yine?

Saçları beline kadar uzun bir kadın.

Üzerinde koyu yeşil bir askılı.

Ne yapıyor o? Adamın üzerine çıkıyor yavaşça.

Elleri kısa ama gür saçların içinde.

Şömine çok sıcak.

Kız birden ayaklanıyor.

Hera Koçoğlu?

"Hayır!" Taştan duvarlar teker teker koparken kıvılcımlar havada uçuştu ve ev uzun koridora dönüştü. Olduğum ana dair gördüğüm ilk şey az önce sırtında şimdi ise havada olan elimi tutup bana bakan Çağlar oldu. Ateşe değiyormuş gibi çektim elimi. Gözlerim kocaman açılmış, az önce gördüğüm görüşün etkilerini yaşıyordum. "Bunu istemiyorum," dedim geri geri giderken. Sırtım tanka çarptığında acıyla bir kere daha durdum.

"Sana gelme demiştim." Fatih Hoca uzakta benim için uzun süreli işkence yöntemlerini araştırırken gözlerimi 10 Numara'dan alamıyordum. Görüşümde Çağlar Ataman'a bu kadar yakın olmam sarsmıştı beni. Aklımda öyle bir şey yoktu bile.

"Değişkendir kesinlikle," dediğimde Çağlar kolumdan tutup beni bir yere çekiştirmeye başladı. Fatih Hoca söylenedursun, kalbim yerinden çıkacak gibi atarken az önce gördüklerimi unutmanın bir yolunu bulmam gerekiyordu.

"Neler olduğunu neden anlatmıyorsun?" Yakıcı sıcak tenimle buluştuğunda beni dışarı çıkardığını anladım. Yüzüne bakmaya bile çekiniyordum şu an. Kalbimin hızı normale dönmemişti, işin gerçek ve en istemediğim tarafı da heyecanlanmıştım.

"Bir şey olmadı ki," dedim ama sesim normalden çok daha fazla çıktığında şöyle bir baktı.

"Hastalığını Fatih Hoca'ya söylemedin, değil mi? Ondan böyle betin benzin attı. Toparlarım ben merak etme." Hemen üzerine yattım.

"Tabii ki ondan betim benzim attı. Yoksa neden atsın betim benzim, sanki üzerine çıktım." Hah! Batmak dedikleri bu değilse ben daha başkasını yaşamamıştım. Hayatımın geldiği son noktayı ayakta alkışladım.

"Biraz dinlenmen gerekiyor sanırım." Eliyle saçlarını karıştırdığında gergin olduğunu anladım fakat anlayışım da ben de karıştırdığı saçlarında takıldık. Görüşümü aklıma getirecek her şeyden uzaklaşmalıydım. Hem de hemen.

"Bence de. Gideyim ben." Elimle yolu işaret edip o yöne doğru koşmaya başladım. O sırada bir araba yanaştı kompleksin otoparkına. Güzelliğini daha önce de onayladığım sarışın arabadan inip Çağlar'ın yanına ulaştığında kompleksin ana kapısından çıkmamıştım bile. Kadın 10 Numara'ya özlemle sarıldı. Bütün heyecanım ve paniğim o an son buldu. Kırık değildim asla, olmam için hiçbir neden yoktu.

Sadece henüz gerçekleşmeden bile endişeye kapıldığım görüşün ne kadar 'olmayacağını' anlamanın rahatlamasını yaşıyordum. Belki de biraz afallamıştım.

"Görüşlerin değişken," diye mırıldandım kendi kendime. "Senin yapabileceğin bir şey değil gördüklerin. Daha önce yaptığın gibi, hiç görmemiş say. Esas görüşlere odaklanmak en iyisi." Kendime söylediklerimi de yanıma alıp yavaş yavaş evime doğru yürümeye başladım. Sıvadığım kollarımdaki morlukların çoğu geçmişti ve artık neredeyse emindim.

Çağlar Ataman benim için etkili bir ilaçtı.

Fakat kullanmayacaktım. İlacın kullanım şekli ne şu an ne de ilerisi için uygun değildi. Amacıma yönelik davranmaya devam etmem daha doğru olacaktı. İlk önce felç kalacağı, ardından öleceğini gördüğüm gerçeği, üzerine çıktığım gerçeğinden daha önemliydi benim için.

"Vay canına Hera! Yarım kollu tişört giyiyorsun..." Masaya oturduğumdan beri susmayan ve sürekli kollarıma bakan arkadaşım durulacak gibi görünmüyordu. "Tenin ne kadar pürüzsüz. Morluklarını geçirmek için ne yaptın? Bu kadar çabuk geçmesi mümkün mü?"

"Doktor etkili bir krem verdi." *Ataman kremi.* Morlukları geçirmek için kendimi havlu tankına attığımı nasıl anlatabilirdim ona? "Kolay geçtiler bu sefer. Arada böyle olabiliyormuş. Sürekli bir durum değil."

Uzanıp elimi tuttuğunda gülümsedim ama o kadar sahte bir gülüştü ki Gizem bile fark etti. Keyfim yoktu. Esas konudan gitgide uzaklaştığım yetmezmiş gibi saçma sapan görüşler görmeye başlamıştım. Çalıştığımdan beri bir arpa boyu bile yol gidememiş gibi hissetmek enerjimi sömürüyordu.

Bir an önce kazanın ne zaman olacağını görmem ve müdahale etmem gerekiyordu artık. Etrafımda çok fazla insan vardı ve geri çekilmenin zamanı gelmişti. Hâlâ alışamamıştım sürekli dışarıda olmaya. Başka birilerinden gelebilecek herhangi bir görüş ihtimali sürekli taşıdığım tedirginliğin boyutlarını arttırmaya yetiyordu.

"İş nasıl gidiyor peki?" diye sorduğunda aynı bıkkınlıkla gözlerimi devirdim.

"Biraz yoğunuz. Önümüzdeki hafta önemli bir maç var. Sıkı antrenman ve sıkı takipler canıma okuyor. O yüzden seni buraya çağırdım. Bir saatim var sadece. Burası komplekse en yakın mekân." Antrenmanlar ve takip süreci yetmiyormuş gibi harcadığım ekstra efor yakında bitirecekti bataryamı. "Gizem..." diye mırıldandım. "Bir rüya gördüm." Tek başıma üstesinden gelemiyorsam, değiştirerek anlatmamdan ne olurdu ki?

"Nasıl bir rüya?" Dirseklerini masaya koyup iyice eğildiğinde çok tatlı bir görüntüsü vardı. Konuşmaya başladığım an karşımda gerçekten dinlemeye hazır biri olduğu için fazladan enerji olarak yansıdı bu bana.

"Gerçekleşeceğinden endişelendiğim bir rüya. Çağlar Ataman'ın kötü duruma düşeceği bir rüya. Ve benim rüyalarım hep çıkar." Direkt olarak gelecekten parçalar gördüğümü söylemek isteyen yanım biraz bile tatmin olmamıştı.

"Rüyaların üzerinde çok durmamak lazım. Bir şeyden etkilenmişsindir kesin," dediğinde olumsuzca kafamı salladım.

"Gizem, benim rüyalarım hep çıkar diyorum sana. Test edilmiş bir şey. Sahada gerçekleşecek bir olay gördüm." İlgisini çekmiş olacak ki daha da eğildi masaya doğru. Biraz daha eğilse kahvesine girecekti çenesi. Üzerine kremayla şekiller yapılan kahveleri sevdiği için hep kocaman fincanlarda içerdi kahvesini.

"Altıncı his gibi bir şey mi?" derken çenesini tutup hafifçe yukarı ittim.

"Keşke altı olsa... İşin en kötü tarafı Çağlar Ataman'ı iki farklı durumda gördüm ve ikisi de birbirinden kötüydü."

"Poponun açık kalmadığından emin misin?" Hafifçe gülümserken konuyu kapatmanın daha iyi olacağını biliyordum, öyle de yaptım. Tam olarak anlatmadıkça ne istediğim çözüme ne de beklediğim desteğe kavuşacaktım. Şimdi anlatamayacağıma göre...

"Neyse, dediğin gibi çok takılmamak lazım. Rüya sonuçta." Ayaklanıp kahvemi elime aldım. "Kaçmam lazım şimdi. İşlere ne kadar erken girişirsem o kadar erken dönüyorum eve. Fatih Hoca'ya kahve alıp çıkacağım. Sen de git dinlen biraz. Yorgun görünüyorsun." Onun da başka bir takımda sıkı çalıştığını bildiğimden nasıl hissettiğini anlayabiliyordum. "Aşk hayatını sonra konuşacağız."

"Tamam tamam, git sen. Benim de kalkmam lazımdı aslında, aylaklık ediyorum işte. Bugün hiç çalışasım yok." Onu da kolundan tutup kaldırdım ve ayrılmadan önce kocaman sarıldım. Aramıza en başından çizdiğim ve geçmemesi için katı davrandığım sınırlar için pişmandım şimdi. En başından anlatsaydım kabul eder ya da etmez, öyle başlardık arkadaşlık ilişkimize. Fakat artık anlatmak isteyip de anlatamadığım bu noktada bencilce varlığına ihtiyaç duymak incitiyordu ikimizi de. Olmadığım bir insana dönüşüyormuş gibi hissediyordum.

Kahveyi alıp komplekse doğru ilerlerken çok huzurlu sayılmazdım. Aklımda dönüp duran bir şeyler vardı, o bir şeylerin ne olduğunu çok iyi bilsem de üzerinde durursam nefessiz kalacak gibiydim. Son gördüğüm iki görüşün etkisinden çıkamıyordum.

Birincisi Çağlar Ataman'ın durumu felçten daha kötü bir noktaya gidiyordu.

İkincisi ise onunla yakınlaştığım görüşüm göz kapaklarımın arkasına yapışmış gibiydi.

"Ne yapacağım gerçekten?" diye söylene söylene girdim içeri. Saha tarafına mı yoksa ofis tarafına mı gitsem diye düşünürken merdivenlerin başında kaldım bir süre.

"Verdiğin en zor kararmış gibi görünüyor." Üst kattan eşofmanlarıyla inen Çağlar'a şöyle bir bakıp ne dediğini anlamaya çalıştım. Karar mı?

"Pardon?" Gözlerimi kısıp gerçekten zorladım şu günlerde zor çalışan kafamı. O ise olduğum kata indiğinde kahve poşetine elini sokup kahveyi aldığı gibi kafasına dikti. Engellemeye yeltenemedim bile, o kadar hızlı bir hareketti.

"Mmmm." Dudaklarından dökülen farklı ve tok tını Fatih Hoca'nın kahvesinden hoşlandığının en net belirtisiydi. "Tam sevdiğim gibi." Antrenmanı erken bitirdiği ferah nane kokusu yayılan ıslak saçlarından belli oluyordu ve parlıyordu Ataman.

"Yalnız senin değildi o. Fatih Hoca'ya sürpriz yapacaktım." Bazen deli ediyordu beni.

"Bana yapmış oldun." Başka bir şey demeden aşağı kata inerken keyfi yerinde görünüyordu. "Bakın çocuklar, Hera bana kahve almış." Hem de fazla keyifli. Kafamı olumsuzca sallayıp peşinden aşağı indim.

Sahaya giriş yaptığım an Fatih Hoca da dâhil tüm kısık gözler üzerimde toplandı, yine. Sanki haftaya maça ben çıkacakmışım gibi antrenmana ara veren adamlar sitem etmeye başladı. Konumuz sadece Ataman'ın içtiği kahveydi.

"Demek bana almadın," diyen Fatih Hoca başı çekti, diğerleri de arkasından geldi. Ellerimi kaldırıp zaten saçma olan durumun yanında iyice saçma bir giriş yaptım.

"Şimdi herkes sakin olsun." Göz ucuyla Çağlar'ı keyifle kahvesini yudumlarken gördüğümde gözlerimi devirdim. Başıma açtığı dertlerin sayısını unutmuşken, sahi neden bu kadar keyifliydi? "Yarın hepinize kahve alacağım, söz."

Kahvenin Fatih Hoca'ya ait olduğunu ya da ona kahve alacak kadar yakınlığımız olmadığını söylemeye yeltenmedim bile. Herkes yavaş yavaş antrenmana dönerken Çağlar'a yaklaştım. O arada Fatih Hoca bana yapacaklarını düşünüyor olmalıydı. Çantasından bir sürü ince dosya çıkardığını gördüm fakat ilgilenmedim. Adam bana sinir oldukça dosya üretiyordu sanki.

"Eh, çay sözümü de böylelikle aradan çıkarmış oldum," dedim iyice yaklaştığımda. O ise kahvesinin açık olan kısmını burnuma sokarcasına yaklaştırdı.

"Kokla bakayım." İstemsizce kokladım. Kafama dank ettiğinde iş işten çoktan geçmişti. Salak gibi kahveyi koklamış ve arkasından aslında ne geleceğini bile bile saf gibi yapmıştım dediğini. "Çay mı bu? Kahve sayılmaz."

"Çayın yerine sayıversen, olmaz mı? Bir daha denk gelmez böyle." Masumca gülümsedim, hatta o kadar tatlıydım ki bence kabul etmesi an meselesiydi. Dudaklarında hafif bir gülümseme belirdi önce ve saniyeler sonra gülüşü yerini gözle görülür bir sinsiliğe bıraktı.

"Olmaz. Müsait bir akşam çağırır, çay yaparsın bana. Şimdi gitmeliyim." Öyle sinir olmuştum ki ne yapacağımı bilemediğim o an hızlıca Fatih Hoca'ya döndüm. Sinirimi çıkarmanın hiçbir yolu yok muydu gerçekten?

"Hocam, Çağlar Ataman sahayı terk ediyor, hem de antrenmanın bitmesine daha çok var."

"Sence ben bunu bilmiyor muyum?" dedi kahve mağduru. Yanlış kişiden destek beklemişim meğer ikinci ofsayt. "Sen gel bakayım buraya. Bak bak, görüyor musun bu dosyaları, iyi bak. Hepsi seninle eve gelecek."

İyice genişleyen bir gülümseme kahkahaya dönmüş olsa gerek arkamdan tok bir sesle güldüğünü işittim. Ona döndüğüm gibi kahvesini hafifçe kaldırıp göz kırptı. "Kahve için teşekkürler." Ve gitti. Bir eli açık mavi eşofmanının cebinde, diğer elinde kahvesi giderken arkasından bakakaldım. Upuzun boyu kadardı gıcıklığı, neyse ki gitmişti.

"Hocam, izin verin, gidip kahve alıp geleyim hepinize. Daha geçen gün verdiğiniz dosyaları bitiremedim." Hafif bir ısrar ve gönül almayla dosyalardan kurtuldum ama daha büyük bir sorunum vardı.

On iki kahveyi nasıl taşıyacağımı kimse düşünmüyordu...

Çoktan ağlamaya başlayan cüzdanımı ve telefonumu alıp tekrar attım kendimi kompleksin dışına. Ne iş yapıyordum ben Allah aşkına? Bazen mesleğim hakkında düşünmüyor değildim. Daha doğrusu yapamadığım mesleğim...

İleride arabasına binmek üzere olan Ataman'ı gördüğümde adımlarımı hızlandırıp kompleksin bahçesinden çıkmaya çalıştım. Daha fazla göresim yoktu. Görüş de gelmiyordu zaten, ne zaman istesem gelmemek gibi huylar edinmiş gibiydi. Gerginliğim her saniye artıp huysuz tarafımı ortaya çıkarıyordu.

Yürüdüm, hissettiğim stresi atmak için sert adımlarla yürüyüp kahveciye doğru ilerledim. Havanın inanılmaz sıcak olmasının yanında acayip bir nem vardı. Uzun kollu tişört giyerken daha az sıcaklıyor olmamın bir ihtimali var mıydı bilmiyordum ama tenimle birebir temas eden sıcağa alışkın değildim.

Yanımda duran bir arabanın varlığını hissettim ama o tarafa asla bakmadım. Kim olduğunu az çok tahmin ediyordum ama yanımda duran her şeye tepki verecek olsam...

"Hey," diye bağırdı arabanın içinden. "Kaçtın mı sonunda? Nereye gidiyorsun?"

Az önce asla o tarafa bakmayacak tarafım hiç savaşamadan kaybetti. "Herkesin canı kahve istiyor nedense. Dosyaları almaktansa kahve almayı tercih ettim."

Kendi kendine bir şeyler mırıldandığını duydum fakat ilgilenmediğim için anlamaya çalışmadım. O ise yavaş yavaş takip etmeye başladı. "Gel, bırakayım seni. Kaç kişiye alacaksın, taşıyamazsın." Onun bana kahveyi koklattığı gibi ben de ellerimi kaldırdım.

"Beni bırakman bir işe yarar gibi mi görünüyor? Ellerim boş." Arabayı sürmeye devam ettiğinde gittiğini düşünüp rahatlayacaktım ki ilerideki kahve dükkânının önüne park etti. Yavaşça yürürken arabasından çıkışını ve ön kaputa hafifçe yaslanışını ellerim kadar boş bir ifadeyle izledim. Neden gitmiyordu ki gideceği yere? Onun etrafımda olması kullanamadığım bir ilaç oluşunu gözüme sokar gibiydi.

Dükkânın önüne vardığımda ayaklanıp kapıyı araladı. Araladığı kapıdan sesimi çıkarmadan girip kahve sırasına girdim. Cevap vermeye bile enerjim kalmamıştı ve üstelik günün akşama dönmesine daha vardı.

"Morlukların geçmiş," diyene kadar yanıma bu kadar yaklaştığını fark etmedim. Derin bir iç çekesim geldi bu cümlenin üzerine. Keşke bilse ve ilerideki morlukların kolayca geçebileceğinin garantisini verebilseydi.

"Geçtiler ama yakın zamanda tekrar çıkacaklar." *Dokunursan geçerler ama,* diye eklemek isteyen iç sesimi zar zor susturdum. Bu durumun haksızlık olduğunun ben de farkındaydım ama elden ne gelirdi? Bir şeyler söyleyeceği anda sıra bize gelince dikkatimi direkt sipariş alan kasiyere verdim. "On iki tane orta boy sütlü kahve alabilir miyim?" Adeti duyan kasiyerin gözleri kocaman olsa da bozuntuya vermedi ve hepsine söylediğim ismi yazdı. Bu arada ben de cüzdanımdan kartımı çıkarmaya koyuldum fakat 10 Numara benden daha çabuk davrandı. Omzumun üzerinden uzanan kart kasiyerin eline geçtiğinde bir ona bir kasiyere baktım. "Ben ödeyeceğim."

"On iki kahveyi başına ben sardığıma göre benim ödemem daha doğru. Çocukların bu kadar ciddiye alacağını bilmiyordum," dediklerinin içinde siparişime karışma hakkını veren sebebi aradım ama bulamadım.

"Ee? Ben alacağım dedim."

"Buyurun efendim fişiniz." Savaşım kasiyerin sesiyle bölündü ve ateş çıkan gözlerimi ona çevirdim. Mimlemiştim onu, ne demek buyurun fişiniz? Bunun acısını çıkaracağımı hissettiğini umuyordum. "Sizi şu tarafa alayım. Sıradaki?" demeye nasıl cesaret etti bilmiyordum ama hissettiğim kadar korkutucu görünüyorsam çoktan benden korkmuş olmalıydı.

"Çocuğu rahat bırak, gel şu tarafa geçelim." Kolumdan tutup kahveleri bekleyeceğimiz noktaya getirdiğinde daha da üzüldüm. Güzelim dokunuş ziyan olmuştu. Bugün hiçbir şey istediğim gibi gitmiyordu.

"İşime karışılmasından nefret ettiğimi söylemiş miydim? Fazlaca keyifli olman istediğin her şeye karışabileceğin anlamına gelmiyor," diyerek döndüm ona. Üç koca poşet kahve hızlıca paketlenirken görevlilerin hızlarına hayran kalmamak imkânsızdı. Sitem edecek zamanı zar zor buldum.

"Herkesin bir kusuru var diye boşuna dememişler, Hera Koçoğlu. Biz seni tüm dengesizliklerinle kabul ettik. Takım dediğin böyledir. Diğerleriyle gayet iyisin. Hepsinden daha çok konuşmamıza rağmen beni kabul etmediğinin farkındayım."

"Buyurun efendim, kahveleriniz." Poşetleri dikkatlice uzatan çocuğun gözlerine kurtarıcımmış gibi baktım.

"Affedildin." Kahve poşetlerini yavaşça alıp her ne kadar hızlı gitmek istesem de kaplumbağa yavaşlığında kapıya doğru ilerledim. Bugün konuşkan gününe denk geldiğim Çağlar Ataman'a verecek hiçbir cevabım yoktu. Son görüşümde üzerine çıktığımı söylesem tüm bu sözlerini yutar mıydı? Sonra da istifa eder çekilirdim köşeme.

Neyse ki henüz bu kadar delirmemiştim.

Kapıdan çıkıp hızlıca yürümeye çalışırken kahvelerin bardaklarda dans ettiğini hissediyordum. Bir süre dursam bile kahveler durulmuyordu. *Böyle olmayacak,* diye geçirdim içimden.

O sırada Çağlar elimdeki üç poşetten ikisini alıp arabasına yürümeye başladı. "Takip et beni. Kazasız belasız götürelim şu kahveleri." Başına buyruk hareketleri ona farklı bir hava katıyordu ama yanlış yer, yanlış zaman... Yine de sessizce takip ettim ve ön koltuğa oturup kahveleri ön kısımdaki boşluğa dikkatlice yerleştirmesine yardım ettim.

Sessiz sakin geçen yolculuğun tek fark edilir tarafı etraftaki yoğun nane kokusuydu. Arabasına kahve döksem içim acımazdı ama yine de sorunsuzca indirdim kahveleri komplekse vardığımızda. "Teşekkür ederim."

Arabadan inerken ona son bir kez bakma gafletinde bulunduğumda artık çok geçti. Bileklerimde hissettiğim gariplikle olduğum an tamamen değişmeye başlıyordu. Bu kadar yakınken olmasın istiyordum ama elden ne gelirdi? Ana tutunmaya çalıştıkça sıcak basıyordu ve engelleyemiyordum.

Engelleyemedim. Olduğum yer ve zaman tamamen değişti.

Cilalı parkeler parlıyor yine. Fark var.

Herkes üzgün ve ellerinde çiçekler var.

Bu adamlar... Kristal Dinamo takımı?

Biri anma konuşması yapmak üzere.

İki kadın, arkası dönük olsalar da onlar da orada.

Birinin eli diğerinin omzunda.

21:34? / 10.10.2019?

Ataman için düzenlenen anma töreni.

Ne, ölmüş mü?

Birkaç adam ağlıyor, diğerleri güçlü duruyor.

Bıraktıkları çiçekler beyaz gül.

Sadece biri farklı bir çiçek bırakıyor.

Bir kadın. Nane kokusu geliyor, çek içine.

Gözlerini kapattığında yıldızlar benim, ben senin olacağım.

Cilalı parkeler yerini arabaya, serin hava ise tamamen rezil bir sıcağa bırakırken gözlerimi birkaç kere kırpıştırdım.

"Nasıl bir hastalık bu? Hera?" Kollarımdan tutan Çağlar'ı gördüğümde yavaşça doldu gözlerim ama kendimi tutmak zorundaydım.

Çok zordu. Aynı zamanda çok yıpratıcı.

Şu an yanımda ve sapasağlam bir adama yardım etmeye çalıştıkça elimden hiçbir şey gelmemesi yavaşça tüketmeye başlamıştı beni. İlk önce felç, sonra ölüm, şimdi de anma töreni...

"Bir dakika?" diye mırıldandım boğazımdaki yumruyla. Telefonumu çıkarıp not kısmına ilk kez gördüğüm saat ve tarihi not aldım. 10.10.2019 – 21:34

"Bileklerinin bu kadar hızlı morarması nasıl mümkün olabiliyor?" dediğinde gözleri iki bileğim arasında gidip geliyordu. Arabadan inip şaşkın yüzüne baktım dolu gözlerimle.

"Bu hayatta nelerin mümkün olabileceğini bilsen bu kadar şaşırmazsın. Dikkatli ol." Kapıyı kapattığım gibi kahveleri alıp kompleksin içine girdim.

Tamamen çıkmazda kaybolmuş gibi, aklımda sadece bir şey dönüp duruyordu.

Artık tanıdığım biri olarak, onu ölürken ya da ölü olarak görmeyi istemiyordum.

İçimde bir yerler fazlasıyla üzülüyordu. Kurtarmaya çalıştığım birinin ölümünü izliyor olmam daha ne kadar sürecekti?

Başarıyla tamamlanan maçtan sonra artık son damlalarını kullandığım enerjiyle süründüm Fatih Hoca'nın yanına. Bu kadar heyecanlı ve aynı zamanda gergin olmak yaramıyordu bana. Bir hafta önce gördüğüm görüşün etkisi olan morlukların hâlâ geçmemesi bir yana, aynı hafta içinde gördüğüm ikinci görüş yine uzun kollulara yöneltmişti beni.

Çağlar'ın anma törenini gördüğüm görüşten sonra ise moralimi bir türlü düzeltemiyor ve üstesinden gelemiyordum. Telefona kaydettiğim tarihe ve saate bakıp düşünmekten beynim patlayacaktı ama hiçbir sonuca ulaşamamıştım.

Her maç kalbim ağzımda izliyordum olanları. Potaya asılmaması gerektiğini elli bin defa tekrar etmiş olmama rağmen asılmaya devam etmesi onu parçalama isteğimi öyle bir körüklüyordu ki...

"Bizim aracımız bozulmuş, Hera. Çocukların otobüsüne bineceğiz bu sefer. Eşyaları topladın mı? İki çanta bırakmıştım sana."

İki omzuma da astığım eşek kadar iki çantayı gerçekten görmüyor mu diye şöyle bir baktım ama gerçekten de cevap bekliyordu. İki yanımı işaret edip çantaları gösterdim sonunda. "Almışım hocam."

"Hadi gidelim o zaman. Bir an önce dinlenmek istiyorum." Ben ne kadar yoruluyorsam Fatih Hoca iki katı yoruluyordu. Koçun gerisinde sürekli adamları takip ediyor, en ufak bir düşüş veya benzeri bir durumda müdahale etmek için diken üzerinde bekliyordu. Bir noktada aynı sayılırdık Fatih Hoca'yla. O bir sürü adama odaklanmışken ben Çağlar'a odaklanıyordum, orası ayrı.

Elli kiloluk çantalarla ağır ağır yürürken otobüsün arka kapısına yönlendirildim çünkü ön tarafta takıma yoğun ilgi gösteren basın ve hayran grubu vardı. Farklı bir dünya, farklı bir sevgi gösterisi...

"Gitmeye niyetin yok galiba." Sitemkâr Fatih Hoca... Otobüse bindiğim gibi bizim için boş bırakılan arka tarafa çantaları bırakıp bir ön sıraya attım kendimi. Upuzun otobüstü, oyuncular ön tarafı tamamen kaplasa bile aramızda birkaç sıra boşluk olurdu.

Yerime oturduğum andan itibaren dakikalarca bekledik. Kafamı cama yaslayıp dışarıyı izlerken oyuncular da sırayla otobüse bindi. Neden burada olduğumu yeniden sorguladığım sırada gözlerim kapandı ve bu karmaşanın bir an önce bitmesini diledim.

Kendi alanımda gayet güzel bir işim vardı, biliyordum. Fakat yakınmam, içinde bulunduğum durumla birleştiğinde ortaya çıkıyordu. Hâlâ kalabalık içinde bulunmayı istemiyordum. Fiziksel ve zihinsel yorgunluklarım dışında hissettiğim rahatsızlık, yatağıma uzandığım zaman bile kaybolmayacak kadar işlemeye başlamıştı hayatıma.

Ne kadar zaman geçti bilmiyordum ama yan tarafımdaki hareketlilikle açtım gözlerimi. Göz ucuyla baktığımda açık mavi eşofmanlarını giymiş Çağlar Ataman koltuğa yerleşmekteydi. "Allah aşkına git, yerine otur, hiç enerjim yok." Bütün akşam onu izlemekten şaşı olduğum yetmiyormuş gibi bir de yanıma oturmuştu.

"Otobüs bizim, her yerine oturma hakkına sahibim." Başımı olumsuzca sallayıp tekrar eski pozisyonuma dönmeye çalıştım.

"N'aparsan yap." Gözlerimi kapatıp cama yaslanmıştım ki otobüsün sert kalkışı yüzünden kafam camda sekti resmen. Çıkan ses yüzünden herkesin bana döneceği kadar sert vurmuştum kafamı. "Ama ya..." diye mırıldandım başımı ovarken. Kesin şişecekti.

"Bana laf yetiştireceğine biraz dikkatli olsan bunlar gelmez başına. Bakayım." Çenemden tutup kafamı yana doğru çevirdi ve çarptığım yere dikkatlice baktıktan sonra hafifçe ovaladı. "Neden konuşmuyorsun benimle?" Gittikçe ağırlaşan başımı bir yandan ovalarken diğer yandan sorduğu soru dikkatimi iyice dağıttı.

"Konuşuyorum ya," diye mırıldandığımda ise başımı omzuna doğru bıraktı. İtiraz etmedim. Çok fazla uykum vardı, yorgundum ve kafamın basketbol topu gibi camda sekmesini istemiyordum.

"Kahve almaya gittiğimiz günden beri iyi görünmüyorsun."

"İyi değilim çünkü." Yerimde iyice kıvrılıp omzundaki başımı oracığa sabitlerken saniyeler içinde uyuyacağımı biliyordum. Öyle de oldu. Fazlasıyla rahattı yerim ve dinlendiğimi hissediyordum tam da şu an.

Çağlar Ataman

Karanlık ve bomboş otobüsün içinde, omzumda hissettiğim ağırlıkla öylece otururken düşünceler her zamankinden daha rahat dolaşıyordu kafamın içinde. Başımı eğip Hera'nın sakin ama endişeli yüzüne baktım. Uyurken bile çatıktı kaşları. Uyurken bile diken üstündeymiş gibi görünüyordu.

Yoğun gizemi ve benzersiz tavırlarıyla takımın ilgi odağıydı son günlerde. Fatih Hoca'nın tüm işkencelerine katlanması akıl alır gibi değildi. Gerçi neden

Fatih Hoca bu kadar ısrarcıydı Hera üzerinde bilmiyordum. Derin bir nefes alıp başımı arkaya doğru bıraktım. Yorgunluğumu eve gittiğimde de dindirebilirdim. Şimdilik sadece hareketsizce kalmayı tercih ediyordum.

"Ne yapıyorsun?" İyi insan mı demeliydim? Fatih Hoca'nın fısıltısı tüm dikkatimi dağıttı bir an için.

"Hera'yı uyandırmak istemedim." İyi olmadığını söylemişti. "Hem neden kızın sırtına bu kadar biniyorsun? Gizem böyle yoğun değildi, hatırlıyorum."

"Gizem de iyi kızdı, güzel çalışırdı ama Hera farklı. Ne olduğunu bilmiyorum ama bir amacı var. Hırslı. Eğer bir gün istediğim pozisyona yükselme şansım olursa onu bırakacağım yerime. Hocam beni nasıl eğittiyse ben de onu öyle eğitiyorum. Kısacası, uyanınca söyle. Çantaları alıyoruz ama yarın dosyalara boğacağım onu."

"Söylerim." Oturduğum alan benim için çok küçüktü. Bacaklarım ve sırtım uyuşma seviyesini çoktan geçmişti ama hareketsiz kalmaya devam ettim.

"Onunla ilgilendiğini biliyorum." Yüzündeki bilmiş ifade hiç değişmiyordu. Gerçi tanıdığım ve güvendiğim insanların yanında kendimi gizlediğim de olmamıştı.

"Bazen bu kadar yakın olmamamız gerektiğini düşünüyorum, Fatih Bey."

"Başka bir kapıyı çalacaksan arkanda bıraktığın kapıyı kapatmalısın." Neden böyle söylediğini çok iyi biliyordum ve haklı olduğunu belirtircesine başımı salladım.

"Arkamdaki kapıyı kapattım geçen gün." Kendi cümlem bana bile garip gelirken seslice düşünmeden edemedim. "Aslında zahmetsiz bir ilişki olacaktı. Annem, Canan ve etrafımızdaki herkesin istediği bir ilişkiydi. Bir zaman iyi olacağını düşündüm ama sporcu adamım ben, Fatih. Heyecanı, tutkuyu, ateşi severim. Öylesine bir ilişkiye başlamak bana göre değildi. Canan'la arkadaşlığımız böyle kalırsa çok daha mutlu olacağıma karar verdim. Neyse ki iyi bir kadın Canan, anlayışla karşıladı."

Boşta kalan omzuma elini koyup şöyle bir sıvazladı. "O zaman ikimizin hiç şansı kalmadı mı diyorsun? Seni sonsuza kadar kaybettiğim anlamına mı geliyor tüm bunlar?"

Hera'yı uyandırmaktan korktuğum için bastırdığım kahkahamla ittim elini omzumdan. Karnına yumruk atacağım sırada arka tarafa doğru kaçtı. "İki dakika ciddi kalacağını düşünmek benim hatamdı." İkimiz de sessiz kalmaya çalışarak gülüyor ve şakalaşıyorduk. Fatih Hoca son kalan çantayı da alıp gittiğinde hafif bir gülümsemeyle tekrar yasladım başımı koltuğa.

Gerçekten de tekdüze bir ilişki istemediğime karar verdiğim günlerde aklımdan çıkmamıştı Hera. Yarı ilgili ve fazlaca umursamaz tavırları o kadar dengeliydi ki hangi taraf ağır basıyor karar veremiyordum.

Rahatça söyleyebileceğim tek şey izlendiğimden emin olmamdı. Huzursuz hissedeceğim yerde bakışlarını her yakaladığımda başka bir işle ilgileniyormuş gibi yapışı bile sevimli geliyordu.

Sebebini bilmediğim morlukları, bir türlü adlandıramadığı hastalığı ve tüm garipklikleriyle Hera, koluma doğru biraz daha sokuldu. Kendine rahat bir yer yapmaya çalışan kediler gibi mırıldandığında onu izlemeye devam ettim.

Gözlerimi açmadan önce kollarımı kaldırabildiğim kadar kaldırıp güzelce gerindim. Uyumak o kadar iyi gelmişti ki o arada kolum bir şeye çarptı ama çok aldırmadım. Tek elimle de açılan karnımı şöyle bir ovaladım. "Ah, harika hissediyorum." En nihayetinde dudaklarımdaki gülümsemeyle gözlerimi hafifçe aralayıp etrafıma baktığımda gördüğüm ilk şey bomboş otobüs, ikincisi ise sadece göğsünde birleştirmiş olduğu kollarıyla Çağlar oldu.

Elim karnımdayken bakışlarımın onda takılı kaldığı o an sertçe yutkundum. Daha doğrusu yutkunamadım bile. Neden buradaydık, neden kafam hâlâ omzundaydı ve neden Çağlar Ataman'ın yanında göbeğimi ovalıyordum?

"Dinlenmiş görünüyorsun." Elimi yavaşça göbeğimden çektim ve hiçbir şey olmamış gibi doğruldum.

"Nerene çarptım?" diye sordum kolumun bir yere çarptığını hatırlayınca. Aynı zamanda neden burada olduğumuzun görüntüleri son anına kadar yansıdı zihnime. Küçükken de ne zaman uyku bastırsa oracıkta uyurdum. Ataman'ın omzunda uyumam tamamen bununla ilgiliydi, suçum yoktu.

"Bilmek istemezsin," dedi gözlerini kısıp. Karanlık bile olsa camdan yansıyan ışıktan yüzündeki tatlı ifadeyi seçebiliyordum. Gülme isteğimi bastırmaya çalıştım. "Diğerleri çoktan dağıldı. Seni uyandırmak istemediler."

"Çok düşüncelisiniz gerçekten ama sizi zor duruma düşürmek istemezdim." Saçlarımı cebimden çıkardığım tokayla şöyle bir topuz yaptıktan sonra ayaklandım. Çantalar, yerleştirilmesi gereken eşyalar vardı. Üstelik otobüsün içi fazlasıyla karanlıktı. Camdan dışarı baktığımda dudağımı ısırmadan edemedim. Saat kaçtı ki?

"Kimseyi zor duruma düşürmedin." Rahatlamam sadece birkaç saniye sürdü. "Benden başka."

"Uyandırsaydın keşke. Ben istemedim sonuçta. Uyuyakalmışım." Birinin yaptığı iyiliğe karşılık nasıl pişman edileceğinin canlı örneğiydim resmen.

"İyi değilim dedin. Ben de uyandırmadım." Varlığını yeni fark ettiğim taze nane kokusu ve yine tertemiz görüntüsüyle yerinden kıpırdamayan Ataman'ı dizimle dürttüm.

"Saat kaç bilmiyorum ama istersen çay sözümü tutabilirim. O da sırf bu iyiliğine karşılık." Arka tarafa yakın olmamamıza rağmen ön tarafta bizim için açık bırakılan kapıdan indik. Bu kadar zahmete girmesi bile çayı hak ettiğini gösteriyordu.

Hafif ılık ama çoğunlukla sıcak gecede kollarımı sıvamak istiyordum ama onu bile yapamayacak kadar mordu kollarım. Ve bu arada neden bu kadar hafiftim? "Elli kiloluk çantalarım!" diye bağırdım Çağlar'ın arabasına giderken. "Otobüste kaldı!"

"Anıl senin için götürdü onları ama Fatih Hoca yarın seni dosyalara boğacakmış, haberin olsun."

Gerçekten hiç şaşırmamış bir şekilde yürümeye devam ettim. En ufak bir hatamda cezam dosyalar oluyordu ve o dosyaların kökü nereye dayanıyor tam bir gizemdi. Asla bitmeyen gizemli dosyalar...

Geçen haftadan beri ilk kez Çağlar'ın arabasına biniyordum ve garipti. En çok tartışan, bir noktada en çok konuşan biz olmamıza rağmen neden böyleydik, bilmiyordum. Arkadaş mı olmaya çalışıyorduk ya da hep böyle anlar bize mi denk geliyordu, emin değildim.

Neden arabasına bu kadar rahat biniyordum?

Olayların kötüye gideceğini bilirken nasıl bu kadar yakın davranabiliyordum?

Evimi tarif etmeme gerek bile yoktu artık. Yola çıktığımızda huzursuzlukla mırıldandım. "Çay sözümü de tuttuktan sonra bana bir daha böyle iyilikler yapma. Sence de çok fazla görüşmüyor muyuz iş arkadaşı olarak?"

Direksiyon tutan ellerinden başlayarak kollarına, oradan da keyifli yüzüne kadar baktım. Sahanın dışında tamamen farklı biri gibi görünüyordu.

"Benden hoşlanmaya mı başlıyorsun?" Öyle ciddi bir ifadeyle sorup, sadece birkaç saniyeliğine de olsa dönüp öyle bir baktı ki... Şaşkınlığımı gizleyebileceğim kadar gizlemeyi seçtim.

"Kafana top falan mı geldi senin? Kız arkadaşın sürekli komplekse gelirken böyle bir şey söylemeye utanmıyor musun?" Hissettiğim karmaşayı en iyi böyle çözümleyebilirdim. Karşı saldırı. "Hiç yakıştıramadım sana 10 Numara. Sen ki iyi bir adamdın."

Alınmasını beklerken ufak bir gülümseme yerleşti dudaklarına. Benimse ister istemez gülüşünün solduğu o an belirdi gözlerimin önünde. Yerdeki hali, kanlar içinde yatışı, hastane, anma töreni... Hepsi birden aklıma geldiğinde gülen gözlerine baka baka doldu gözlerim.

İlk geldiğimde bu kadar zor değildi. Hislerimi saklamaktan kolay bir şey yokken, şimdi her aklıma geldiğinde ağlama isteğiyle savaşmak zorunda kalıyordum. Nihayetinde de yakalandım. Dolu gözlerimle yakalandığımda gülüşü solmadı ama biraz tedirgin bir ruh haline geçiş yaptığı gözle görülüyordu.

"Tamam, tamam. Hoşlanmıyorsun benden, biliyorum. Şaka yapıyorum sadece. Çayımı içip gideceğim ve nasıl istersen öyle olacak." Hiçbir şey diyemedim.

Evime çok yaklaşmıştık zaten ve yaklaşık bir saat sonra her şey normale dönecekti.

Sessizce arabadan indik ve gelmesini bekleyerek ağır adımlarla apartmandan içeri girdim. Evimin önünde cebimden anahtarımı çıkardım ve kapıyı açtım. İçeri girdiğimde peşimden Ataman da girdi.

Keşke girmeseydi.

Çamaşırları evin her yerine kuruması için dağıttığımı o an hatırladım ve gözüm koltuğun üzerindeki sutyenlere, külotlara takıldı. *Lanet olsun!* Arkasını dönüp kapıyı kapatan Ataman'ı bildiğiniz kapıya yapıştırdım. Kollarımı bedeninin iki yanından kapıya yasladım. Tamamen kollarımın arasına sıkıştırdığım adam kapıya, ben ona yapışmış bir vaziyetteydik. Garipti. Başım sadece sırtının ortasına geliyordu ve uzunluğu ilk defa bu kadar net görünüyordu.

"Hera," diye seslendi kapıya doğru. "Az önce söylediklerinle bu yaptığın birbirini ne kadar destekliyor sence?"

"Şimdi seni bırakacağım ama sakın arkanı dönme."

"Değişik bir şey mi deniyoruz?" Kapıya yaslanan kollarımı çekip sırtına vurdum. Nasıl böyle utanmaz olabiliyordu?

"Ne demek o öyle? Cidden utanmıyorsun. Pes," dedim sırtına doğru.

"Utanması gereken sensin. Kapıya yapıştırdın beni, farkında mısın?" Asıl yapmam gereken ortaya saçılmış iç çamaşırlarımı toplamaktı ama ısrarla konuşmaya devam ediyordum.

"Seni kapıya her yaslayanla değişik bir şeyler mi deniyorsun?" Ellerim belimde, ne kadar saçmalayabiliyorsam o kadar saçmalıyor gibiydim.

"Daha önce kimse tarafından kapıya yaslandırılmadığımı düşünürsek..." Gözlerimi kapatıp derin bir nefes aldım çünkü konudan tamamen sapmıştım. Geri çekilmiştim ama gerçekten çok tatlı bir şekilde nasıl bıraktıysam öylece bekliyordu.

"Sakın arkanı dönme," diye tekrarladıktan sonra zaten iki adım ötede olan salona koştura koştura ilerleyip çamaşırlarımı topladım. Görev tamamdı, geri döndüğümde onu yine üçlü koltuğun bir köşesine yerleşmiş olarak buldum. Bu sefer tamamen takılmak amacıyla, "Sana arkanı dönmemeni söylemiştim," dedim.

"İç çamaşırlarını toplaman bittiğine göre başka bir şey kalmamıştır diye düşündüm." Açık kalan ağzım ve elimdeki su ısıtıcısıyla sinirlerimi kontrol etmeye çalışıyordum.

"Çoğunlukla çekilmezsin ama bazen ekstra çekilmez oluyorsun." Ellerini hafifçe saçlarından geçirdikten sonra üst eşofmanını çıkardı. Bembeyaz yarım kollu tişörtüyle karşımda bilmiş bilmiş otururken işime devam ettim. "Demleme çayı kaybettin. Sallama poşet çay yeter sana."

Aslında tamamen bu süreci hızlandırıp evimden çabucak gitmesini istediğim için sallama poşet çay demiştim. Cebimden telefonumu çıkarıp saate baktığımda ise aklıma sövmeye başladım.

Saat yarımı geçmişti ve ben hâlâ çay yapmaktaydım. *Hızlı ol Hera,* diyen iç sesime hak verdim ve küçük tepsime bardakları hazırladıktan sonra tezgâha yaslanıp suyun kaynamasını bekledim. Bütün ısıtıcılardan daha yavaş davranmayı kendine huy edinen ısıtıcım nihayet suyu kaynattığında suları doldurup arkamı dönmeden seslendim.

"Şeker kullanıyor muydun?" Ses gelmedi. "10 Numara, şeker kul-" Arkamı dönmemle cümlem yarım kaldı. Onun boyu için fazlasıyla yetersiz olan üçlü koltuğuma kıvrılmış bir adet gözleri kapalı Ataman'a hayretler içinde baktım. Gerçekten, uyumuş muydu?

Yavaşça yaklaşıp dizlerini kendine çekmiş olmasına ve yastığıma düşen başına şaşkınca baktım. Maçtan çıkmıştı tabii. O da yetmezmiş gibi otobüste uyumuştum ben ama o bu süre boyunca beni beklemiş, evime doğru ikinci bir yol yapmıştı. Maçın üstüne bir de ben yormuştum onu.

Koltuğun yanına çöküp bir süre sessizce oturdum. "Yorgun musun?" diye mırıldandım kapalı gözlerine doğru. "Ne yapacağım şimdi?" Uyandırsam olmaz, uyandırmasam olmaz… Karmaşık bir durumun içine düşmüştüm.

Sözde bir saat sonra her şey normale dönecek diyordum içten içe. Normalden uzaklaşabildiğim kadar uzaklaşmak huy olmuştu artık bende.

Derin bir nefes çektim içime ve yavaşça ayaklandım. Terletmeyecek, ince bir pike getirip dirseklerine kadar örttüm üstünü. Işıkları kapatıp klimayı çalıştırdığımda evin içi muazzam bir serinlikle doldu. Ne çok sıcak, ne çok soğuk...

"Neden burada uyuyacak kadar rahatsın?" Uyuduğu koltuğa sırtımı dayamış küçük ve karanlık salonumda ne yapacağımı düşünüyordum. "Nasıl kurtaracağım seni?"

Önceden tanımadığım birinin hayatını kurtarmak gibi bir işe girişmişken şimdi tanıdığım bu adamın o hale düşmesinden daha çok korktuğum hiçbir şey yoktu.

"En başından... en başından takıma girmek büyük bir hataydı ama elden ne gelir? Çoktan olan oldu. Olacakları düşünmem gerekiyor." Sızlayan kollarımı ovalayıp sadece kendime yaptığım çayımı yudumladım. "Kollarıma da dokunmuyor ki morluklarım geçsin."

Tekrardan bastıran yorgunluğum ve sızlayan kollarımın verdiği huysuzlukla kafamı koltuğa yaslayıp gözlerimi kapattım. Yatağıma gidemeyeceğim kadar tembel hissediyordum şu an.

Uyumaya hazırlandığım sıralarda iyice bastıran sıcaktan bunaldım ve uyuyamadan tekrar ayaklandım. Karanlıktan dolayı onu göremiyordum ama düzenli nefes alışverişi hâlâ burada olduğunun en büyük kanıtı gibi duyuluyordu.

Kollarım ise daha fazla sızlamaya başladığında görüntülerin değişeceğini anlamıştım. "Hayır," diye mırıldandım. "Hiç enerjim yok ve zaten yeterince morlar. Şimdi istemiyorum," desem de karanlık hafifçe aydınlandı ve bir anda kendimi başka bir yerde buldum. Her zamanki gibi hafif bir geçiş değildi.

Jilet gibi takım elbisesiyle bir adam, Çağlar mı o?

Yanında bir gelin var.

Saçları sarı, upuzun, parlak parlak.

Uzaktan biriyle bakışıyor 10 Numara.

Üzgün görünmüyor, inatçı gibi.

Birbirlerine dönüp gülümseyen gelin ve damat.

Etraf bayram yeri gibi, yeşil ve mavi renkler ağır basıyor.

Hafif bir nane kokusu geliyor.

Çağlar'ın saçlarından gelen nane kokusuna benziyor.

Evleniyor 10 Numara.

Sapasağlam, tüm gücü ve ihtişamı yerinde görünüyor.

Fazlasıyla yakışıklı.

Kırık bir kalp.

Üzülen kim?

Tekrar karanlığın içinde kaldığımda bir an sendeledim ve neyse ki düşmeden koltuğu buldum el yordamıyla. O kadar karışık bir ruh hali içindeydim ki adamı yaka paça evimden atasım geliyordu.

Üzgün veya kızgın değildim.

Sadece özel hayatıyla ilgili görüşler görmek fazlasıyla rahatsız ediyordu artık.

Uyuyakaldığım tekli koltuğun üzerinde gözlerimi açtığımda karşımda boş bir koltuk vardı. Pike katlanmış ve kenara bırakılmıştı. Çay bardağım bile tezgâhın üzerine kaldırılmıştı. Kısaca, her yer topluydu ve Çağlar ortalıkta yoktu.

Pikeyi alıp yatak odama götürdüğümde boy aynamda şöyle bir kendime baktım. Üzerimi değiştirip komplekse dönsem iyi olacaktı. Fatih Hoca ve dosyaları beni bekliyordu muhtemelen. Tişörtümü çıkarıp yatağın üzerine bıraktığımda büyüdü gözlerim. Göğsümün üzerinden boynuma kadar ulaşan morluğa şaşkınlıkla baktım. Çok uzun zamandır kollarım ve bacaklarım dışında hiçbir yerim morarmamıştı. Dün gece gördüğüm görüş yüzünden olmuştu sanırım.

"Tamam, onu anladım da," diye mırıldandım. "Kollarımdakiler nerede?" Gerçek olup olmadığına bakmak için bu sefer kollarımı yukarı kaldırdım. "Çağlar dokunmuş olamaz, değil mi? Nasıl dokunsun ki?"

Tertemiz görünüyordu kollarım ama içime düşen kurt mutlu olmamı engelliyordu. Kendiliğinden geçmiş olma ihtimali de yok değildi ama... Komplekse gidince yüzünden anlayabilir miydim dokunup dokunmadığını, bilmiyordum.

Tüm bu kafa karışıklığının içinde iyileşen kollarımı kısacık bir zaman diliminde sevdim. Uzun kollu giymeme gerek yoktu belki ama boğazımı nasıl saklayacaktım şimdi?

"Ah 10 Numara..." diye mırıldandım.

Yararı var mıydı tartışılır, yarardan çok zarardı.

Aynadaki görüntümün dışarı çıkmama ne kadar uygun olduğunu anlamak için her zamankinden daha uzun baktım. "Mmmm..." Ne desem bilemiyordum. "İdare eder herhalde ya."

Bembeyaz görünen kollarımı saklamak zorunda olmadığım için uzun kollarını kestiğim ama moraran boynumu gizlemek için boğazına dokunmadığım trikonun içinde sergilediğim görüntü, inanılmazdı. Saçlarımı tepemde toplamış, kocaman güneş gözlüklerimi de takmıştım üstelik. Çalışan olarak giymek zorunda olduğum eşofman altını da sayarsak... Hayatımın sonuna kadar evde kalmalıydım.

Önceden bu şekilde dışarı çıkmak sorun değildi ama o zaman hem küçük bir şehirdeydim hem de gittiğim yerler belliydi. İstanbul'da bir sokaktan diğerine geçene kadar bile bir sürü yabancı yüzle karşılaşıyordu insan. Kaçtığınız biri varsa kalabalık içinde saklanmak güzel bir tercihti. Aynı zamanda kalabalıkla ilgili problemleriniz varsa işte o zaman durum vahimdi gerçekten.

Dolabımı kurcalayabildiğim kadar kurcaladım fakat daha normal görünmek için yapabileceğim hiçbir şey yoktu. Yine de boynumu saklamak istiyordum. Böylelikle gizli silahımı kullanmaya karar verdim: Fondöten.

Kollarını kesip ziyan ettiğim trikomu çıkardığımda aynı zamanda hem mutlu hem de dehşete düşmüş ruh halim devam ediyordu. Nasıl olduysa iyileşen kollarım neyse de boynumdan enseme kadar süren morluğun göğsümden başlıyor olmasına diyecek söz bulamıyordum.

Beceriksizce ama bolca uyguladım fondöteni. Belirli bir noktaya kadar sürsem yeterdi, bisiklet yaka düz bir tişört seçmiştim dolabımdan. Masanın üzerine yaydığım malzemelerin içinden üstün makyaj bilgilerimi kullanarak pudrayı aldım ve artık iyice kalıp gibi duran derime bir de pudra uyguladım.

"Bence tamam ya... Renk mor olmasın yeter." Aslında nereden bakarsanız bakın tamam değildi ama başka çaresi olmadığını bilen benliğim gözlerimin gördüğü absürtlüğe onay vererek teselli ediyordu kendini. Kafam ayrı renk, boynumun tümü ayrı renk, kollarım ayrı renkti.

Daha fazla zaman kaybetmeden tişörtümü giyip çantamı kaptığım gibi dışarı attım kendimi. Biraz daha evde durursam bir sürü bahaneyle olduğum yerde kalmak için elimden gelen her şeyi yapacağımı biliyordum.

Sakince minibüse binip dakikalar sonra yolu yarıladığımda bir mesaj geldi telefonuma.

Kimden: Fatih Hoca

"Bugün sahada değil spor salonundayız. Dosyalarını odana bıraktım. İster ofiste çalış ister evde. Yarına hepsi bitmiş olsun."

Derin bir nefes çektim içime. Fatih Hoca ve bitmek tükenmek bilmeyen dosyaları... Yaptığım tek şey şimdiye kadar girilmiş verilerden raporlar hazırlamak olsa da bitmiyor ve gerçekten bitmiyordu. Dün geceki uykumu burnumdan getireceğini biliyordum, neyse ki hazırlıklıydım.

Komplekse yakın bir yerde inip yürümeye devam ettim. Makyaj yaparken hesaba katmadığım nokta tokat gibi çarptı yüzüme: Terliyordum. İstanbul'un vahim sıcağında bir başıma ve boyun makyajımın akmasından korkarak girdim kompleksin kapısından.

"Kimsenin olmaması güzel bir haber..." diye mırıldandım. Sıcak bile olsa triko giymek daha iyi bir fikirdi şimdi ama iş işten geçmişken dosyaları alıp kaçmalıydım. Şu an ne durumda olduğumdan ya da nasıl göründüğümden habersiz serin koridorda yürüyüp alnımı elimin tersiyle sildim. Boynuma dokunamazdım. Fondötenin eridiğini ve acımasızca aktığını hissederken bir de silersem iyice batacaktım.

"Hera?" Üst kata çıkan merdivenin ilk basamağına adım atmıştım ki korkuyla yerimde sıçradım. Arkamı döndüğümde Gizem ve yanında benim bile en sıkı rakibimiz olduğunu bildiğim takımın kaptanı karşımdaydı.

"Korkuttun beni," dedim can havliyle.

"Özür dilerim, seni bugün burada görmeyi beklemiyordum. Maçlardan sonraki gün izinli olurdum normalde. Neden buradasın? Sistem mi değişti?" Fatih Hoca'yla konuşmam gereken bir mesele daha... Beni fazladan çalıştırıyor diyeceğim ama işime geldiğinde kaytardığımdan bir şey de diyemiyordum.

"Asıl senin burada ne işin var? Eski takımını falan mı özledin?" demem üzerinden sadece birkaç saniye geçmişti ki beklemediğim bir çıkışla neredeyse geri püskürtüldüm.

"Eski takımını özlemeye ihtiyacı olmayacak kadar iyi şartlarda çalışıyor ve seviliyor." Gizem tedirginlikle bir bana bir sevgilisine bakarken onu zor duruma sokmamak için sert çıkışı üzerime almamış gibi davranmaya karar verdim.

Harika bir gülümsemeyle, "Onu sizden almayacağız, merak etmeyin," dedim. Gizem ve harika erkek seçimleri...

"Tanıştırayım. Hakan Doğu, Galata Metropol Spor Kulübü'nde oynuyor. Sevgilim ve," derken adamı, "Bu da Hera Koçoğlu. Burada çalışıyor, benim en yakın arkadaşım," derken de beni işaret edip kısa bir tanıştırma faslı hazırladı bizim için.

Tanışmayı tamamlamak için elimi uzattım ama adam elime ve bana öyle baktı ki bir an gerçekten elimi havada bırakacak diye düşündüm. Elini uzatmadan önce Gizem'in dirseğiyle dürttüğünü görmedim değil lakin ikinci defa görmezden gelmeyi seçtim.

El sıkıştık sıkışmasına fakat elimi elinden çekmeye fırsat bulamadan bir el belimi sarıp beni geriye çekti. Elimin boşta kaldığı yetmiyormuş gibi kurtulduğuma sevinsem de neler olduğunu anlamakta güçlük çekiyordum.

"Seni buralarda görmek ne kadar da hoş değil." Her zamanki kibarlığıyla 10 Numara... Fakat bir dakika? Hâlâ belimde olan elini ittirmeye çalışsam da öyle sıkıydı ki kurtulamadım. Gizem'le neler olduğunu anlamak istercesine birbirimize bakıyorduk. Onun bakışları sinsileşirken benim bakışlarım *yok öyle bir şey,* bakışlarına dönüştü.

"Eğer senin için geldiğimi falan düşünüyorsan, başka zaman, Ataman. Birkaç hafta sonra zaten görüşeceğiz."

"Ufacık koridorda yaptığınız işe bak ya koca adamlarsınız bir de. Ekrandan spor, barış diyorsunuz ama. Hadi dağılın, bir sürü işim var." Gerçekten gergindim, başımda bir sürü iş varken ve nasıl geçtiğini bilmediğim morluklarla uğraşırken takım tartışmasının ortasında kalamazdım. Gerçi hâlâ Ataman'ın önündeydim ama olsun.

Gizem beni bildiği için şaşırmayıp sadece gülerken, Çağlar ve Hakan onaylamaz tavırlarla bana bakıyorlardı. Eli hâlâ belimde olan adama şöyle bir dönüp baktım. Diğerlerine nazaran daha kibar ama uyarıcı bir tonda, "Elini çekecek misin artık?" Ya da boynuma dokunmak isterse sesimi çıkarmazdım.

Nihayet elini çektiğinde Gizem'e doğru bir adım atıp kocaman sarıldım. "Akşam gel bana, oturalım seninle." Hemen onayladı ve akşama konuşmak için sözleştik. "Tanıştığıma çok memnun oldum, Hakan Bey."

"Ben de öyle. Çalışma şartlarına bakılırsa epey yoruluyorsun gibi. Bize katılmak istersen kapımız her zaman açık." Adamın yüzü bir anda kaybolduğunda gördüğüm tek şey Çağlar'ın sırtıydı. Delirtiyordu beni. Yana doğru adım atıp arkasında kalmaktan kurtulacağım derken Hakan Bey'le göz göze geldik.

İlk önce hafif uğultular gelmeye başladı kulağıma, görüntüler ise yavaşça değişiyordu. İstemsizce Çağlar'a tutundum görüntüler değişirken. Artık her görüş korkutuyordu beni. Onu yine ne durumda göreceğimi bilmemek üzüyordu.

Sayın seyirciler, inanılmaz bir akşam, öyle değil mi?

Çağlar Ataman'ın üçlükleri karşısında karşı takım nefes alamıyor.

Seyirciler çığlık çığlığa.

Açık mavi formalılar çok mutlu.

Biri daha mutlu, göremiyorum.

Fakat biri fazlasıyla mutsuz. Kötü bir enerjisi var.

Hayranlarından sevgi alıyor ama umurunda değil o an.

Tek derdi kazanmak ama hayır, hırslı ve kötü.

Ayakkabısının çıkardığı seslere bile gıcık oluyor.

Ne o? 103 sayıya karşı 66 mı?

İki adam karşı karşıya.

Birbirlerine çok da iyi bakmıyorlar.

Bu sefer kötü olmayan görüşümün etkilerinden sıyrılırken sürekli kırpıştırdığım gözlerimle etrafa bakınmaya başladım. Gizem endişe içinde bana ve etrafa bakıyor, Hakan hiç oralı bile olmazken en tatlısı da Çağlar, tutunduğum kolundaki elimin üzerine koyduğu eliyle kendime gelmemi bekliyordu. Alışmıştı tabii artık.

"İyi misin?" dediğinde tam olarak netti her şey. Olduğum ana geri dönmüşken dudaklarıma sinsi bir gülüş yerleşti.

"103 sayı bebeğim!" diye bağırdım ellerimi üçlük atan bir NBA oyuncusu havasıyla kaldırırken. Kimse ne olduğunu anlamasa da -yüksek ihtimal deli olduğumu düşünüyorlardı- bu durum neşemi bozmadı ve yüzümdeki gururlu ifadeyle konuşmaya devam ettim. "Biz şimdi antrenmana gidiyoruz gençler. Yapacak çok fazla işimiz var, görüşürüz." Çağlar'ı kolundan tuttuğum gibi aşağı inen merdivenlere yönelttim. Gizem ve Hakan hâlâ nereye gittiklerini bilmediğim bir şekilde yukarı çıkarken aptalca sallanan kafamla kendi içimde zafer naraları atmaya devam ettim.

"İyi misin, diye sordum sana," diye diretti.

"Kötü gibi mi görünüyorum?" Onu hâlâ sahaya çekerken bir yandan da terleyen alnımı ve boynumu kolumla sildim. Hava gerçekten çok sıcaktı.

"Şu hastalığı ayrıntısıyla anlatmaya ne dersin? 103 sayı ne bu arada? Ve bebeğim mi dedin sen adama?" Bomboş sahaya indiğimizde koşup kenardaki toplardan birini aldım.

"Neden belimden tuttun sen onu söyle? Bu hakkı sana kim veriyor?" Havalı bir şekilde topu attım ve tabii ki basket olmadı.

"Tanışman gereken bir adam değil Hakan." Gözlerimi devirip bir topun daha peşine düştüm.

"En yakın arkadaşımın sevgilisi olduğu için gayet tanışmam gerekiyor. Öyle olmasa bile istediğim adamla tanışma hakkına sahibim, söylememe gerek duymadığım bir detay ama belli ki gözden kaçırmışsın." Peşinde koştuğum topu sonunda yakalayıp doğrulmuştum ki ne zaman bu kadar yakınıma geldiğini bilmediğimden çarpıştık. Hem de tüm vücudumu donduracak bir şekilde. Topu atmaya hazırlanan ellerim havada, ben ise olduğum yerde taş kesildim.

İki büyük el belimden başlayarak kollarıma kadar boşluksuz bir yol izledi ve dirseklerimden sonra iki elimi sardı. Gözlerimi kapatmak üzereyken nefes almayı unuttum bir an için, ne yapıyordu öyle?

"Koşup duracaksan en azından bir sayı yap." Beni öyle bir yönlendirdi ki top ne zaman ellerimden ayrıldı ne zaman potaya isabet etti göremedim bile. Tamamen 10 Numara tarafından sarılmış olmanın hissettirdiği şaşkınlıkla yavaşça ellerimi indirdim. Ne o bir adım geriye gidiyordu ne de ben öne doğru bir adım atmaya yelteniyordum.

"Gerçekten..." diye mırıldandım. "Bu yaptığın ne kadar doğru?"

Kolunu boynuma sardığında neredeyse ağlayacağımı hissettim, belki biraz gözlerim dolmuş olabilirdi. İhtiyacım vardı bu dokunuşuna. Nedenini açıklayamasam da, ne kadar saçma olsa da tüm yaşadığım karmaşa içinde buna ihtiyaç duyduğum o kadar netti ki şimdi.

Aylardır yürüdüğünüz sokaktaki lambayı yeni fark eder gibi... Yeni bir ampul yandı başımın üzerinde.

"Bu da ne? Derin eriyor." Sardığı kolunu geri çektiğinde şaşırdığı şeyin ne olduğuna baktım. Bu bir felaketti. Kolu boydan boya fondöten olan Çağlar, parmağını kolunda iki ton renk farkı yapan boyaya sürüp havaya kaldırdı. "Bu da mı hastalığından dolayı oluyor?"

"Fondöten o. Fondöten!" Elimi boynuma atıp ne kadarı görünüyor diye endişelensem de bıraktım. Zaten bir hastalığım olduğunu düşünüyordu. En fazla üzerine yatar sıyrılırdım işin içinden. Şimdilik başka bir noktaya yönelecektim. Bir adım öne atıp yaklaştım ve omzundan ittim. Hesaplamalarıma göre bir adım geri gitmesi gerekiyordu ama ittiğim noktada şaşkınca bana bakıyordu. Aslında şaşkınlık doğru bir kelime değildi. Ne yaptığımı anlamaya çalışıyor, bunu yaparken de kendimi garip hissetmeme neden oluyordu. "Ölmek mi istiyorsun? Böyle kolayca dokunmak da nereden çıktı?" Korkutucu olmak benim işimdi. Fakat o güldü.

"Çay sözüyle beni evine çağırıp neler neler yaptın," dediğinde gözlerim kocaman açıldı. Duyan da... Etrafta biri olup olmadığına baktım aceleyle.

"Hiçbir şey yapmadım. Seni neden kapıya yasladığımı biliyorsun." Dışarıdan biri muhabbetimizi dinlese kesinlikle yanlış anlaşılmanın dibine vurmuştuk. Yüzündeki o sevecen ve sinsi ifade bir arada nasıl duruyordu bilmiyordum ama tam olarak harika görünen ifadeye bakakaldım.

Kendimi tokatlamak istedim, güzelse güzeldi ifadesi. Beni ilgilendirmiyordu.

Ah, hadi ama.

"Benden etkileniyor musun?" diye sordum. Pat diye. Düşünmeden ve umursamaz bir tavırla.

"Etkileniyorum. Etkilendiğimi biliyorsun." Bakışlarım Çağlar hariç her tarafta dolaştı. Düzenli tutmaya çalıştığım nefesim ağzımdan burnumdan her yerden çıkarken hiçbir şekilde heyecanlandığımı belli etmemeye çalıştım.

"Hayatımda birini istemediğimi net olarak söyleyebilirim." Sadece bir saniye için gözlerine bakıp teksarar başka yere bakmaya devam ettim. Karşımda sahanın grimsi ışığı altında siyah bir eşofman ve basit bir tişörtle dursa da kocaman saha küçülüp tek kişilik bir odaya döndü.

"Hayatına girmek istediğimi söylemedim."

"O zaman bana bir daha dokunma." Dilim neler söylüyordu öyle? Kendi ağzıma vurma isteğiyle dolup taştığım saniyeler içinde biraz mantıklı olmayı diledim. *Allah aşkına Hera, biraz akıl, biraz mantık!* Dile gelen iç sesim bile ilk kez haklıydı.

"Hayatına girersem dokunabilirim yani?" Elini eşofmanın cebine sokup kafasını eğdi. Eve gitmek istiyordum. İşi bırakmak, her şeyi kendi halinde bırakmak, çekip gitmek istiyordum. Konuşmayı sevmediğim konular da olsa içten içe zevk almıyorum desem, yalan söylemiş olurdum.

"Bak şimdi," dedim havalı bir şekilde. "Çok saçma bir konuşmanın içindeyiz. Dün gece de dediğim gibi sözümü tuttum, her şey ilk geldiğim günkü gibi olmalı."

"Ben dün gece çay içtiğimi hatırlamıyorum. Sözün geçersiz." Cebinden telefonunu çıkarıp ekrana baktıktan sonra konuşmama izin vermeden kapıya doğru ilerlemeye başladı. "Şimdi gitmem lazım. Ah, bir dakika."

Birkaç büyük adımda yanıma gelip cebimden telefonumu çıkardığında bendeki tek tepki gözlerimin büyümesiydi. Elim ayağım birbirine dolanmıştı.

"Şifreyi girebilir misin?" Anlamayarak usulca girdim şifreyi sanki her zaman yaptığım bir şey değilmiş gibi. Saniyeler sonra telefonu çaldı. Vay canına. Bir şeyler oluyordu ama ne olduğunu idrak edemeyecek kadar sersemlemiştim. "Kaydettim kendimi. Görüşürüz."

Kapıdan çıkmasına çok az kalmıştı ki "Çağlar!" diye seslendim. İlk kez bu kadar net ve yüksek bir sesle. Arkası dönükken durdu ve sadece başını çevirdi bana doğru. Yüzünü tam olarak göremiyordum bile. "Aklım karıştı," dedim duyabileceği sakin bir tonda.

"Aklı karışan sadece sen değilsin," dediğinde hastalığım sandığı görüşlerimle ilgili bir şey olabileceğini düşünsem de tahmin edebileceği bir durum bile değildi. "Şimdilik... akışına bırak."

Bu sefer gerçekten gitti.

Kocaman sahanın ortasında minicik bir Hera olarak başıma aldığım işlerin sayısı artmaya devam ediyordu. İşler nasıl bu noktaya gelmişti ve nasıl müdahale edememiştim?

Elimi kalbimin üzerine bastırdığımda hâlâ normale dönmeyen hızını avucumun içinde hissediyordum.

Görüşlerimde hissettiğim korkudan dolayı hep hızlanırdı kalbim ama ilk defa, ilk defa farklı bir şekilde hızlanıyordu ve engelleyemiyordum.

"Etkileniyorum. Etkilendiğimi biliyorsun."

Sahanın ortasına uzanıp kollarımı açtım. Soğuk zemin aklımı korumama yardım ediyordu ve daha şimdiden o kadar yorulmuştum ki hemen burada uyuyabilirdim.

"Etkileniyorum. Etkilendiğimi biliyorsun."

"Bunu düşünüp duramazsın. Kendine gel." Gözlerimi kapatıp derin nefesler aldığım sırada telefonum çaldı. Gözlerimi açmadan telefonu cevapladım.

"Hera, dosyaları aldın mı?" Fatih Hoca'nın sesi bile gözlerimi açacak gücü vermedi bana.

"Aldım hocam. Dosyalarda boğuluyorum şu an."

Boğulduğum bir gerçekti. Çağlar Ataman dosyasının içinde işin içinden çıkamadığım bir rapor hazırlıyormuş gibi hissediyordum.

5

"Bu gerçekten planladığım bir şey değil fakat alışmaya başlıyorum her şeye."

Elimizde kahvelerimiz, orta sehpanın üzerinde bir sürü şekerlemeyle üçlü koltuk muhabbetimiz gittikçe koyulaşırken Gizem'e yakınırcasına baktım. Neyse ki ne demek istediğimi anlayabilen biri vardı karşımda. Lafı geveleyip duruyordum çünkü. Ne içimdekini doğru düzgün anlatabiliyor ne de sırrımı paylaşabiliyordum.

"Alışmak hayatın en doğal parçası. Ki senin için, bütün hayatını kapalı bir kutuda geçiren biri için..." Kaşlarım istemsizce çatıldı ve düşünmeye başladım.

"Sana geçmişimi anlattım mı ben?" Hatırlamadığım bir detay daha. Anlattıysam da hiçbir şekilde nasıl anlattığımı, neleri değiştirdiğimi bilmiyordum. Gizem ise tam hatırlamıyor gibi olsa da bir an için duraksadı.

"İlk tanıştığımızda anlattın ya. Evden çok çıkmadığını falan söylerdin. Oradan aklımda kalmış. Yoksa sen kim, bana bir şeyler anlatmak kim..." Haklıydı.

Ne zaman her şeyi tam ayrıntısıyla anlatmıştım ki?

"Tamam, bunu geçiyoruz. Çağlar Ataman'la aranızda ne var? Resmen belinden tutup kendine çekti seni."

"Takımın iki ana parçası olduğumuz için biraz yakın olmak zorundayız tabii. Her şey takım için." Cümlemin bitişinde kafama yediğim minderden sonra kavgaya hazırlanan Gizem karşısında gardımı alsam da işe yaramadı.

"Başlatma takımına ama. Doğru düzgün anlatmazsan Hakan'ı üzerinize salarım." Ellerimi teslim olurcasına kaldırdım.

"Aramızda ne olduğunu bilmiyorum. Anlatamadığım bazı şeyler yüzünden mi tutunuyorum yoksa... Bilmiyorum." Kahvesini bırakıp yavaşça doğruldu. Derin bir nefes alıp verdiğinde konunun neresinden girsem bilemedim. "Gerçekten iyi bir insan Gizem. Ona bir şey olmasını istemiyorum. Bu hisle başka duyguları karıştırmak istememem sürekli diken üzerindeymişim gibi hissetmeme neden oluyor. Rahatım ama değilim, iyiyim ama değilim..."

"Az da olsa anlattığın rüyaların yüzünden mi böyle düşünüyorsun? Rüyalar her zaman gerçek olmaz ki?" Bir rüya olmasını ne kadar istediğimi nasıl anlatabilirdim ona? Olanların ve olacakların kötü bir rüya olmasını istiyordum.

"Rüyalar..." derken derin bir iç çektim. "Haklısın," diye de ekledim uzatmadan. Doğrusunu açıklayamayacağıma göre uzatmanın bir anlamı yoktu.

Kahvelerimizi sessiz sakin bitirdikten sonra Gizem yapması gereken işler olduğunu söyledi. Dakikalar içinde yalnız kaldığımda uzun ve boş üçlü koltuğumun bir köşesine ilişip kafamı yumuşak mindere yasladım.

Şimdi gözüme kocaman görünen koltuğun ona küçük gelmesi gülümsememe sebep olsa da birkaç saniyede soldu gülüşüm. Artık daha kuvvetli bir ipucuna ya da bulduğum ipuçlarını birleştirmeye ihtiyacım vardı.

Neden bilmiyordum, zaman daralmış gibi hissederken paniklemekten korkuyordum.

Telefonum kıvrıldığım yerdeki rahatımı bozarcasına çalarken gözlerimi iç çekerek kapattım. Düşüncelerimle baş başa kalmak bile bu kadar zorken ipucu bulmak... Hadi ama.

Ayaklanıp mutfak tezgâhının üzerinde yüksek sesle çalan telefonumu aldım. Arayan annemdi. Daha fazla bekletmeden cevapladım aramayı. *Ne zamandır konuşmuyorduk biz?*

"Anne?" diye mırıldandım çekingen bir tavırla.

"Nasılsın?" Sesinin keyfini çıkaramayacağım kadar kısa bir şekilde konuşması üzülmeme neden olsa da vereceğim cevap belliydi.

"İyiyim." Ne kadar iyi olmasam da söylemek istediğim tüm o cümlelere karşı tek kelime çıktı ağzımdan. Sonrası sessizlik... Uzun zamandır konuşmayan iki insan olarak aramızdaki samimiyet gözlerimin dolmasına neden oldu. Ne kadar da sıcakkanlıydı böyle.

Gitmeden önce yaşadığımız son olaydan sonra her şeyin değiştiğini bilsem de, daha sıcak davranamaz mıydı? Belki bir şeyler söyler diye biraz daha bekledim ama karşılıklı nefes seslerimizden başka bir ses duyulmuyordu. Kapatacağım sırada söyledi içindekini.

"Yanına gelmek istiyorum," diye söze başladığında içimde sönen tüm duygular hareketlenip dudaklarıma geniş bir gülümseme olarak yansıdı. Az önce uzaklığımızdan dolan gözlerim şimdi buruk bir mutlulukla parlıyordu. "Ama korkuyorum. Bu yüzden hazır olana kadar gelemem."

Yaşadığım duygu değişim hızını nasıl tarif edebilirdim? Canlandığını düşündüğüm bütün o duygular etrafta koşuştururken öylece kalakaldılar.

"Hazır değilsen... Haklısın, hazır olduğunda gelmelisin. Seni zorlayamam. Bu senin suçun değil."

Aramız her zaman böyle değildi tabii ki... Tüm sevgimizi birbirimizin arkasını toplamaya çalışırken tüketmiş gibiydik. Benim görüşlerim, görüşlerimin sebep oldukları, onlar hakkında gördüklerim... Nasıl olduysa buradaydım ve artık rahattılar. Elbette hazır değildi. Kim rahata ulaşmışken tekrardan huzursuz olmak isterdi ki? Hem de kendi kızı tarafından verilen bir rahatsızlıktı bu.

"Seni gerçekten özledim ama bana bakınca bir şeyler görmeni istemiyorum, geleceğimi öğrenmek istemiyorum." Zaten biliyordum bunları. Neden bitmiyordu bu konuşma?

"Anne... Sorun değil. Kapatıyorum."

"Doktorun seni sordu."

Donup kaldım. Az önce hissettiğim tüm o acıtıcı duyguların hepsini silip süpüren bu korkutucu his paniklememe sebep oldu. "Ne dedi?" diye sordum dehşete kapılmadan hemen önce. "Nerede olduğumu söylemedin, değil mi?"

"Söylemedim tabii ki. O kadar da değil, Hera. Düşmanın değiliz biz senin."

"Ne dedi anne? Söyler misin hemen?"

"Seni sordu dedim ya? Gittiğini anlamışlar. Nerede olduğunu ve ne zaman döneceğini sordu. Döndüğün zaman muhakkak gelecekmiş yanına." Bir süre duraksladı ve lafı ağzında geveledikçe geveledi annem.

"Çekinme lütfen. Söyle ki bileyim." İşin aslı, bilmek istediğim koskoca bir yalandı ama içimi kemiren merak dipsiz bir kuyuydu.

"Dönmezsen de seni nasıl göreceğini iyi biliyormuş." Bakışlarım duvarlarımda boş boş gezinirken tüm o yaşadıklarım, sebep olduklarım yavaş yavaş doluştu zihnime.

"Kapatmam gerekiyor," diye fısıldadım dolu gözlerimden düşen bir damla yaş yanağımdan aşağı süzülürken. Cevap beklemeden aramayı sonlandırıp yavaşça bıraktım elimden telefonu.

Yaptıklarım yetmiyormuş gibi hâlâ yapacaklarım olduğunu düşünüyordu demek. Yeni bir hayata, yeni bir başlangıca ihtiyacım olmasının birinci sebebi, yeni sayfama minik lekeler sıçratmaya başlamıştı bile.

En başında, Çağlar Ataman'a yardım etmeye karar verdiğim zamandaki gibi amacımdan şaşmamalıydım. Vesile olduğum kötü olaylara karşı başlangıcımın en güzel olayı olmalıydı Çağlar Ataman'ın kurtulması. O zaman belki... Belki biraz daha huzur bulabilirdim.

Fatih Hoca'nın dosyalarını bir kenara bırakıp odamdan kadife kutumu çıkardım. Şimdiye kadar da kendimi zorlamıştım ama yetmemişti besbelli. Zorlayabildiğim kadar zorlamayı koydum kafama. Bu akşam kesinlikle bir şeyler görecektim.

Sessizlik sağlamayı bile ikinci plana atarken kocaman kadife kutunun içinden irili ufaklı kuvars kristallerini alıp sehpamın üzerine yerleştirdim. Sivri kenarların elime batmasını umursamıyor, odaklanmış bir şekilde ortamımı hazırlamaya çalışıyordum.

Normalde kavanozunun kapağını açıp kenara koyduğum adaçayı bitkisini bu sefer sehpanın üzerine boca edip, iki kavanoz bitkiyi de sehpama boşalttım. Bir yanım ne yaptığını biliyor, diğer tarafım panik ve korkuyu aynı anda yaşıyordu. Tutkuluydum bu konuda, göreceğime inancım tamdı.

Yere oturup hızlanan nefesimi kontrol altına almaya çalıştım. Sehpanın üzerinde elimle tutabileceğim kadar küçük iki kuvars kristalini alıp tüm gücümle sıktım avucumu. Gözlerimi kapatıp odaklanmaya çalıştıkça uzaklaşıyor, zaten sıcak olan havada yoğunca terliyordum.

"Hadi... Hadi..." Mırıldanışımın ardından ellerimin içinde hissettiğim sıcaklık bir an dikkatimi dağıtsa da göz kapaklarımın ardında beliren Çağlar'la ferahlatıcı bir serinlik hissettim. Sehpam kayboldu, duvarlarım kayboldu, ben kayboldum. Ortam değişirken kendimi bıraktım.

Başındaki sargının değiştirilmesini bekleyen bir adam.

Kendisi değil ama bakışları ölmüş.

Kimseyle konuşamıyor, durumunun iyiye gitmeyeceğini öğrenirse ne yapacağını bilmiyor.

Korkuyla sıçrarcasına gözlerimi açıp etrafa bakındım. Bu kadar mıydı? Neden bu kadar kısa sürmüştü ki? Hem aynı görüşün içine düşmüştüm hem de çok kısa sürmüştü. "Odaklan... Lütfen artık." Taşlar elimde kayganlaşmıştı. Terden mi yoksa sivri uçlarının kestiği elimde biriken kandan mı bilmiyordum ama umurumda değildi. Gözlerimi kapatıp bu sefer o anı gözümün önüne getirmeye çalıştım. Hiçbir zaman aynı görüş olmaz, hep bir tarafı farklı olurdu ama farkı görecek kadar bile tutunamıyordum görüşlere.

Sakinleşmeye çalışıp derin nefesler aldım. Saçım başım darmadağınık, terden yapışkan halde tamamen bir kaos ortamındaydım küçücük evimde. "Kafanı boşalt." Hiçbir şey düşünmeksizin sadece o anı canlandırdım gözümde. Öldüğü anı görürken dolan kapalı gözlerime rağmen değişimi hissediyordum. Yer yavaşça altımdan kaydı, ışıklar söndü, tamamen karanlıkta kaldım.

Neden karanlık? Burası neresi?

Zaman yok, kimse yok.

Birden bir ışık yandı. Tek bir spot.

Sırtı dönük bir adama vuran ışık.

10 Numara yazısı net okunuyor.

Okunan bir şey daha: Ataman.

Sırtı dönük ama kafasını çevirip baktı.

Hiçbir şey söylemiyor. Yaklaşsam mı?

İzin vermeyecek kadar agresif görünüyor.

Birden çok yakın, gerçekten çok yakın. Biri var.

Neredeyse burunları birbirine değecek.

"Yaşasam da ölsem de burada olacak. Basketbol benim hayatım. Umurumda mı sanıyorsun?"

Gözlerimi tekrar açtığımda iyice hırslanmıştım fakat aynı zamanda inanılmaz bir baş ağrısı çekiyordum. Gözlerim hâlâ doluydu, ağlamak için en ufak bir düşüş yeterdi şu an. Boncuk boncuk ter damlalarının ensemden aktığını hissederken tişörtümü uçlarından tuttuğum gibi çıkardım. Gri tişörtümün uçları elimdeki kanla renk değiştirirken, yere bırakırken fark etmediğim taşların da şeffaf bir kırmızıya döndüğünü gördüm.

Önemli değildi, gözüm dönmüştü sanki. Açık saçlarımı tepeden gelişigüzel bir topuz yapıp tekrar denemek için gerindim.

Başımı eğip adaçayının sevdiğim, her zaman iyi ama şimdi iyi diyemeyeceğim kadar karışık duygular hissettiren kokusunu içime çektim. "Bu sefer olmalısın. Enerjim bitmek üzere." Başımı onaylarcasına sallayıp iki yanıma bıraktığım taşları tekrar elime aldım.

"O maç." Fısıldayışım salonumda kayboldu. "O maç, lütfen."

Bu sefer değişen görüntülerden umutluydum fakat daha en başından saha görüntüsüyle değişmedi salonum.

Bir otoyol.

Arabalar vızır vızır geçerken ayın yeterince aydınlatamadığı bir gecede bozulmuş bir arabanın yanındayım.

Gözlerim kocaman açılmış bir halde saatime bakıyorum.

Geç kalıyorum! Neye geç kalıyorum?

Kimse durmuyor, hiçbir araba durmuyor. Gitmeliyim.

20:38 Daha fazla zaman kaybedemem.

Yetişmem için gerekirse bir arabanın önüne atlamam gerekiyor ama önemli değil.

Ne kadar uzaktayım. Neden uzaktayım?

Gözlerimi zorlukla aralayıp derin bir nefes aldım. Sırtımı koltuğa yaslayıp ellerimdeki taşı düşürürcesine bıraktım. Olmuyordu. Serbest bıraktığım yaşlarla avuçlarıma bastırdım.

Ağlamaktan nefret ettiğim bu günlerde kendimi bir kere daha ağlarken bulmam bir yana, yapamıyordum. İlk kez sadece kendimi gördüğüm bir görüştü ve amacıma yaklaşmaktan çok uzaklaşırken nasıl göründüğümü hatırlamıyordum bile. Belli belirsiz neler yaptığımı hatırlamamın dışında gözlerimi açtığım gibi silinmişti bazı detaylar.

"Olmuyor!"

Nasıl göründüğümden bihaber kendimi üçlü koltuğa bıraktım. Işığı kapatmaya uğraşmadan, etrafın dağınıklığını dert etmeksizin sadece uykunun derinliğine bırakmak istiyordum kendimi. Korkularım tarafından yönetilmekten korktuğum her gün daha da batıyormuşum gibi... Buraya geldiğimde bataklıktan kurtarmaya çalıştığım bacağımdı sadece. Şimdi bedenimin yarısına kadar batmış, çırpındıkça tamamen batmaya daha çok yaklaşıyordum.

Gözlerim yavaşça kapanırken batmak daha mı iyi olurdu düşünmeden edemedim. Kim ne derse desin, yaptıklarım ya da gösterdiğim çaba bambaşka bir insana dönüştürüyordu beni.

Doktorumun hâlâ peşimde olduğunu ve vazgeçmeyeceğini biliyordum. Tehlikeyi hissettiğim an gitmem gerektiğini de. Ufacık bir evim, yavaş yavaş bağlandığım bir işim ve uğrunda mücadele ettiğim bir tanıdığım vardı. Kopamayacağım kadar alıştım mı yoksa alışma aşamasında mıydım bilmiyordum ama neresinden bakarsanız bakın Hera Koçoğlu yani ben, yürüyen bir felaket gibi dolaşıyordum etrafta.

En büyük zararı da kendime veriyordum.

Bunu sabah uyandığımda daha iyi anlayacaktım.

Abartısız, dayak yemiş gibi uyandım.

Bir kolum koltuktan düşmüş yerdeki soğuk taşa değerken diğer ayağım koltuğun üst kısmına kadar çıkmıştı. Doğrulmaya çalıştığım sırada hissettiğim ağrılar o kadar yoğundu ki en çok neremin ağrıdığı konusunda sıralama yapamıyordum.

"Bu ne hal böyle?! Salonumda at koşmuş gibi." Birincisi o at bendim. İkincisi koşmaktan çok bütün o dağınıklığı oturduğum yerden çıkarmayı başarmıştım.

Kötü hissediyordum evet ama en azından dün akşamki kadar değildi. Tamamen kendimi kaybettiğimi uzaktan bakan bir göz olarak görebiliyordum ve kendimi çok zorlamıştım. Dudaklarımı ısırıp nasıl göründüğümü tahmin etmeye çalıştım fakat olmadı. Üst üste üç görüşüm olmuştu ve hepsi için maksimum çaba harcamıştım. Tavana bakan bakışlarımı kollarıma çevirmeye, morluklarımın son durumuna bakmaya korkuyordum.

"Korkunun ecele faydası yok seni görüş makinesi," diye mırıldandım kendime. Kollarıma baktım. "Lanet olsun." O kadar kötü görünüyorlardı ki. Kendime yaptığım bu şeyden ölesiye nefret ettim fakat içimden bir ses bu kadarla sınırlı kalmadığını söylüyordu. Etrafa saçılmış adaçaylarına basmamaya özen göstererek odama doğru ilerledim.

Asıl darbe aynaya baktığımda geldi. Ensemden göğsüme kadar tüm boynumu kaplayan morluklar çenemin yukarısından sol yanağıma doğru ilerlemişti. Kaburgamın altından başlayıp belimin aşağısına kadar ilerlemesi yetmiyormuş gibi ayak bileğim bile morarmıştı.

Görünmeyen yerler neyse de... İlk defa yüzüme sıçrayan morluklar korkmama neden oldu. Salona dönüp mutfak tezgâhında duran telefonumu aldım. Listemdeki sadece beş kişiden biri olduğu için zorlanmadan bulduğum ismi arayıp sabırsızca aramayı cevaplamasını bekledim.

"Alo, Hera?" diye açtı telefonu Fatih Hoca.

"Hocam." Mırıldanışım ağlamak üzere olduğumu belli ediyor muydu bilmiyordum ama umursamadım. "Ben birkaç gün gelemeyeceğim. Çok önemli bir durum var. Yeniyim, biliyorum ama bana birkaç gün izin verseniz, olmaz mı? Lütfen?"

Böyle dışarı çıkabileceğimi sanmıyordum. Kollarımdaki morlukların parmaklarıma kadar uzandığını görünce elimi tezgâhtan indirip görüş alanımdan çıkardım. Bakmaya bile dayanamıyordum şu an.

"İyi misin sen?"

"Değilim." Kafamı olumsuz anlamda sallayıp başımı eğdim ve ağlamamak için kendimi zor tutarken dudaklarımı birbirine bastırdım.

"Tamam," dedi net bir şekilde. "Bir haftan var. Yönetimle ben konuşacağım, rahat ol."

"Teşekkür ederim, hocam." Nasıl iyi bir insandı Fatih Hoca böyle, şaşırıyordum bazen ama şaşkınlığım çok kısa sürdü bu sefer.

"Dosyalarını evine göndereceğim."

Bu dosyalar ne işe yarıyordu hâlâ çözememiştim ama gülümsemeden edemedim. "Merak etmeyin, dosyalarınız benimle güvende."

Telefonu kapattığım gibi temizliğe vurdum kendimi. Tabii ilk önce üzerimi değiştirip uzun kollu bir tişört ve uzun bir eşofman giydim. Evin içinde olsam bile görmek istemiyordum. Herkesten önce ben bıkmıştım kendimi böyle görmekten.

Kadife kutumun içine dikkatlice yerleştirdim kan bulaşmış taşlarımı. Avuçlarımın içi o kadar acıyordu ki taşları elime aldığımda kesikler tekrardan sızlamaya başladı. "Bir kendini perişan etmediğin kalmıştı, o da oldu."

Yerdeki ve sehpanın üzerindeki adaçaylarını toplayabildiğim kadar toplayıp kavanozlarına doldurdum. Yenilerini almam gerekiyordu ama bu halde en erken ne zaman dışarı çıkabileceğimi bilmiyordum.

Yarım saatten fazla oyalandım etrafa dağılmış adaçayı yapraklarını toplarken. Yere eğilip durmaktan belim kopmak üzereydi ve morluklarım baya taze oldukları için moraran yerlerde hafif bir ağrım vardı.

Yerdeki hafif kanlanmış tişörtümü de kirli sepetine attıktan sonra sanki odanın toplanmasını bekliyormuş gibi kapı çaldı. Salonun ortasında öylece durmuş kapıya bakarken bir an karar verip, parmak uçlarıma basarak kapıya doğru ilerledim. Nefes bile almayacaktım neredeyse evde olduğum anlaşılmasın diye. Dürbünden baktığımda başımdan aşağı kaynar sular döküldü.

Ne işin var senin burada? diye bağıran iç sesim mantıklı bir cevap bulamadı tabii ki. İç sesimle boğuşurken kapı bir daha çaldı. *Açamam kesinlikle. Hem evde değilim ki ben,* diye konuştum içimden. Ses çıkarmazsam kapıyı çalar çalar giderdi sonuçta.

Tabii bir akıllı bendim, beynim de morarmış olmalıydı.

"Na eureureong eureureong eureureong dae...~" Dürbünden bakmadığım sırada telefonunu kulağına götürdüğünü görmediğim için arayabileceğini o an için hesaplayamadım tabii. Salonumda son ses çalan telefonumun melodisi her zaman dans etme isteği uyandırırdı bende ama şimdi sadece hırlamak istiyordum.

"Hera?" Çağlar kapıyı çalmaya ve telefonum çalmaya devam ederken bıkkınca aramayı cevapladım.

"Kapıyı çalmayı ve aramayı bırak. Merdivene otur, beş dakikaya açacağım kapıyı."

Ellerimdeki morluklar için eldivene, boğazım için kazağıma ve yüzüm için fondötenime koştum. Yakın zamanda şal alsam iyi olacaktı. Kazağımı giyeceğim için klimayı soğuk bir dereceye getirmeyi ihmal etmedim. Duş almaya bile fırsatım olmamıştı. Dünden terliydim zaten ve tekrar terlersem bu hiç hoş olmazdı.

Garip bir gün beni bekliyordu.

Boğazı en uzun yapılmış trikomu ve kedili çoraplarımı giydikten sonra geçtim aynanın karşısına. Yaklaşık on dakikadır kapımın önünde bekleyen Ataman'ı düşündükçe tansiyonum düşse de bıkıp gitmesi daha çok işime gelirdi. Bekletmeyi ve bekletilmeyi sevmeyen biri olarak vicdanım sızlıyordu fakat durum şimdi her zamankinden daha farklıydı.

Şu sıralar çok fazla kullandığım fondötenimin kapağını açıp bu sefer daha insancıl boyutlarda süngerime sıktıktan sonra yanağıma sürmeye başladım. Yüzümün yarısı fondötene bulanmışken ve morluğum zar zor kapanıyorken hayatımda hiç bu kadar korkutucu görünmediğimi fark ettim. Düştüğüm en dip noktalardan biri olmalıydı bu. Yanağımın genelini kaplayan morluğun gölgesini makyajın üzerinden bile seçebiliyordum.

Makyajım bittiğinde başka çare olmadığından eldivenlerimi giydim ve aynanın karşısında son defa kendime baktığımda moralim iyiden iyiye yok oldu.

"Önceden de garip giyinirdin Hera," diye mırıldandım kendi kendime. "Dert edecek bir şey yok."

Derin bir nefes alıp odamdan çıktığım gibi kapıya ilerledim. Tek isteğim kapıyı açtığımda gitmiş olmasıydı ama tam karşımda, merdivene oturmuş telefonuyla ilgilenen adamı gördüğümde hafif bir hayal kırıklığı yaşadım.

"Beni beklemiyordun, değil mi?" İçeri davet etmemi beklemeden ayaklandı ve ayakkabılarını çıkarıp yanımdan geçerek içeri girdi. Boş koridora bakıp bütün bunların geçmesini diledim. Arkamı dönmek istediğim söylenemezdi.

"Yanlış anlama, sadece seni değil kimseyi beklemiyordum."

Şimdi ikimiz de salonumdaydık. O her zamanki köşesine oturmuş ben de ayakta, tezgâha yaslanmış onu izliyordum. Ellerimi saklama isteğiyle arkamda tutuyor, yüzümü çok fazla kaldırmamaya çalışırken komik görüntüler sergiliyor olmalıydım.

"Fatih Hoca iyi olmadığını ve birkaç gün işe gelmeyeceğini söyledi. Sana iletmek istediği bazı şeyler vardı, ben aldım."

"Dosyalar, değil mi?" Olumlu anlamda başını sallamakla yetinen Çağlar, dosyaları sehpamın üzerine bıraktıktan sonra tamamen bana döndü. Dizlerine yasladığı kolları ve gergin duruşu kendimi daha da çaresiz hissetmeme neden oldu. "Neden öyle bakıyorsun? Dosyaları bıraktığına göre..." dedim kibar olmaya çalışarak. "Gidebilirsin."

"İyi değilsin," dedi tok ama her zamankinden daha yumuşak bir tonda. "Yanıma gelir misin?" Sorusu o kadar naif geliyordu ki kulağa... Yine de bu mesafeden daha yakına gidemezdim. Hâlbuki ilk defa ben de yanına gitmek istiyordum.

"Böyle iyi. Gitmeye niyetin yok mu?"

"Beni göndermeye çalışma. İrdelemeyeceğim, merak etme. Sadece yanında olmaya geldim."

"Sence şu an yanımda birini istiyor gibi mi görünüyorum?" diye sordum fakat bu kesinlikle bir soru değildi. Arkama sakladığım ellerimi çıkarıp havaya kaldırdığımda o da ayaklandı. "Normal görünmediğimi fark ediyorsun. Eldivenim, kazağım ve mesafeli tavrımı açıklayacak hiçbir kelimem yok ve bu durumda olmaktan rahatsızlık duyuyorum."

"İrdelemeyeceğim dedim. Açıklama yapmana gerek yok," derken aramızdaki mesafeyi kapatıp yavaşça yaklaştı bana. Kafamı kaldırmadım. Kafamı kaldırıp yüzüne baktığım an dün akşamdan beri içimde biriken yoğunluğun tekrar bastırmasından korkuyordum.

Yanımdan geçip kapıya yöneleceğini düşünürken büyük elleri omuzlarımı kavradı ve hemen ardından beni göğsüne doğru çekti. Sadece birkaç saniye direnebildim. Onunla kıyasladığımda küçük kalan bedenimi kollarıyla sardığında gözlerimi kapatıp alnımı göğsüne yasladım.

"Herkesten gizlediğin dünyanda neler yaşıyorsun bilmiyorum ama bu sefer tek başına atlatmak zorunda değilsin."

Dedikleri bir yana burnuma dolan ferah nane esansı ve varlığını hissettiğim kolları iyi mi geliyordu yoksa kötü mü karar vermekte zorlanıyordum. Nihayetinde ben de kollarımı sardım ona.

"Gerçekten gitmelisin," desem de sanki gitmesini söylememişim gibi geri çekildi ve elimi tutup kendiyle birlikte koltuğa oturmamı sağladı. Geldiğinden beri ilk defa inceledim onu ve bu sefer formalarını giymemiş olduğunu hafif bir şaşkınlıkla karşıladım.

Koyu renk bir kot ve üzerindeki ince kar beyazı gömleğiyle tam bir görsel şölen gibi duruyordu yanımda. Ben ise... Ah. Düşünmek bile istemiyordum.

"Eğer görünüşün yüzünden endişeleniyorsan, böyle bile güzelsin." İçimi mi okuyordu? Gözlerimi kısıp alttan alttan şöyle bir baktım.

"Lütfen..." dedim inanmadığımı belli edercesine. "Kendimi geçtim, buna kimse inanmaz şu an. Güldürmek için söylüyorsan eğer başardın ama." Gülümseyip arkama yaslanırken başıyla takip edip izlemeye devam etti.

"Başkalarının inanıp inanmaması umurumda değil. Gerçekten güzel görünüyorsun. İçinden nasıl hissedersen hisset güçlü olduğunu izlemek o kadar güzel ki." Yanaklarımın kızarmaya başladığını hissettiğimde dudaklarımı birbirine bastırdım. *Fondöten kızarıklığın belli olmamasını sağlar mı?*

Bir türlü kafamı kaldırmadığımdan bu sefer yandan bir bakış attım. "Neler söylüyorsun öyle... Yanlış anlaşılmaya müsait şeyler söylüyorsun?"

"Bunu biraz aç bakalım," derken o da arkasına yaslandı. Acıyan elimi gizlice ovalamadan edemedim. Henüz kapanmamış kesikleri kaşındırıyordu eldivenim.

"Diyorum ki biraz daha farklı bir insan olsam ya da dışarıdan dinlesem yanlış anlayabilirim söylediklerini. Neyse ki ciddi olmadığını biliyorum." Kaşımak için yavaşça koltuğa sürttüğüm elimi tutup dizinin üzerine koydu. Bir yandan da bakışları üzerimdeydi. Her ne kadar tam olarak bakmasam da biliyordum, garip bir histi.

Eldivenimi çıkarma girişiminde bulunduğu an kafamı kaldırdım. "Hayır," dedim elimi çekerken. "İrdelemeyeceğim demiştin."

Söylediklerimi duymamış gibi tekrar uzandı, elimi geri çektim. "Sadece bakacağım. Herhangi bir soru duymayacaksın." Biraz daha ileri uzanıp bu sefer elimi tuttu ve az önceki gibi dizine koydu. Hayatımda hiç olmadığım kadar gergindim. "Ayrıca, söylediklerim..." dedi eldivenimi çıkarırken. Ona mı odaklansam yoksa elime mi bilmiyordum. "Sorumluluk alabileceğim sözler söylüyorum. Fakat hayatında birini istemediğini net olarak söyledin, ben de öyle. Söylediklerim gerçek. Sadece altını doldurmak için doğru zaman değil."

Hayatımda birini istemiyordum, doğruydu. İstediğim tek şey onun hayatını kurtarmaktı. Delicesine, gözlerimi dolduran, içimi günden güne kemiren güçlü bir his olsa da... Bu istekten başka bir şey düşünemeyecek kadar istiyordum.

Şahane gülüşü ve eşsiz güzelliğiyle karşımda durup tüm kibarlığıyla benimle ilgilenirken görüşlerimdeki hali gözümün önüne gelmesin istiyordum ama olmuyordu işte.

"Hep böyle net misindir?" diye fısıldadım eldivenim elimden çıkarken. Nefesimi tuttum, gözlerimi kapattım. Parmaklarımın üzerindeki morluklar ve elimin içindeki kesikler... Açıklayamayacağım birçok durumun içinde kalmıştım ama hiçbiri bu kadar net değildi.

"Bazı konularda," dediğinde gözlerimi hafifçe araladım. Çağlar gerçekten de hiçbir şey sormayacak gibi görünüyordu. Çatılmış kaşları ve ince bir çizgi haline gelmiş dudaklarıyla elimi incelerken bir kere daha çekmeye çalıştım ama sıkı sıkı tuttu. "Senden etkilendiğim konusunda net olmak hoşuma gidiyor." Elimin tersini avucuyla kavrayıp çevirdiğinde kesikler çıktı gün yüzüne. Sıkıntıyla aldığı derin nefesi aynı ciddiyetle verdi. Sormak istediğini biliyordum.

"Keşke ben de senden etkilenseydim," dedim hiç öyle değilmiş gibi. Belki biraz da gergin hava dağılsın diye... Yaptığımız iş ve konuştuklarımız o kadar farklıydı ki. "Beni etkilemeyi henüz başaramadın, Ataman. Demek ki böyle şeylerde basketbolda başarılı olduğun kadar başarılı değilsin."

Bakışları elimden gözlerime yavaşça yükseldiğinde dudaklarına yerleşen o gülümsemeyi uzun zaman unutmayacağımı biliyordum. "Deneseydim ve etkilenmemiş olsaydın başarısız sayılırdım, Koçoğlu. Henüz denemedim bile." Ufak kesiklerde dolaştırdı parmaklarını. "Anlayamadığım birçok şey var."

"Anlayamıyorsun ama sınırlarda dolaşmaktan korkmuyorsun." Elimi çekmeyi başarıp eldivenimi giydim. Engellememesi bir yana parmaklarıma doğru inen morluğun geçtiğini görmesin diye daha hızlı davrandım. O ise hiçbir şey söylemedi.

"Şimdi gitmeliyim." Hızlıca ayaklandı fakat ben daha ne olduğunu anlamadan bir eli koltuğun kenarını kavradı ve saniyeler sonra tekrar oturdu. "Bir dakika, neden bilmiyorum. Başım dönüyor biraz."

Kaşlarım istemsizce çatıldı. Oturduğum yerde doğrulup "İyi misin?" diye sordum.

"Antrenmanı da abartmadım bugün ama... Hiç böyle olmamıştı." Gözlerini kırpıştırıp kendine gelmeye çalıştıktan hemen sonra daha yavaş bir şekilde olsa da ayaklandı ve kapıya doğru ilerlemeye başladı.

Arkasından ayaklandım. Gelişi ani olduğu kadar gidişi de öyleydi. "İyi değilsen," diye mırıldandım. "Biraz daha kal."

"Güzel bir teklif fakat annemle buluşmam gerekiyor." Demek annesiyle buluşacağı için böyle giyinmişti. Şöyle baştan aşağı süzmeden edemedim. Her zaman gördüğümün aksi olan bu görüntüyü bir daha ne zaman göreceğimi bilmiyordum sonuçta.

Gömleğinin yakalarından yüzüne kadar çıkan bakışlarımı takip ettiğini göz göze geldiğimizde anladım. Her şey tamam gibiydi. Bir şey dışında... Artık eldivenli olması çok büyük bir sorun olmayan elimi kaldırıp bozulan saçını şöyle bir düzelttim. İşte şimdi tamamdı.

"Bir an beni tekrar kapıya yaslayacaksın sandım."

"Güle güle Çağlar," dedim gülerek. Kapıyı açıp kenara çekildim.

"Tekrar geleceğim." Başımı olumsuz anlamda salladıktan sonra derin bir nefes aldım.

"Beni görmeden yaşayamayacağını biliyorum fakat gelme." İlk cümleme karşılık olarak genişçe gülümsedi. "Birkaç gün içinde döneceğim." Yani, umarım...

"O zamana kadar Türkiye'nin en iyi basketbolcusu olmaya devam edeyim ben de. Yapacak başka bir işim yok gibi görünüyor." Kapının kenarına yaslanırken anın verdiği keyfi yoğunca hissediyordum.

"Görüşene kadar egonu törpülemeyi de unutma. Belli ki uzun zamandır ihmal etmişsin." Onaylarcasına başını salladığında tam olarak evimin dışındaydı. "Dikkatli ol."

"İhtiyacın olduğunda hemen ara beni." Merdivenlerden inip gözden kaybolana kadar izledim gidişini. Kaç dakikadır yanımda olduğunu bilmiyordum ama geçen dakikalar hakkında söyleyebileceğim tek şey iyi geldiğiydi.

Kapıyı kapatıp gündelik yaşamıma geri döndüm. Ya da dosyalarıma mı demeliydim?

Çağlar'ın getirdiği dosyaları sehpamın üzerine dizdim ve önüne doğru oturdum. Üstümü ve eldivenlerimi çıkarıp ev moduma döndükten sonra ise kafam rahat bir şekilde işe başladım. Kalemi tutan elimin normalliği ve sol elimin garipliği arasında birçok fark sayabilirdim.

Yine de odaklanmaya çalıştım. Yapacak başka bir şey ya da herhangi bir çözümü olmadığı gibi kafamı iyiden iyiye meşgul etmesine izin veremezdim.

Birkaç yıldır analizi yapılmadan bekletilen dosyaların arasına gömüldüğümde başım ağrıyana kadar çalıştım. Başım ağrıdığında aklıma gelen şey ise Çağlar'ın baş dönmesi oldu. Nasıldı acaba? Daha iyi olmasını umuyordum.

Dosyaları sehpamın üzerinden kaldırıp yemek hazırlamak için mutfağa yöneldim. Sabah kahvaltı etmediğim gibi öğlen öğünüm de yoktu ve şimdi gün akşama doğru dönerken iyice acıkmıştım. Fakat dolabım benimle aynı fikirde değildi. Kapağı açtığım gibi boş bir beyazlıkla karşılaştım. "Yine mi?" Yapmam gereken bir iş değilmiş gibi market alışverişini sürekli erteliyor ya da unutuyordum. Bu halde dışarı çıkamazdım ki.

"İki yumurta... Biraz tereyağı kalmış. Kahvaltı mı etsem yoksa yumurtayı makarnayla mı karıştırsam?" Kalan son iki yumurtayı dolaptan çıkarıp tezgâhın üzerine koyacakken kapı çaldı. O kadar dalmışım ki çalan kapı yerimde zıplamama sebep olduğunda yumurta elimden düşüp tezgâhın üzerinde parçalandı. Harika...

Yumurtaya üzgün bir bakış atıp kapıya ilerledim. Dürbünden baktığımda elinde pizza kutusu olan birini gördüm. Kutuyla aynı renk olan şapkasını ve yine aynı renk tişörtünü gördüğümde nerenin çalışanı olduğunu söyleyebilirdim. "Benim siparişim değil," diye seslendim.

Genç adam evimin adresini eksiksiz söylediğinde şaşırdığım için birkaç saniye durakladım. "Adres burayı gösteriyor efendim. Sizin siparişiniz olmadığına emin misiniz?"

"Kimin adına bu sipariş?"

"Çağlar Ataman."

Hızlıca tişörtümü giyip kapıyı araladıktan sonra genç adamın arkasına doğru bakıp Çağlar'ın da burada olup olmadığını kontrol ettim. "Bir dakika," dedim sonunda. "Cüzdanımı alıp geleyim."

"Online ödendi. Buyurun," derken adamın gözü morarmış olan boynuma ve kollarıma takıldı. İşte bu yüzden dışarıdan söylemeyi hiç düşünmemiştim bile. Saygısızlık olmasın diye ağzını açmıyordu ama bakışları ne düşündüğünü anlamama yetiyordu. Büyük ihtimalle, herkesin ilk başta düşündüğü gibi şiddet gördüğümü düşünüyordu.

Pizza kutusunu alıp kapıyı kapatacaktım ki "Bir şey sorabilir miyim?" diye kısık sesli bir soru işittim.

Ne soracağını bilmiyordum sanki... "Hayır, şiddet görmüyorum. İyi akşamlar."

"Onu değil de Çağlar Ataman'ın basketbolcu Çağlar Ataman olup olmadığını merak ediyorum."

"A-a," dedim tüm şaşkınlığımla. "Tabii ki değil. Basketbolcu Çağlar Ataman niye buraya pizza istesin. Mantıklı mı bu? Her Çağlar Ataman'ı 10 Numara Çağlar Ataman diye düşünürsek... İşimiz var yani." Sorduğu soruya ve merakına içten içe küfreden adam iyi akşamlar dileyerek gittiğinde kapıyı kapattım.

Pizzayı sehpanın üzerine bırakıp direkt onu aradım. O ise telefonumu meşgule attı. "Ne demek beni meşgule atmak?" Seslice sorduğum sorunun ardından annesiyle olduğunu hatırladım. Keşke aramasaydım diye düşünürken mesaj bildirim sesi böldü düşüncelerimi.

Kimden: Çağlar Ataman

"Kocaman bir günü evde geçireceksen tadını çıkarmalısın."

Cevap bile vermedim. Diyecek hiçbir şeyim yoktu çünkü kafasına göre hareket ettiğinde fazlaca öfkeleniyor gibi hissediyordum. Bir yandan da beni düşünerek hareket etmesi hoşuma gitmiyor değildi.

Bilgisayarımı açıp uzun zamandır izlemediğim bir dizinin kaldığım bölümünü açtım ve pizzamı yerken büyük bir zevkle izledim bölümü. Tabii bölümün yirminci dakikasına gelmeden pizzam bitti ve yoğun bir tokluk hissiyle arkama yaslandım. Göbeğimi ovalayacak kadar doymuştum gerçekten. "Of, çok yedim galiba."

Dizinin bir diğer bölümüne geçiyordum ki ikinci defa çaldı kapım. "Hayırdır inşallah. Yolgeçen hanına döndü evim cidden."

Dürbünden baktığımda bu sefer yine formalı bir kurye gördüm. Elinde pizza kutusuna göre daha ufak ama boyut olarak daha büyük bir paket vardı. "Benim siparişim değil," diye seslendim bir kere daha.

Aynı anlar yaşanmak için sözleşmiş gibi adresimi eksiksiz bir şekilde dinledim ve kimin sipariş ettiğini öğrendikten sonra kapıyı araladım. "Ücreti nedir?" diye sorsam da ödendiğini duydum ve sabrım tükenmek üzereyken kapıyı kapatmaya çalıştım.

"Size bir şey sorabilir miyim? Bu Çağlar Ataman, Kristal Dinamo Çağlar Ataman mı?"

"Başlayacağım Çağlar Ataman'ınıza ha." Kapıyı kapatıp içinde tatlı olduğunu gördüğüm paketi sehpaya bıraktım ve telefonumu elime aldım.

<u>Kime</u>: Çağlar Ataman

"İkinci sipariş sence de fazla değil mi? Denemelere falan mı başladın yoksa?" diye attığım mesaja yaklaşık beş dakika sonra cevap geldi.

Kimden: Çağlar Ataman

"Denemelere başlamak için farklı planlarım var. Yemekten sonra tatlı iyi gider diye düşündüm sadece. Seni etkilemeye başlamamı ister gibisin."

"Hiç de değil," diye mırıldanıp *cheesecake*i mutfağa götürdüm. Madem gelmişti... Yememem için hiçbir sebep yoktu. Gerçekten en sevdiğim tatlılardan biriydi limonlu *cheesecake*.

Dizinin diğer bölümünü tatlımın neredeyse yarısını yiyerek tamamladım. Yarısı yaklaşık üç koca dilim ediyordu ki insan izlerken ne kadar yediğini asla anlamıyordu. "Ne gerek vardı şimdi bu kadar yemeye?" diye kendime kızsam da pişman olmadığımı ben ve midem iyi biliyorduk.

Tabağımı mutfağa kaldırdıktan sonra şöyle bir gerindim ve ağrıyan yerlerimi ovuşturma isteğiyle koltuğuma geri döndüm. Sağ elimin üzeri epey iyi durumdaydı ama boynum, yanağım, kollarım ve sol elimde hissettiğim ağrı hâlâ kendini unutturmak istemezcesine yoğundu.

Uzanıp dizimi izlemeye devam edeceğim sırada tekrar kapı çaldı. "Yok artık..." Daha ne kalmıştı ki? Derin bir nefes alarak doğruldum ve bugün bilmem kaçıncı kez yine kendimi kapıya doğru ilerlerken buldum. Dürbünden baksam da göremediğim biriydi gelen. Bunu daha önceden yaşadığım için kapımı sonuna kadar açıp apartmanda yaşayan ailelerden birinin oğlu olan miniği sevgiyle karşıladım.

"Ahmet. Senin bu saatte ayakta ne işin var?" Kucağında ufak bir kutuyla Ahmet, en sevimli haliyle gülümsemeye devam etti.

"Annemle dondurma almaya çıkmıştık. Bir adam bize bunu verdi. Sana vermemizi istedi. Annem dedi ki adam Çağlar Ataman'mış. Beraber fotoğrafımız bile var. Annem beni onun kucağına verdi."

Uzattığı kutuyu alıp Ahmet'i kocaman kucakladım. "Seni de mi işlerine alet ediyor, ah evladım. Aşağıda mı kutuyu veren adam?"

"Hayır, gitti."

Ahmet'i gönderip kapıyı kapattıktan sonra lacivert kutuyu sehpamın üzerine bıraktım. Kutunun üstüne iliştirilmiş not o an dikkatimi çekti. Kutuyu açmaya korkacağım bir nottu.

'Belki de denemenin zamanı gelmiştir.'

Açıp açmamak konusunda kararsız kaldığım kutuyu elimde evirip çevirip sehpaya bıraktıktan sonra tekrar elime aldım. İçinde ne olduğunu merak etsem de bir tarafım açmamam için baskı yapıyordu fakat açtım, hem de saniyeler içinde.

"Bu da ne?"

Herhangi bir beklentim yoktu aslında ama minik USB bellek kaşlarımın çatılmasına neden oldu. Ve bir not daha... Notu okuduğum gibi geniş bir gülümseme yayıldı dudaklarıma. Bu adam gerçekten beni delirtiyordu. Ve bunu yaparken hiç zorlanmaması takdire şayandı.

'Bu belleğin içinde benim en iyi oyunlarımdan görüntüler var. Güzel bir yemek ve tatlının ardından sana izleyecek harika videolar gönderiyorum. Ne kadar harika olduğumu izlediğinde sakın âşık olma bana. Henüz zamanı değil. Önce basketbolu sevmen gerekiyor.'

Notun sonuna doğru gülümsemem yavaşça solsa da tam anlamıyla üzgün sayılmazdım. Bulaşıcı enerjisi içimde bilmediğim bir yere tutunmama ve güçlü kalmama yardımcı oluyordu. Şu halde ne kadar güçlü olunabilirdi, orası ayrı bir konu. "Belki felç geçirmene belki de ölümüne sebep olacak olan basketbolu nasıl sevebilirim ki?"

Olaya hiçbir zaman benim gözümden bakamayacak olması onun suçu değildi. Yine de tüm bu uğraşı için teşekkür etmek istedim. Her tarafımı saran morluklarım yüzünden kendimi hapsettiğim bu evde beni resmen ayakta tutmaya çalışıyordu.

Telefonumu elime aldığım gibi Çağlar'ı aradım. İkinci çalışta aramam cevaplandığında dudaklarımda hafif bir gülümseme vardı. "Merhaba," diye seslendim.

"Yoksa çoktan izleyip bana âşık olduğun için mi arıyorsun?" Gülüşüm hafif kalmaktan uzaklaşırken samimi bir şekilde gülmeden edemedim.

"Henüz âşık olmadım," derken tekli koltuğa oturup dizlerimi kendime çektim.

"Bir dahaki sefere diyelim o halde." Sesi ve konuşması normal olsa da yüzündeki gülümseyen ifadeyi hissedebiliyordum. Ve açıkçası, hangi hisse tam olarak tutunduğumu anlayabilseydim onu görmek istediğimi bile söyleyebilirdim.

"Teşekkür etmek için aradım. Üçüncü paketten sonra mesaj atmak biraz ayıp olurdu. O kadar uğraştın ve..." dedikten sonra devamını getiremeyerek duraksadım. İki tarafta oluşan sessizlik garipti ama abartılacak bir şey söylemeyecek olmama rağmen samimi bir itirafı paylaşırcasına çekingendim.

"Ve?" Tok ve kendinden emin sesini duyduğumda devam ettim.

"Kendimi gerçekten iyi hissettim. Teşekkür ederim."

İyi veya kötü, şu sıra tüm ruh hallerimin sorumluluğunu alması gerekiyordu belki ama kendi başıma üstesinden gelmeye çalışırken yardımcı olmaya çalışması bile etkileyiciydi. Üstelik sormuyor ve irdelemiyordu. Sadece... yapıyordu. Yalnız geçirmeye alıştığım onca zamanın telafisi değildi belki ama iyi hissettiğimi gizlemek istemiyordum. İçinde bulunduğumuz kısa süreli sessizlikten sonra bu sefer lafa o girdi.

"Basketbol Federasyonu sezonun açılmasını kutlamak için büyük bir davet düzenliyor. Benimle gel."

Düşünmedim bile. "Olmaz."

"Benimle gelmeni gerçekten çok istiyorum," dediğinde bile gardımın düşmesine izin vermedim. Bu konuda çok fazla nettim.

"Gerçekten olmaz." Acımasız bir tonda söyleyip söylemediğimden endişelenirken tekrar etmesine izin vermedim. "Şimdi kapatmam gerekiyor. Tekrar teşekkür ederim. Görüşürüz," dedim ve kapattım.

Büyük bir daveti geri çevirmek için çok fazla nedenim vardı. İşim gereği de olsa basketbol takımı kalabalığıyla bile zor başa çıkarken –çoğu zaman çıkamazken- koskoca bir davete katılmak yapabileceklerim listesinde yoktu.

Üstüne üstlük saklanabileceğim bir pozisyonda da olmayacaktım. Emindim ki tüm gözler Çağlar Ataman'ın üzerinde olacaktı ve yanında olmam demek birçok insanla iletişim haline geçmem demekti. "Üzgünüm aslında," diye mırıldandım başımı koltuğun kenarına yaslarken. Loş ışığın hâkim olduğu salonumda yalnız başıma öylece otururken derin bir nefes aldım. "Katılacağım ilk davet olabilirdi."

Aynı zamanda insanlarla iletişim konusunu geçtiğim zaman bile peşimi bırakmayan detaylar vardı. Tüm bu morluklarımla evden dışarı bile çıkamıyordum. Yaz gününde kendimi atkılara sarıp eldivenle gidebileceğim bir etkinlik değildi. Geçen hafta Fatih Hoca'nın bahsettiği davet bu olsa gerekti. Öğrendiğim kadarıyla bu daveti karşılayacak donanıma sahip değildim şu an.

Kutuyu içindeki USB bellekle birlikte sehpanın üzerinde bırakıp ayaklandım. Videoları sonra izlemeye karar verirken esniyor bir yandan da bilgisayarımı kapatıyordum. Zor günler geçirirken yapılacak en iyi şeydi bence uyumak. Güzel bir uykunun üstesinden gelemeyeceği hiçbir şey yoktu.

Tabii bu düşüncem güzel bir uyku çekip sabah gözlerimi açtığımda tamamen çürüdü. "Güzel bir uyku çektin de ne oldu? Markete kim gidecek şimdi?" diye söylendim kendi kendime.

Dünü bir şekilde atlatmıştım ve şimdi yardım isteyebileceğim kimse yoktu. Gizem'in beni bu halde görmesini istemediğim için arayamıyordum. Aklıma Gizem'den başka sadece Çağlar Ataman geliyordu ve zaten aklıma gelmesi bile yersizken onu arayamazdım.

Dolabımı açıp mükemmel boşluğu derin bir iç çekişle izledikten sonra kapağı sertçe kapattım. "Bu kadar karamsarlık yeter. Daha önce nasıl hallediyorsan öyle halledeceksin olup bitecek."

İlk kez bu derece büyük morluklarla savaşıyordum belki ama daha önce de dışarı çıkamayacağım derecede morluklar gördüğüm olmuştu. Uzun kollu giyerdim, atkı ve şapka takar bir şekilde işimi hallederdim. Kafam da rahat olurdu.

İnsanların beni incelemesi ilk zamanlarda dertti belki ama alıştıktan sonra o bile normal gelmeye başlamıştı. Gözler üzerimdeyken bende gördüklerini ve gördüklerinden dolayı neler düşündüklerini az çok biliyordum. Belki de bu yüzden hiçbir şeyin dışarıdan göründüğü gibi olmayacağını küçük yaşta anlamış olmama şaşırmıyordum.

Tahmin etmek bile yersizdi ama durmadan dönen koca bir dünya üzerinde hareketsiz ve cahil misafirlerken, gördüklerimize kendimizce anlamlar yüklemeyi güzelce başarıyorduk.

Geçmiş ve geleceğinden emin olduğum anları düşünürken on beş yaşındaki Hera gibi hazırlandım. Şal eksiğimi en çok hissettiğim anlardan biriydi belki. Atkımı boynuma bağladım, uzun kollu tişörtümü düzelttim ve altıma en sevdiğim siyah eşofmanımı giydim. Yanağıma sürdüğüm fondöten bugün de idare ederdi beni ama artık düzgün bir şekilde uygulamayı öğrenmem gerekiyordu.

Eldivenleri elime geçireceğim sırada ellerimdeki morlukların geçtiğini fark ettim. Dün ellerimi avuçlarının içine aldığında geçeceğini tahmin etmiştim ama sonrasında kontrol etmek hiç aklıma gelmemişti. En azından eldiven giymekten kurtulmuştum.

Görenlerin başka bir yerde beni gördüğünde hatırlamaması için yüzümün önüne gelen şapkamı düzeltip, askısı uzun çantamı çapraz bir şekilde taktıktan sonra hazırdım. Aynada kendime şöyle bir baktım. "Bugün yine donanımlı bir dilenciye benziyorsun Hera Koçoğlu." İşin garip yanı, bir yanım oldukça eğlenceli buluyordu bu durumu. Kendi kendime gülerek çıktım evden. Belki de artık yavaştan deliriyordum, kim bilir?

Apartmandan çıktığımda harika bir günmüşçesine baktım güneşe. Çantamın önüme doğru gelen askısına tutunup yavaş ama ritmik adımlarla yürürken birkaç çocuk gülmeye başlamıştı bile. Aldırmadan dakikalarca yürümeye devam ettim. Neyse ki sokakların çok kalabalık olduğu bir vakit değildi, okulların dağılma saatine denk gelmiş olsaydım asıl o zaman güzel bir seyirci sayım olurdu.

"Şuna bakın!" diye bağırdı bir çocuk grubunun arsız elebaşı. "Abla, böyle çok sıcaklarsın ya." Ellerindeki su balonlarıyla oradan oraya koşturduğunu gördüğüm grup yavaşça etrafıma toplanmaya başladı.

"Aklınızdan bile geçirmeyin veletler." Kendilerini muhtemelen benden büyük sanıyorlardı ama en büyüğü yedi yaşında bile yok gibi görünüyordu. "Sizin bu yaşlarda sevimli olmanız gerekmiyor muydu?" Aralarından geçip gidecektim ki elebaşının onayıyla bana doğru attıkları su balonları koluma, sırtıma ve bacağıma isabet etti.

Çoğu o kadar güçsüzdü ki bazı balonlar patlamadan yere düşüyordu. "Abla, tamamen seni düşünüyoruz. Biz sevimli değilsek sen de çok garipsin."

"Sorun sizde değil, sizi yetiştirenlerde." Derin bir nefes alıp kalabalık gruba seslendim. "Bakın veletler, tanımadığınız biriyle alay etmemelisiniz. Hatta kimseyle alay etmemelisiniz."

"Ama çok komik görünüyorsun." Aralarından en akıllı görüneni de bunu söyleyince umudumu kaybettim.

"İstediğinizi yapın." Markete doğru yavaş yavaş yürürken çoğu peşimden geldi ve arada bir gelen serinlikten anladığım kadarıyla birkaçı balonları patlatmayı başarıyordu. Önceden olsa kızardım belki ama şimdi sadece gülesim geliyordu. Bazıları ne yaptığını bile bilmeden diğerlerini taklit ederek düşüyordu peşime. Çirkin ördek yavruları gibi dizildikleri yolda bir noktaya kadar takip edildim. Neyse ki evlerinden çok uzaklaşmamayı akıl edecek kadar akıllıydılar. "Çocuklar da güncellenmiş bu devirde."

En nihayetinde markete ulaştığımda kendime büyük bir market arabası seçtim. Derken çantamı çıkarıp sepete bırakacağım sırada biri kolunu omzuma atınca olan gerginliğim zirveye ulaştı ve tüm gücümü yüklediğim dirseğimi arkaya doğru savurdum.

Güçlü bir nefes alış ve derin bir inleme...

Hızlıca arkamı dönüp iki büklüm kalanın kim olduğuna baktım. Tüm bunların sadece birkaç saniye içinde yaşandığına inanamıyordum. Çağlar Ataman sadece iki adım uzağımda iki büklüm bir şekilde kaburgasını tutarken dışarı çıktığıma pişman oldum.

"İyi misin?" Yanına yaklaşırken elini kaldırıp yaklaşmamı engelledi ve benden bir dakika istedi. "Seslensen olmaz mıydı? Arkadan öylece yaklaşırsan..." Yine elini kaldırdığında sustum. En iyisi toparlanması için ona zaman vermekti.

"Çok güçlüydü," dedi yaklaşık bir dakika sonra yavaşça doğrulurken. Doğrulduğunda ışık daha da yüzüne vurdu. Bir an için o kadar güzel göründü ki gözüme gülümsemeden edemedim. Tabii bu sadece birkaç saniye sürdü. Hemen topladım kendimi.

"Üzgünüm diyemiyorum çünkü kim olduğunu bilmiyordum." Sorun olmadığını söylese de canının hâlâ acıdığını görebiliyordum. "Hem ne işin var burada? Markete geldin desek, evin bile bu semtte değil."

"Aslında evine uğrayacaktım ama çıktığını görünce ben de peşinden geldim."

Demek yolda başıma gelenleri de görmüştü. Ne kadar da harika... "Daha sert vursaymışım keşke." Çocuklara kızıyordum takip ediyorlar diye. Onlardan kaç yaş büyük bir adam bile aynısını yapıyorken çocuklar artık sevimli görünüyordu gözüme.

"Daha ne kadar sert vurabilirsin Allah aşkına? Kaburgam çatlamış olabilir. Sahaya çıkamazsam hepsi senin suçun."

Kıstığım gözlerimi gözlerine diktim. "O kadar da sert değildi," desem de sert olduğunu biliyordum.

"Neyse, hadi kivi alalım. Listemde vardı." Ruh halinin aniden değişmesi şaşırmama neden olsa da toparladım kendimi.

"Beni rahat bırakır mısın biraz? Alışverişimi yaptıktan sonra görüşsek mesela?" Ben sıcaktan pişer vaziyette ve gayet gerginken büyük birkaç adımda yanıma gelip market arabasını sürmeye başladı.

"Alışveriş yapalım işte. Başka işim yok şu an." Alay edip etmediğini anlamak için şöyle bir baktım ama dalga geçer gibi bir hali de yoktu. Şimdi de beraber alışveriş mi yapacaktık? Neden?

"Türkiye'nin en iyi basketbol oyuncusunun nasıl bu kadar boş vakti olur? Git antrenman falan yap 10 Numara. Tepem atmaya başlıyor." Marketteki klimanın üflediği soğuk hava bile vücudumdaki sıcaklığı kesemiyorken fazlaca huysuzdum.

O ise tüm söylediklerime cevap olarak poşet rulosundan bir poşet kopardı ve içine kivi doldurmaya başladı. Birkaç tane koyup poşeti havaya kaldırdıktan sonra bana döndü. "Bu kadar yeter mi?"

Sıra sıra ve renk renk dizilmiş tüm meyvelerin içinde fazlasıyla tatlı durduğunu kabul ediyordum ama gerek görüntüm gerekse içinde bulunduğum durum yanımda olmasının tüm güzelliğini örtüyordu. Yine onu olduğundan daha genç gösteren parçalar vardı üzerinde. Koyu renk kot pantolonu ve üzerindeki siyah uzun kollusuyla hoş bir görüntüsü vardı. Bir dakika? Onu süzdüğümü fark etmiş olacak ki öylece dururken bir daha baktım.

"Neden uzun kollu bir tişört giydin? Hem de bu havada?" Sorduğum sorunun cevabı tahminime yakınsa eğer ne yapardım bilemiyordum. Bununla baş edebilir miydim?

"Sen de uzun kollu giyiyorsun. Şu sıra uzun kollu giymek zorunda olduğunu da tahmin edebiliyorum. Hem hava o kadar sıcak değil." Ondan etkilenmeyen bir hücrem bile kalmadı o an.

Onunla aynı sıraya geçip arka tarafındaki sebzelere odakladım. "İki tane daha kivi koyar mısın poşete."

Gerçekten, biz ne yapıyorduk şu an? Bununla nasıl başa çıkabilirdim bilmiyordum ama kalbim delicesine atıyor ve yanaklarım elimde tuttuğum domatesle yarışırcasına kızarıyordu.

"Tamamdır, elde var bir." Hazırladığı kivi poşetini sepete bırakırken çantamı alıp aynı benim taktığım gibi çapraz bir şekilde omzuna taktı. "Çantanı öyle gelişigüzel sepetin içinde bırakma."

Salkım domates doldurduğum poşeti oracığa bırakıp ona döndüm. "Eğer benimle alışveriş yapacaksan işime karışmayı aklından bile geçirme. Geri ver çantamı." Duyduklarım beni içten içe sarssa da belli etmemeye kararlıydım.

"Gecede bana eşlik et." Domates poşetini de sepete ekledikten sonra ellerimi belime koydum.

"Şu halime bak Çağlar, daha açık nasıl konuşabilirim? Sence geceye seninle olmasa bile gelebilecek gibi mi görünüyorum? Hastalığım," dedim onun anlayabileceği bir şekilde açıklayıcı olması için. Kırmak istemiyordum. "Hastalığım şu sıra böyle şeylere izin vermeyecek boyutta."

"Daha önce de seni öyle gördüm, biliyorsun. Hastalığından dolayı oluşan morluklarsa sorun, şöyle bir anlaşma yapalım. Daha dört gün var davete. Gelebilecek durumda olursan eşlik et bana. Gelemeyecek olursan yalnız gideceğim."

"Söz veremem," dedim market arabasını devralırken. Bir sonraki reyona ilerlerken peşimden geldi.

"Yine de aklında olsun. Cevabını bekleyeceğim. Davete bir saat kala bile cevap versen fark etmez."

İstemediğim halde onaylarcasına başımı salladım. Morluklarım kendi başına uzun süre geçmeyecek kadar derin görünüyordu ama bir kere daha keskin bir şekilde reddetmek istemedim.

Reyonları gezerken bir sürü soru sordu bana. Hangi peyniri sevdiğimden, hangi reçeli sevmediğimden, hangi yemeği daha iyi yapabildiğime kadar bir sürü soru aldım. Hepsini tüm içtenliğimle cevaplasam da ne alışverişti odağım ne de soruları.

Yanımda oluşu, sepete sürekli kendi sevdiği şeyleri eklemesi ve en önemlisi sorgusuz sualsiz dâhil olmaya çalışmasını izlemekten başka hiçbir şey yapamıyordum.

Sert görünüyordu bakıldığında, hatta öyle ki iki zeytin arasında en iyisi hangisi diye incelerken öyle ciddiydi ki kimse ne kadar tatlı olduğunu anlayamazdı.

Hayranları farklıydı tabii. Her reyon arası muhakkak durduruluyordu ve hiçbir şekilde yakınmadan insanlara sevgiyle yaklaşıyordu. Arada bir rahatsız olup olmadığımı kontrol etmesi gözümden kaçmıyor değildi ama... Hissedebildiğim tüm enerjisi gözlerimi dolduran bir noktaya dokunuyordu içimde.

Hayranıyla ilgilenirken arkamı döndüm ve dolan gözlerimi görmemesi için sakinleşmeye çalıştım.

Görüşlerim, morluklarım ve şimdi de kalbimle nasıl bir savaşın içinde olduğumdan habersiz böyle samimi olması durumu daha da zorlaştırıyordu. Uzakken daha kolaydı ama şimdi, kurtarmaya çalıştığım insan bir yabancıdan çok günden güne ben oluyordu.

Derin bir nefes alıp marketi aydınlatan yoğun ışıklara baktım. "Toparlan," diye mırıldandım kendi kendime. "Başaracaksın... Başaracaksın." Gözyaşlarım yavaşça saklandıkları yere geri döndüğünde ona çevirdim bakışlarımı. Hayranıyla fotoğraf çektirirken göz göze geldiğimizde ise genişçe gülümseyip ona destek oldum.

Şapkam, atkım ve mevsime ait olmayan tüm kıyafetlerimle garip bir kadın; ben, Hera Koçoğlu. Artık başarısız olma ihtimalim yoktu.

6

Sabahın erken saatlerinde gördüğüm görüşün etkisinden hâlâ çıkamamışken, "Şöyle bir bak bana. Davete gidebilmem mümkün mü sence? Yardımına ihtiyacım var," dedim Gizem'e.

"Sana ne oldu böyle?" Arkadaşım uzun zamandır yüzündeki en şaşkın ve çaresiz ifadeyle açıkta bıraktığım morluklarıma bakarken ne kadar gizlemek istesem de gizlemedim. Elini uzattı ama dokunmadan geri çekti. "Acıyor mu?"

"Acımıyor," diye mırıldandım. "Gerçekten yardım etmelisin bana. Ne kadar istemesem de bu akşam o davete katılmam gerekiyor. Bir şeyden emin olmalıyım."

"Hallederiz." Gözlerinin dolduğunu gördüğümde sarıldım ona sıkıca. Kötü göründüğünü bilmemin yanı sıra bana ne olduğunu bilmemek bile ayrı yıpratıyordu onu, farkındaydım. Fakat henüz, özellikle bu sabahki görüşlerimden sonra bir süre daha söyleyemezdim Gizem'e. İşin rengi iyiden iyiye değişiyordu. "Vücut fondötenin var mı?"

"Hayır, yok ama alırız hemen. Şey..." diye mırıldandım dudağımı ısırırken. "Giyecek elbisem de yok açıkçası. Sen de gideceksin, değil mi? Daha önce katılmışsındır, nasıl giyinilir göster bana."

"Tamam ama bir dakika," dedi ellerini iki yana kaldırıp. Kafasında bir şeyler planladığı net bir şekilde belli oluyordu. "Hakan'la erken buluşup öyle gidecektik. Önce onu arayıp erken buluşmayı iptal edeceğim. Sen de giyin, çıkalım hemen. Dışarıda halledeeriz her şeyi. Ama bir dakika! Nasıl gideceksin sen?"

"Çağlar davet etti beni. Eğer ona eşlik etmeyi kabul edersem bir saat öncesinde haber vermemi istemişti."

"Sen yine de bir saat öncesinde arayıp adamın iki ayağını bir pabuca sokma. Ben Hakan'la konuşurken sen de Çağlar'la konuş."

Onaylarcasına başımı salladıktan sonra acil planımızı uygulamaya geçtik.

Morluklarım geçse bile o davete katılmazdım ya... İşin içinde bir düşman olduğunu öğrendikten sonra nasıl yerimde durabilirdim? *Sahaya inme zamanı.*

"Hadi ara artık, çıkmamız gerekiyor."

Yarım saattir bakıştığım telefon ekranından başımı kaldırıp sinirlenmeye başlayan Gizem'e baktım. O kolay bir şekilde telefon görüşmesini yapıp organizasyonu ayarlarken sinirlenmeye hakkı vardı tabii... Çağlar'ı aramayı bir türlü başaramamıştım. Başaramadığım gibi hâlâ pijamalarımla duruyordum.

"Bir türlü arayamıyorum. Ne diyeceğim ki?" Yanıma gelip telefonu elimden aldığı gibi bir şeyler yapmaya başladı.

"Muazzam cazibene karşı koyamadığım için davete katılmaya karar verdim. Akşam yedide gel beni al diyeceksin. Bu kadar, al şunu."

Muazzam cazibesi yüzünden olmadığını söylemek için ağzımı açmıştım ki parmağını dudaklarına götürüp susmamı söyledi ve telefonu hoparlöre aldı.

"Alo?"

Çağlar'ın telefonda daha da tok çıkan sesi salonda yankılandığında hazırlıksız yakalandım. Kocaman açılan ağzımı ellerimle kapatırken dehşete düşmüş bakışlarımla baktım Gizem'e. Aynı saniyeler içinde vurmayı da ihmal etmedim. Vurduğum kolunu ovalarken telefonu işaret etti.

"Hera?" Telefon kapandığında artık yaşamayacağını Gizem'e işaret diliyle iyice belirttikten sonra bir kere daha adımı söyleyen Çağlar'a odaklandım.

"Buradayım," dediğimde duyduğum iç çekiş garip hissetmeme neden oldu. Endişelenmiş miydi?

"Neden cevap vermiyorsun? Her şey yolunda mı?"

"Cevap verdim ama sen duymadın. Çekmedi galiba ama her neyse. Sana bir şey sormak istiyordum." Bir anda kalp atışlarımı hissedecek kadar heyecanlandım.

Birincisi, aradan geçen günlere rağmen hâlâ benimle gitmek istiyor muydu? İkincisi, bunu ona sorarken bile bu kadar heyecanlıyken bu geceyi atlatabilecek miydim? Şimdiden kesiliyordu nefesim ortamı ve onu düşündüğümde. Neyse ki dikkatimi yöneltebileceğim bir hedefim vardı.

Kalabalık, Çağlar Ataman; düşmanımız, Çağlar Ataman; morluklarım ve görüş ihtimalim, yine Çağlar Ataman... Ne yapacağımı bilemediğim bir durumda sessizce bekliyordum.

"Teklifim hâlâ geçerli. Benimle geleceğini söylemek için aradıysan sadece seni saat kaçta almam gerektiğini söyle."

Gün geçtikçe iyice etkilendiğim net tavrı bir kere daha gülümsememe neden oldu.

Onun yüzünden çok fazla gerginlik yaşıyordum. Yoruluyor, kendimi zorluyor ve hayatımda göstermem gereken çabadan daha fazlasını gösteriyordum. Bir yandan da kişisel olarak hiç yormuyordu beni. Ne kadar zorluk çekiyorsam o kadar titretiyordu kalbimi.

"Kendim gelmek istiyorum. Orada buluşsak, olmaz mı?"

Böylelikle teklifini kabul ettiğimi belirtince omuzlarımdaki hafifliği anında hissettim. İster istemez gerginleşmiştim tabii...

"Sana konum atarım," dedikten sonra kısa saniyeler gibi görünse de uzun dakikalar sürdüğünü hissettiğim sessiz bir anı paylaştık. "Sabırsızlanıyorum, Hera Koçoğlu," dedi nihayetinde. Ve konuşmamız sonlandı.

Telefonu elimi yakıyormuşçasına sehpaya bırakıp ellerimle yüzümü kapattım. Utanç verici hiçbir an yaşanmamış olmasına rağmen yüzüm yanıyordu, utanıyor gibiydim.

"Ee, düğün ne zaman?"

Orada olduğunu tamamen unuttuğum arkadaşıma dönüp gözlerimi kıstım. Yaptığını unutmamıştım ama şu an sinirlenecek bir ruh halinde değildim.

"Ne düğünü be?" diye sordum kaba bir şekilde.

"İkinizi diyorum..." dedi telefonu işaret ederek. "Az önce yeni ilişkiye başlamış bir çiftin cilveleşmesini izlediğime adım kadar eminim."

"İlişkimiz yok." Yalanlayışım o kadar keskin ve netti ki Gizem bir an afalladı. Ardından dudaklarına yerleşen gülümseme ise hayra alamet değildi. "Gerçekten sabırsızlanıyor mudur?" Aslında aklım hâlâ oradaydı. Öyle güzel bir tonda söylemişti ki sabırsızlandığını, kulağımın içinde yankılanıp duruyordu.

"O-hoo." Uzanıp kolumu çekiştirmeye başladığında ayaklandım. "Bu konuya girersek çıkamayız. Seni öyle bir hazırlayacağım ki sabırsızlanmıyorsa bile pişman olacak merak etme."

"Ne yapacaksın bana?" Korkulu bakışlarıma sinsi ifadesiyle cevap verdi.

"Çok konuşuyorsun, Hera. Yürü."

Ve kendimi tamamen ona teslim ettim. İlk olarak bir alışveriş merkezine sürüklendim. Evden geç çıktığımız için zaten kızgındı, onu sorularımla bunaltırken beni oracıkta bırakıp gidecek diye korkmuyor değildim. Yanımda askılı bluzu ve şortuyla güneşin tadını çıkardığı halde hâlâ şikâyet etmesine inanamıyordum. Benim ise uzun kollu tişörtüm ve siyah eşofmanımla ne olduğum bile belirsizdi.

"Burada davet için uygun elbise bulabileceğimize emin misin?"

"Ben de elbisemi seni götüreceğim yerden aldım. Orada bulamazsan başka hiçbir yerde bulamazsın, emin ol. Hem bir taşla iki kuş vurmuş olacağız. Elbiseni seçtikten sonra kuaföre gider saç ve makyajı hallederiz. Sonra da evlere dağılır, giyinip davete geçeriz."

"Gizem..." diye mırıldandım kalabalık caddede sadece ona odaklanmaya çalışırken. Koluna girdim ve başımı omzuna yasladım. "Sen bir insanın sahip olabileceği en iyi dostsun. En en en, en iyisisin. Kraliçe dostsun sen."

"Aman Allah'ım, şirinlik yapıyorsun bana. Bu bir ilk," derken hem gülüyor hem de aceleyle sürüklüyordu beni. Çoğu his ve davranışlarda ilkleri yaşadığım şu günlerde şaşırmadım bu söylediğine. Şaşırmanın aksine, hoşuma bile gidiyordu.

Dakikalar sonra mağazadan içeri girdiğimde Gizem'in ne demek istediğini anladım. Renk renk elbiseler özel ışıklandırmalarla süslenmiş reyonların içinde parlarken hangi bölüme bakacağımı şaşırdım.

Kısa elbiseler bir duvarda, uzunlar ise hemen karşısındaki duvardaydı. Üstelik kocaman mağazanın içindeki her duvar farklı bir konsepti içerirken iyice allak bullak oldum. Şatafatlı elbiseleri ve kısa modelleri hemen eledim. Nasıl bir model giymek istediğimi bilmiyordum ama ne giymek istemediğimi çok iyi biliyordum.

Çok fazla merakım yoktu, bu tarz elbiseler de hiç giymemiştim şimdiye kadar ama reyonların büyüsüne kapılmamak imkânsızdı. Az sonra kendimi kaybedeceğim o kadar barizdi ki.

Renklerine göre kategorize edilmiş reyonların önünden elbiseleri inceleye inceleye geçtim. Hangi elbiseyi almak istediğime karar verirken tam bir kaos yaşıyordum. Fakat bir an, kırmızı elbiselerin olduğu bir reyonun önünde sırasıyla elbiselere bakarken biri dikkatimi çekti. "Gizem," diye seslendim yine bugün bininci kez. "Sence bu çok mu iddialı olur davet için? Bunu giymek istiyorum."

Yanıma gelip askısında tuttuğum elbiseye şöyle bir baktı. Dudaklarını büzüp kafasını eğdiğinde daha derinden incelediğini fark ettim. Atomu parçalar gibi bir hali vardı. "Daha bakacak mısın?"

"Gram anlamıyorsun bu işlerden, değil mi?" Kafamı aşağı yukarı salladığım sırada elbiseyi elimden aldı. "Gayet yerinde ve hatta sade bile sayılır. Önemli olan nasıl taşıyacağın... Denesene. Fazla vaktimiz yok zaten."

Bizimle ilgilenmek için birkaç adım uzağımda bekleyen satış danışmanına uzattım elbiseyi. "Kaç beden giyiyorsunuz efendim? Elinizdeki elbise kırk beden." Yavaşça elbiseyi aldığım yere astım.

"Otuz sekiz giyiyorum. Elinizde otuz sekiz bedeni var mı acaba?"

"Hemen kontrol edeceğim, sizi bir dakika bekletebilir miyim?"

Satış danışmanı yanımızdan uzaklaştığında uygun bedenin olması için delice istekliydim. Birkaç reyon daha inceledim fakat denemek istediğim başka hiçbir elbise çıkmadı karşıma. Yine de gerçekten çok güzel ve şık bir mağazaydı burası.

"Buyurun efendim, elbisenizi çıkardım. Deneyebilirsiniz."

Sevinçle elbiseyi denemeye gittiğimde tek istediğim üzerimde hayal ettiğim gibi durmasıydı. Neden bilmiyordum ama fazlasıyla güzel hissetmek istiyordum. Elbiseyi büyük bir merakla denedim. Güzel de oldu aslında ama morluklarımdan dolayı elbiseye odaklanamıyordum.

Altı şifon, üst tarafı ince askılı ve sırtında şerit şerit dekolteleri olan bu kırmızı elbise kollarımdaki ve boynumdaki tüm morlukları açıkta bırakıyordu.

"Buradan çıkabileceğimi sanmıyorum." Umutsuzca seslendim dışarıya doğru. Aksi gibi içeride ayna da yoktu.

"Nedenmiş o? Olmadı mı? Otuz sekiz bedene giremedin mi?" Art arda bir sürü soru geveleyen arkadaşım için kabinin kapısını araladım.

Yine baştan aşağı baktı bana ve incelemesinin ardından ellerini yüzündeki mutlu ifadeyle birleştirdi. "Ağlayacağım şimdi, gerçekten harika görünüyorsun."

"Yalan söyleme," dedim ona inanmadığımı belli eden tavrımla. "Morlukları görmüyor musun?"

"Sen neden görüyorsun? Onları halledeceğimizi söyledim sana zaten. Bizden başka kimse yok, dışarı gel ve aynaya bak."

Başımı kabinin dışına çıkarıp etrafa baktıktan sonra derin bir nefes aldım. En nihayetinde dışarı adımımı atıp aynaya döndüğümde elbisenin arkasını gören Gizem ufak bir çığlık atıp yerinde zıplamaya başladı. "Ateş ediyorsun, Hera. Bayıldım, inanamıyorum. Sırtında hiçbir morluk yok hem. Kuaförde kollarına ve boynuna vücut makyajı yaptırdık mı tamamdır. Gerçekten harika."

İşin garip tarafı ben de onunla aynı fikirdeydim. Geniş alanda birkaç adım attım, eteğe takılmıştım gerçi ama çok umurumda değildi. Uçuş uçuş elbisenin içinde kendimi çok iyi hissediyordum. Ya da çok güzel mi demeliydim?

"Efendim, elbisenin etek boyu sizin için biraz uzun. Ne zaman giyeceksiniz?"

"Bu akşam." Gözleri kocaman açılan satış danışmanına gülümsedim.

"O zaman karar verdiğiniz an haber verin bana, alalım eteğinizin ölçüsünü. Ortalama iki saat süren bir işlem. Sizin için uygun mudur?" Halledebileceğini öğrendiğimde mutluluktan uçmak üzereydim ki Gizem beni yine çekiştirerek ayakkabı standının önüne götürdü.

"Şu tek bant antrasit ayakkabıyı görüyor musun? Geldiğimizden beri gözüm onda. Muazzam olur bu elbisenin altına. Dene, beğenirsen hemen ölçüsünü aldırırız."

Stilist olmak için doğmuş arkadaşımın tavsiyesini dinleyip ayakkabıyı da denediğimde görüntü o kadar bütünleşti ki böyle bir görüntünün başkahramanı olduğuma inanamıyordum. Elbisenin eteklerini tutup yanlara doğru açtım ve bıraktığımda hafif tül resmen süzülerek yerine indi.

Artık hızlı hareket edeceğimden tamamen ümidini kesmiş olmalı ki Gizem bütün süreci hızlandırdı benim için. Karar verdiğimizi söyledikten sonra arka taraftan gelen terzi hanım ayakkabıya göre etek boyu ölçüsünü aldı ve iki saat sonra gelmemizi rica etti. Biz de o sırada ufak bir çanta ve çok şık, günlük hayatta takamayacağım kadar şık bir bileklik seçtik.

Neredeyse üç aydır kira ve faturalar hariç dokunmadığım banka kartım ağlıyordu belki ama değmiyor değildi. Gerçi çok param vardı, yine de harcamaya alışkın olmadığım için gözüme batıyor olmalıydı.

Ödemeyi yaptıktan sonra ise hemen başka bir mekâna koşmaya başladık. Gerçekten abartmıyordum, Gizem artık koşmamızı söylediğinde çekiştirmiyor, kendiyle birlikte koşturuyordu beni.

Sürekli gittiğim mahalle kuaförümün atası gibi görünen güzellik merkezinin içinde ne yapacağımı bilemedim bir an. Özellikle Gizem yanımdan ayrılıp birilerine selam vermeye gittiğinde kalabalığın içinde öylece kalakalmıştım.

Giyimimden olsa gerek bir sürü kadının ve görevlilerin anlamsız bakışlarına maruz kalıyordum. Çok önemli bir konu değildi belki ama hiç olmadığım kadar huzursuz hissettiğim anlardan biriydi. Gri, bordo ve siyah renklerle dizayn edilmiş mekânın içinde bekleme koltuklarına yöneldim. Daha doğrusu yönelmeye çalıştım çünkü henüz iki adım atmıştım ki Gizem yine yapıştı koluma.

"Nereye gidiyorsun bakayım? Bekleyecek vaktimiz var mı sence?"

"Kalabalığı görmüyor musun?" derken mekânın içini ve hiçbiri boş olmayan koltukları işaret ettim.

"O meseleyi hallettim ben. Koltuklardan biri boşalana kadar içerideki odada vücut makyajını yapacak arkadaşım. Ama kıyafetlerimizi değiştirmemiz gerekiyor. Makyajdan sonra kollarına ve boynuna bir süre hiçbir şey değmemesi gerektiği için uzun kollu giyemezsin."

Onaylarcasına başımı salladıktan sonra içerideki odada Gizem'le giydiklerimizi değiştirdik. Ben onun askılı bluzunu ve mini şortunu giydim, o ise uzun kollu tişörtümü ve eşofmanımı giydi. "Çok komik görünüyorsun," dedim onu kendi kıyafetlerimin içinde görünce.

"Senin üzerinde komik durmuyor sanki," dediğinde ikimiz de gülmeye başladık. Çok yorulmuş olmamızın yanı sıra ilk kez onunla bu kadar yakınlaşmak ikimiz için de eğlenceli olsa gerek acele ederken bile gülecek bir şeyler bulabiliyorduk artık.

Dakikalar içinde makyajım başladı. Her şey anlamadığım bir yoğunlukta geçerken başım dönmüyor değildi. Çoktan akşamüzeri olmuştu bile. Yetişebileceğimizden çok emin değildim artık. Kendimi geçtim, Gizem'in geç kalmasını istemiyordum.

Kollarıma, boynuma ve bütünlük sağlaması açısından omuz bölgeme de hafifçe uygulanan makyaj bittiğinde içeride boşalan koltuklara oturttular bizi. Yan yana oturduğumuz koltuklarda benim yoğun dalgalı istediğim saçlarıma karşılık Gizem'in düz fönü yapılıyordu. Hazırlık aşaması bile heyecanımı arttıran bir noktaya gelmişti artık.

Üstelik gitgide artan bir heyecandı bu. Nasıl başa çıkacağımı henüz bilmediğim bir heyecan...

Taksinin içinde karın ağrısıyla yolun bitmesini beklerken hiçbir yere değmemeye özen gösteriyordum.

Üzerime hiçbir şey almamam da bu yüzdendi. Biraz abartıyor olabilirdim ama şu an için en önemli şeylerden biri kollarımdaki ya da boynumdaki morluğun belli olmamasıydı.

Küçük çantamın içindeki küçük aynayı çıkarıp şöyle bir baktım kendime. Her şey yerinde ve iyi görünüyordu. Kendimi ilk defa bu kadar ayrıntılı ve yoğun makyajlı görüyordum. Açıkçası harika hissediyordum ama insan içine çıkmaya hazır olduğum da söylenemezdi.

"Odaklan..." diye mırıldandım. "Odaklanmak zorundasın." Geçen günkü görüşümün farklı bir açısını görebilirsem eğer hem düşmanımızdan emin olacaktım hem de maçın ne zaman olacağına dair büyük bir ipucu yakalayabilirdim.

"Burası hanımefendi." Daldığım düşüncelerden şoförün sesiyle ayrıldım ve ücreti ödedikten sonra görkemli mekânın girişine doğru yürümeye başladım. Kapıya yaklaştığım sırada bir görevli tarafından nazik bir şekilde durduruldum.

"Esma Sultan Yalısı'na hoş geldiniz efendim. Etkinlik dış alanda başladı. Eşlik etmemi ister misiniz?"

"Tabii, teşekkür ederim." Görevli eşliğinde etkinliğin yapıldığı alana ilerledim ve büyük kalabalık görüş alanıma girdiğinde eteklerim ayaklarıma dolandı sanki. Sendeledim, neyse ki çok fazla büyük bir duraksama değildi.

"İyi misiniz?" Kibar göreliye gülümseyip iyi olduğumu söylesem de iyi olmakla yakından uzaktan alakam yoktu. Bu sıcak yaz akşamında titrediğimi söylesem yalan olmazdı.

Yoğun bir konuşma uğultusu eşliğinde karıştım kalabalığın arasına. Etrafım bir sürü iyi giyimli kadın ve erkekle doluydu. Tanıdığım kimseyi göremediğim gibi tanımadığım birçok yüz tarafından izlendiğimi görebiliyordum. Garip göründüğümden endişe etmiyor da değildim, neden bakıyorlardı?

Tamamen savunmasız hissettiğimden midir bilmem, yüzlere ve özellikle insanların gözlerine bakmaya çekiniyordum.

Gece karanlığı da olsa ışıklandırmalarla egzotik bir hava yakalanmış olan mekânda burnuma değen hafif yosun kokusu biraz daha iyi hissetmeme neden oluyordu. Deniz kenarında iyi hissederdim hep, en azından bu yönden güzeldi. Deniz kenarında efsanevi bir yalıydı Esma Sultan. Yine de bu geceyi atlatabilmek için bulunduğumuz konumun güzelliğinden daha sağlam bir sebebe ihtiyacım vardı.

Derken yuvarlak bir masaya hafifçe yaslanmış, elinde tuttuğu şampanya kadehiyle beni izleyen Çağlar'ı gördüm. Simsiyah, jilet gibi bir takım elbise içindeydi. Bir eli cebinde, dik ve kararlı duruşu sürekli ona bakma isteği uyandırıyordu içimde. Her zaman gelişigüzel dağınık saçları bu kez düzgünce arkaya doğru taranmıştı. Sert nane kokusunu buradan bile aldığımı düşünsem de bunun geniş hayal gücümden kaynaklandığını biliyordum.

Duruşumu dikleştirdim, elimdeki çantayı sıkı sıkı tutmaktan bembeyaz kesilse de parmaklarım, hissettiğim karmaşayı belli etmemek adına sakince ona doğru yürüdüm. Başka kimseye ya da hiçbir şeye bakmadım. Görüş kaygısı da yaşamıyordum şimdi.

Yanına ulaşmama birkaç adım kala kadehini masaya bırakıp tamamen bana döndü. Bakışlarının üzerimde baştan aşağı her yerde gezindiğinden o kadar emindim ki. Dudaklarına yerleşen gülümseme benim dudaklarıma da yansıdığı sırada karşı karşıya kaldık.

Elime uzandı, hafif bir dokunuşla kavradığı elimi kaldırıp dudaklarına götürdüğünde gülüşüm derinleşti. Aynı zamanda sımsıcak hissediyordum. Sıcak ve sevmeye hazır...

"Seni bekliyordum ama şimdi bununla nasıl başa çıkacağımı bilmiyorum. Geldiğin andan itibaren izliyorum seni ama alışamıyorum. Güzelliğin baktıkça daha da yoğunlaşıyor."

Neden buradaydım, herkes burada ne yapıyordu ya da kimler bizi izliyordu gibi soruların yanıtlarını düşünmedim o an. Alışkın olmadığımdan ya da Çağlar'ın sahip olduğu ün o an için gözümde olmadığından olsa gerek yapabileceğim en düşüncesiz hareketi yaptım.

İyice yanına yaklaşıp uzaktan bile burnuma dolduğunu düşündüğüm nane esansını bu sefer gerçekten koklayıp elimi omzuna koydum. Uzanıp yanağından öptüğümde ise yüzümün elbisemle aynı renk olduğundan endişeleniyordum. Geri çekildiğimde elini koluma doğru uzattı.

"Aklından bile geçirme," diye mırıldandım gülerken. "Dokunmanı tavsiye etmiyorum." Fondöten yüzünden olduğunu ona söylemedim ama anlayacak kadar zeki bir adamdı 10 Numara.

"Aklımdan geçirdiklerim..." derken iç gıcıklayıcı bir şekilde iç çekti. "Bugün bir şeylerin değişeceğini biliyorsun, değil mi?"

Onun ve benim değişim anlayışımız biraz farklıydı ama... biliyordum. Öyle şeyler değişecekti ki bunca zaman çektiğim her duygu değişimi ve hissettiğim baskıya değecekti.

Çağlar'ın arka tarafındaki masalardan birinde tatlı tatlı Gizem'le konuşan Hakan'ı gördüm o an. İfademi sabit tutmaya çalışıp Çağlar'ın yakışıklı yüzüne bakmaya devam etsem de biliyordum. Bir şeyler kesinlikle değişecekti. Değişmesi gerekiyordu.

"İçecek bir şey ister misin?" diye sorduğunda gülümseyerek reddettim. Midemin ağrısı yeni yeni geçiyordu.

"Hemen geliyorum." Beni iki dakika beklemesini söyledikten sonra emin adımlarla ayrıldım yanından. Gizem'in yanına ilerlerken hedefimle göz göze geldik. Korkusuzca bakıyordum gözlerine çünkü şu an bir görüşün gelip gelmemesi umurumda değildi. Hatta bir görüş çok daha mutlu ederdi beni.

Sabahki görüşümde ne olursa olsun bütün meselenin Hakan Doğu'nun başının altından çıktığını görmüştüm. Hangi taşı kaldırsak altından o çıkacaktı ve bundan epey bir zevk alacaktı. Görüşümde ne yazık ki Çağlar yine aynı duruma düşüyordu ama bu sefer biraz daha farklıydı. İkili rekabete girdikleri bir an Hakan'ın bilinçli sertliği ve dengesizliği yüzünden hiç olmayacak bir düşüşle kaldırılmıştı hastaneye. Pota kırılmamıştı belki ama emin olduğum maddelere bir yenisi daha eklenmişti.

Olay her seferinde aynı sonuçlanıyor ama başı değişip duruyordu. Aynı yerde ve aynı saatte olsa da yaralanma şekli değişkenlik gösteriyordu. Ne olacaksa çemberin altında olacaktı ama sonuç bir türlü değişmiyordu. Muhtemelen Hakan Doğu'nun karar veremediği kötülük planları görüşlerimde farklılık gösteriyordu.

Tüm bu değişkenliğin içinde istikrarla kötü adam olmaya devam eden Hakan'ı görmeye bile katlanamıyordum aslında. Yetmiyormuş gibi bir de bu adam en yakın arkadaşımın sevdiği adamdı.

Rahat bir ifade takındım. İğneleyici görünmek ya da negatif bir enerjiyle karşılaşmak istemiyordum. Bunu yaparken zorlandığıma yemin edebilirdim. Hırsını kötülük için kullanan bu adam, doktorum ve onun gibilerden farksızdı sonuçta.

"İyi geceler," diyerek selamladım ikisini de. "Uzaktan gördüm sizi. Yanınıza gelip selam vermek istedim. Ayrıca Gizem'e kendimi göstermeliydim."

Sakince elini uzattı ama onun da beni karşı cepheden gördüğünü biliyordum.

"Hera Koçoğlu," diye mırıldandı. Üzerindeki lacivert takımı, Gizem'in elbisesiyle uyumlu kravatı ve büyük yaka iğnesiyle tam bir beyefendi gibi görünüyordu. Ama sadece gibi...

Kibirli bakışları, ben buradayım diyen egosu ve yanında taşıdığı küçük dağlarıyla onu bir kere daha sevmedim. Koyu teni, küçük gözleri ve sivri bir yüzü vardı. Bana birini hatırlattığına emindim ama henüz çıkaramıyordum. "En son konuştuğumuzda keyifli değildin. Bu gece epey neşelisin. Çok sevindim."

"Bugün çok eğlendik birlikte," diyerek araya girdi Gizem. "Harika görünüyorsun hayatım. Tüm koşuşturmamıza değdi."

"Kendinle gurur duymalısın." Arkadaşıma genişçe gülümsedikten sonra Hakan'a döndüm. "Neşeli olmamam için hiçbir sebep yok. Harika bir gece, harika bir organizasyon... Etrafım birbiriyle keyifli sohbetler eden sporcularla dolu. Görmek istediğimiz manzaralar bunlar."

Elindeki kadehi şöyle bir sallayıp masaya bırakırken dudaklarındaki gülümseme iyice küstahlaştı. "Hepimiz böyle bir geceyi gülücüklerle atlatabilecek büyük adamlarız. Bizim olayımız saha. Bunlarla ilgilenmiyorum doğrusu."

Ortamın gerginleşmesine izin vermeden gülümsemeye devam ettim. "O halde sahada çokça karşılaşalım. Nasıl idare ettiğinizi çok merak ediyorum."

Hiçbir şey anlamayan ama korumaya çalıştığım gülümsememe rağmen bir şeyler döndüğünü sezen arkadaşım hafifçe kıpırdandı yerinde. Gitmeden önce söyleyeceğim bir şey daha vardı ama belimde hissettiğim sıcak parmaklar duraksamama neden oldu.

Alışamadığım uzunluğu ve tüm asilliğiyle yanımı doldurduğunda ona dönüp gülümsedim. "Ben de tam yanına geliyordum." Onaylarcasına başını salladıktan sonra beni tamamen yanına çekti. Gülümsemeden edemedim ama Hakan'ın bakışlarından da rahatsız olmuyor değildim.

"Umarım keyifli vakit geçiriyorsunuzdur." Çağlar'ın kibar sesi ortama başka bir soluk getirdi. "Nasılsın, Gizem?"

"Sen ne kadar keyifliysen ben de o kadar keyifliyim, Ataman." Gizem sevgilisine uyarıcı bakışlarla baktıktan sonra Çağlar'a döndüm.

"Çok iyiyim Çağlar Bey. Teşekkür ederim."

Elini Çağlar'a uzatan Hakan'ı gördüğümde zamanı durdurup elini indirmek istedim. Çağlar'a dokunması fikrinden ölesiye nefret ediyorum. Ben absürt bir hareket yapmadan tokalaşma faslı bitti.

"Şimdi izninizle Hera'yla dans edeceğiz. Size iyi eğlenceler."

Kolumdan tuttuğu gibi beni oradan uzaklaştırırken veda etmeye vaktim olmadı. Neyse ki geriye doğru baktığımda Gizem'i bize gülerken yakaladım.

"Hani hemen gelecektin?"

"Gizem'le konuşurken zamanın nasıl geçtiğini anlamadım." Çiftlerin doldurduğu dans pistinin denize bakan köşesinde karşı karşıya kaldık Çağlar'la. Ay ışığı denizin üzerinden bize uzanan ince bir şerit gibi hemen önümüzde parlarken bir eliyle elimi tuttu, diğeriyle de belimi sarıp beni kendine çekti. Gülümseyerek sokuldum beni çektiği yere.

Çok kısa ve zayıf sayılmazdım normalde ama onun kolları arasında olduğumdan daha küçükmüşüm gibi hissediyordum.

"Bakalım dansta basketbolda olduğun kadar başarılı mısın?" Elimi ilk önce omzuna oradan da boynuna götürdüm. Çekiniyordum aslında ama belli etmek gibi bir niyetim yoktu.

"Heyecanlıyım," dedi aniden. "Hata yapabilirim." Attığı adımları uyum sağlayarak takip ettim. Ekstra çaba harcamama gerek kalmadan hafif bir ritim yakaladık. Benden daha fazla heyecanlı olabilir miydi bilmiyordum ama ikimiz de iyi idare ediyor gibiydik.

Belimdeki eli gevşediğinde geri çekilecek sandım ama başka planları vardı. Parmakları elimin üzerinde dolaşmaya başladığında hafifçe gülümsedim. Uzun zamandır, çok uzun zamandır hissetmediğim kadar iyi hissediyordum.

Elimin üzerinden omzuma kadar parmaklarıyla takip ettikten sonra avucuyla boynuma dokunup önüme gelen saçlarımı geriye attı. "Çok güzelsin." Mırıldanışı kulağımı gıdıklarken istemsizce etrafa bakındım.

"Şu an tek merak merak ettiğim bu kadar yakın olmamızın senin için sorun olup olmayacağı. Herkesin gözü senin üzerinde." Tanıdık tanımadık herkesin bir gözü bizdeydi. Göz göze geldiğimiz an herkes önüne dönüyordu ama bakışlarımı çevirdiğim an bakmaya devam ettiklerini biliyordum.

"Basına kapalı bir etkinlik bu. Buradakilerin ne düşündüğünü önemsemiyorum," dedikten sonra etrafa şöyle bir baktı ve bana döndü. "Ayrıca bana değil, sana bakıyorlar. Çağlar Ataman ne kadar şanslı bir adam diyorlar ve yanımdaki güzelin kim olduğunu merak ediyorlar."

Eli tekrar belimi buldu fakat hareketindeki dengesizlik gözümden kaçmadı. "Tam tersi olduğunu düşünüyorum ama bu seferlik karşı çıkmayacağım sana. Çünkü elbisemi çok sevdim."

Cevap vermedi. Sadece güzel güzel baktı gözlerime. Şimdiye kadar geçirdiğimiz anların en güzeli olabilirdi bu an. Dakikalarca devam eden bakışmalarımız ve ona ara ara eşlik eden nedensiz gülüşlerimizle dans etmeye devam ettik.

Mutluydum. Ve hatta her şeyi unutmuş bile olabilirdim bu dakikalar içinde. Ta ki Çağlar'ın gözlerini kırpıştırıp bir şeye direnmeye çalıştığını anlayana kadar...

"Çağlar?" diye seslendim fakat daha ne olduğunu anlamadan belimdeki eli gevşedi ve dengesini kaybeder gibi oldu. Kolunun altına girip düşmesine engel olmaya çalıştım ama çok zordu. "Yardım edin!" Sesimi yükseltsem de etraftakiler de ne olduğunu anlamadığından olsa gerek sadece bakıyor, harekete geçip geçmemekte karar veremiyor gibiydiler. Görüş alanıma bize doğru koşan Fatih Hoca girdiğinde ağlayacaktım neredeyse.

Fatih Hoca'nın gelişi kalabalığı harekete geçirdi ve saniyeler içinde takımdan birkaç kişi daha yanımıza geldi. Kendinden geçen Çağlar'ın bir koluna Fatih Hoca diğerine Anıl girerken kalbim yerinden çıkacak gibi atıyordu.

"Neler oluyor, Hera?" dediğinde yüzündeki dehşet ifadesi bu olayın burada olmaması gerektiğini daha da gösteriyordu.

"Dans ediyorduk. Hiçbir şeyi yoktu." Kelimeleri bir araya toplayabilirsem konuşacaktım ama çoktan paniklemiştim. "Bir anda sendeledi ve böyle oldu." Yanımıza gelen görevliler bizi sağlık odasına yönlendirirken panik halinde takip ettim onları. Elimdeki çantayı bile zor tutuyordum. Ellerim öyle titriyordu ki...

Fatih Hoca ve Anıl güç bela Çağlar'ı sağlık odasındaki yatağa yatırdığında odaya organizasyon sorumlusu olduğunu öğrendiğim adam ve sağlık ekibi geldi. Çağlar'ın ceketini ve kravatını bana verdiklerinde elimde eşyalarıyla öylece kalakaldım.

Korkunç bir hisle baş başaydım.

Kalbim ağzımda atarken sağlık ekiplerinin gerekli kontrolleri yapmasını izliyordum. Sağlık görevlisi Çağlar'ın saatine uzandığında eli dikkatimi çekti. Parmak uçları bembeyazdı. Hem de anormal bir şekilde. "Parmakları..." diye mırıldandım. "Bembeyaz." Söylediklerimi duyan görevli eline baktığında bir gariplik olduğunu anlayan sadece ben değildim.

"Hayır..." diye inledim istemsizce. Sesim öyle çaresiz çıkmıştı ki dikkatleri üzerime topladığımı biliyordum. Aklıma gelen ihtimalin gerçek olma düşüncesi bile mideme kramplar girmesine neden olurken tanımadığım birkaç kişinin bana anlamsızca bakması umurumda bile değildi. Bütün gücüm buhar olup uçmuş gibi hissediyordum.

"Sakin ol, Hera. Bir şeyi yoktur, tansiyonu falan düşmüştür. Kendine gelir birazdan." Elimdeki eşyaları Fatih Hoca'ya verip tüm hızımla ayrıldım odadan.

Karşıma çıkan ilk görevliye tuvaletin yerini sorduktan sonra koridorun sonuna doğru koşmaya başladım. Ayakkabılarım canımı çok acıtıyor ve eteklerim uçlarından tutmama rağmen bacaklarıma dolanıyordu ama hızımı azaltmadım. Her zaman yakındığım morluklarımın yerinde olduklarını görmeye ihtiyacım vardı.

Tuvalete girdiğim gibi suyu açıp kollarımı yıkamaya başladım. Elbisemin ıslanıp ıslanmadığını önemsemeden kollarımdan sonra boynumu da iyice yıkadım.

Koyu krem rengi akan fondötenin altında morluklarımın görünmesini beklerken sanki hiç makyaj yapmamışım gibi tenim göründü. Morluklarımdan eser yoktu. Boynum ve kollarım tamamen pürüzsüzdü.

Çağlar'ın dokunuşunun morluklarıma iyi geldiğini biliyordum zaten ama bembeyaz olan parmak uçlarını gördüğümde eldivenimi çıkarıp elimi iyileştirdiği an geldi aklıma. Aynı şimdiki gibi elime dokunduktan bir süre sonra ayağa kalktığında başı dönmüş ve birkaç dakika dinlenmek zorunda kalmıştı. O zaman bunun bahsettiği gibi fazla antrenmandan ya da yorulmasından kaynaklandığını düşünmüştüm. Olayın büyüsüne kapılıp morluklarım olmadan gezebileceğim gerçeği gözümü öyle boyamıştı ki sinyalleri tamamen kaçırmış olmalıydım.

"Akıl alır gibi değil. Böyle bir şey nasıl gerçek olabilir?" Kâğıt havluyla ıslak olan yerlerimi kurularken aynadaki aksime baktım. Ağlamak istiyordum ama inatla reddettim.

Her şey yolundaymış gibi davranırsam yoluna girer miydi bilmiyordum ama inatla iyi olduğum yalanına tutundum. Çağlar'ın olduğu odaya doğru ilerlerken hızlı değildi adımlarım. Adım attıkça salındığını gördüğüm kırmızı elbisem artık o kadar da çekici gelmiyordu. Aynı birkaç ay öncesi gibi her şey albenisi kaybetmişti sanki. Ne düşüneceğimi bilemeyecek kadar hissizleşmiştim.

Taş örgüsü duvarlar yapıyı bozmamaya özen gösterilerek restore edilmişti ve bu da önümde süzülen koridora mistik bir hava katmıştı. Yerdeki zümrüt yeşilinin en koyu tonu olan halıya baka baka ilerledim koridor boyunca. Başımı kaldırmaya bile halim yoktu.

En nihayetinde odanın önüne geldiğimde gözlerimi kapatıp derin bir nefes aldım. Kapının kolunda kalan elim bir türlü hareket etmiyordu. Sesini duyana kadar kaç dakika öylece beklediğimi bilmiyordum ama içeri girdiğimde onu gömleğinin yakası göğsüne kadar açılmış bir şekilde otururken buldum. Fatih Hoca karşısındaki koltukta oturuyordu, yalnızdılar. Ellerimin titremesi bir türlü geçmediği için arkama sakladım.

Şimdi onu iyi ve gülerken görmüştüm ya…

Daha iyi olmam gerekirken daha kötü bir hisle savaşıyordum. Böyle bir durumda bile aklım çıkacak gibiydi. Sakinleşemiyordum.

"Gelsene," diye seslendi Çağlar. O ana kadar kapıda öylece dikildiğimin farkında değildim. Birkaç adım attım ona doğru. Yaklaşmak istiyordum. Sarılmak, gerçekten iyi olduğuna o kollarımın arasındayken inanmak istiyordum.

"Bembeyaz olmuşsun sen." Fatih Hoca'nın sesini duyduğumda ona dönüp gülümsemeye çalıştım.

"İyiyim." Bakışlarım tekrar 10 Numara'ya yöneldi. Oturduğu yatağın boş tarafına vurdu hafifçe. Yaklaşıp gösterdiği yere oturdum ama gerçekten hayatımda en boş hissettiğim anlardan biriydi. Oturduğum gibi ellerini, parmak uçlarını incelemeye başladım. Normaldi, her şey düzelmiş gibi görünüyordu. Sadece yorgun bakıyordu gözleri, o kadar. "Nasılsın?" Bakışlarımı ellerime diktim sorumdan sonra. Yüzüne nasıl bakacağımı bilmiyordum. *Düştüğüm hale bakın...*

"Bana neler yaptığını görüyorsun," dedi ciddi bir ifadeyle. Anladı mı anlamadı mı bilmiyordum ama söylediklerinin doğruluğu gözlerimin dolmasına neden oldu. O kadar hazırda bekliyordum ki, dolan gözlerimden bir damla yaş yanağımdan aşağı doğru akarken elimin tersiyle sildim.

Şimdiye kadar en büyük zararı kendime verdiğimi düşünmüştüm. Böyle düşündüğüm zaman hiçbir sorun yoktu, tüm sorumluluk bendeydi. Ama şimdi... Kurtarmaya çalıştığım adamı kurtarıp kurtaramayacağım bile belli değilken onu da hasta ediyordum. Düşünceler aklımı bir türlü rahat bırakmadığından olsa gerek gözyaşlarım istemsizce akmaya devam etti.

"Hey... Şaka yapıyordum," diye mırıldandı çeneme dokunurken. İstemsizce ittim elini. Gerçi morluğum da kalmamıştı ama artık hangi hareketin nasıl sonuçlanacağını bilmiyordum. Kafam fazlasıyla karışıktı.

"Sana bunu yapmak istemezdim." Burnumu çekip toparlanmaya çalıştığım sırada arka taraftan güçlü bir kahkaha işittim.

"Bu kadar hassas olabileceğini düşünmemiştim, Hera." Fatih Hoca'nın keyifli kahkahası sinir bozucuydu ama belli etmedim. "Böyle şeylere alışmak zorundasın. Çağlar'a hiç olmamıştı şimdiye kadar ama gördüğün gibi olmayacağı anlamına gelmiyor. Diğer sporcularımızda karşı karşıya kaldığımız bir durum bu. Kendilerini bu işe adadıklarından dolayı çok yoruluyorlar. Çoğu zaman yapılması gerekenleri ihmal ettikleri için bayılma vakaları yaşıyoruz." Bunları bildiğimi söylemedim. Bu durumun çok farklı olduğunu anlatacak hiçbir kelimem yoktu çünkü.

"Neyse gençler. Ben davete geri dönüyorum. İyiysen sen de toparlan gel," dedi Çağlar'a doğru.

"Hocam, aslında ben bu bahaneyle erken ayrılsam çok güzel olur. Bildiğimiz açılış partisi. Katılmasam olmazdı ama fırsatları değerlendirmek lazım." Onları sakince izlerken ellerimle oynamaya devam ettim. Mutsuzdum. Morluklarımdan kurtulduğum için ilk defa bu kadar mutsuzdum.

"Tamam madem, git dinlen. Yarın konuşuruz." Bana da kısaca veda ettikten sonra odadan çıktı, Fatih Hoca. Yalnızdık şimdi, garip bir sessizlik vardı aramızda.

"İyiyim, Hera." 10 Numara'nın keyifli sesi bile keyfimi yerine getirmemişti. "Üzgünüm. Bu gece için daha farklı planlarım vardı. Neyse ki gecenin geri kalanını kurtardık."

"Dinlenmen gerekiyor." Bu doğruydu ama bunu söylememin esas nedeni yalnız kalmak istememdi.

"Gerçekten iyiyim. Yapmak istediğim bir şey var, bunu benden alamazsın." Ne hakkında konuştuğuyla ilgili hiçbir fikrim olmamasına rağmen olumlu anlamda başımı salladım. Ayaklandığında önce gömleğini düzeltti ve ardından seri bir hareketle ceketini giydi. Arkaya doğru taranmış saçlarından birkaç tutam alnına doğru dökülüyordu ama düzeltmedi onları. Parmaklarının ucuyla saçlarını hafifçe düzeltirken ve aynanın karşısında kendisine bakarken fazlasıyla etkileyici görünüyordu.

"Harika görünüyorsun." Neredeyse fısıldayarak söylemiştim ama aynadaki aksini genişçe gülümserken gördüğümde duyduğunu anladım. Son bir kere baştan ayağa kendine baktıktan sonra bana dönüp elini uzattı.

"Gidelim."

Uzattığı eli tüm tedirginliğimle tuttum. Her an güçsüz kalabileceği düşüncesi başıma derin ağrılar girmesine neden olsa da tuttum. Bir yandan ilacı bir yandan zararıydım belki ama... uzaklaşmaya niyetim yoktu. Nasıl uzaklaşabilirdim ki? Elini daha ilk kez tutuyordum.

Tekrar davet alanına çıktığımızda 10 Numara kısa bir süre beklememi rica etti. Son bir kere selam vermesi gereken kişilere selam vermek için yanımdan ayrıldığında sessizce beklemeye başladım. Normalde sonuna kadar keyfini çıkaracağım müzikler başımın ağrımasına sebep olurken buradan bir an önce gitmek istiyordum.

Akbaba gibi Çağlar'ın her hareketini izleyen Hakan da ayrı tüketiciydi. Herkesin gerçek yüzünü bilip hiçbir şey yapamadığınız anlar vardır ya…

"Bunlarla uğraşacak vaktin var Hera," diyerek sakin kalmaya devam ettim. "Ne olursa olsun bu gecenin keyfini çıkarmalısın. Yarından itibaren kaldığın yerden devam edebilirsin."

Bir kısmı hâlâ kurumamış elbisem, bozulmuş makyajım ve tamamen etkilenmiş ruh halimle buraya ilk geldiğim görüntüden çok uzak bir görüntü sergiliyordum. Neyse ki Çağlar çok geçmeden yanıma geldi. Kimsenin yoluna çıkıp muhabbet etmesine izin vermeden elimi tuttu ve alanın dışına çıkan taş yolda hızlı hızlı yürümeye başladık. Çimenlik alandan taş alana çıkan sülükler ara ara hızımızı kesse de boştaki elimle eteklerimi tutarken onlara basmamaya dikkat ediyordum. Birazcık da korkuyordum tabii.

"Nereye gidiyoruz?" Dönüp nefes kesici bir tavırla gülümsediğinde çok daha iyi hissettim. Gerçekten iyi görünüyordu. Daha iyi olacak mıydı?

"Dinlenmek istemez misin? Çay yapacağım sana," Arabanın yanına geldiğimizde elimi bıraktı ve kapımı nazikçe açtı.

"Çay merakın nereden geliyor merak ediyorum. Evime hep çay içmek için geldin ama doğru dürüst bir bardak bile içmedin."

"Çaydan güzel bahane olmaz, Hera," dedikten sonra uzanıp yanağımı öptü. Hızlı ve alelade bir öpücük değildi. İçten, yumuşacık ve abartısız bir öpücüğün verdiği tüm o bir dünya hisle baş başa kaldım. Gerçek dışıydı. Tamamen gerçek dışı. "Gerçi artık bahaneye ihtiyacım yok."

Yanağımda birkaç saniyeden daha fazla kalan dudakları geri çekildiğinde gülen gözlerine endişeyle baktım. Açık ve netti ki hâlâ yükselmemişti enerjim. İstediğim tepkileri veremeyecek kadar bocalamıştım yarım saat önce.

Yine de bozuntuya vermeden gülümsedim ve yerime oturup kapımı kapattıktan sonra o yerine geçene kadar gözümü ayırmadan hareketlerini izledim. İçimden bir ses durumun doğruluğunu sorgulamamı söylüyordu. Bu konuda ısrarcıydı da... Dinleyecek miydim? Sanmıyordum.

Daha öncesinde de birçok garip duyguyu tatmıştım onunla tanıştığım zaman içinde ama işin doğrusu birkaç gün önce markette onu uzun kollu tişörtüyle gördüğüm andan beri düşüncelerimin yönünü değiştirmekte zorlanıyordum.

'Sen de uzun kollu giyiyorsun. Şu sıra uzun kollu giymek zorunda olduğunu da tahmin edebiliyorum. Hem hava o kadar sıcak değil.'

Söyledikleri çoğunlukla günün yalnız kaldığım saatlerinde aklıma geliyordu ve her gelişinde de içimdeki boşluğu dolduran hisleri beraberinde getiriyordu.

"Hiç konuşmuyorsun." Bir yola bakıp bir bana bakarken bakışlarımı yolda tutmaya devam ettim.

"Konuşuyorum. Sen duymuyorsun."

"Paylaş benimle. Bundan sonra bana anlatamayacağın hiçbir şey yok. Yanında olacağım."

Gerçekten olacak mısın? diye sormak için yanıp tutuşuyordum ama en nihayetinde bu sorunun cevabı bendim. "Sana söylemek istediğim çok fazla şey var 10 Numara. Ama..." dedim araya girmesine izin vermeden. "Söyleyeceklerimi duyabilmek için bana birçok kez çay yapman gerekiyor."

Keyifle gülerken gri ve kocaman bir demir kapıdan geçtik. Güvenlik görevlisi geleni kontrol ettikten sonra siteye girmemiz için ikinci kapıyı açtığında içerideydik. Gece olduğu için çok fazla göremiyordum ama etrafa belirli aralıklarla serpiştirilmiş sokak lambalarının aydınlattığı kadarıyla evinin bulunduğu site fazlasıyla güzeldi.

Top şeklinde budanmış çam ağaçları, sarmaşık lambalar ve *vintage* desenlerle oyulmuş direklerle göz alıcıydı her yer. Süs havuzlarına değinmiyordum bile...

Sitenin içindeki turumuz çok katlı binalardan ziyade tek ya da iki katlı evlerin olduğu kısma geçmemizle son buldu. "Çok güzel bir siteye benziyor burası." Gözümü etraftan alamıyordum.

"Güzelliği bir yana güvenliğinden ötürü burada yaşıyorum yıllardır." İçeri girene kadar merakım yok denilecek kadar azdı. Fakat şimdi 10 Numara'nın evini görmek için yoğun bir sabırsızlık içindeydim. Komplekste olmadığı zaman ne yapıyor, vaktini nerede, nasıl geçiriyor görmek istiyordum.

Evime defalarca giren birinin evine ilk defa giriyor olmak biraz garipti. Park alanına girip park ettiğimizde acele ederek indim arabadan. Artık izlenme hissini sonuna kadar yaşatan baskıcı kalabalık yoktu. Atmosfer daha güzel, hava bile harikaymış gibi geliyordu.

"Hadi, acele edelim," diye seslendim arabadan inmekte olan Çağlar'a. "Ayakkabılarım canımı çok acıtıyor." Evin girişine doğru yürümeye başladım. İki katlı, dışı Amerikan kaplama olan evin görünüşü fazlasıyla tatlıydı.

İlk geçtiğimiz dev kapının minyatür versiyonu gibi küçük bir bahçe kapısından geçip yine sülüklere basmamaya dikkat ederek ilerledim. Kapıya varmak üzereydim ki ayaklarım yerden kesildi, ne olduğunu anlamadan Çağlar'ın kucağında buldum kendimi. Eteğimin yırtmacı bacağımın yukarısına kadar açılmıştı ve açıkçası, istemsizce boynuna doladığım kollarım titredi bir an için. Yanaklarımın kızarmasına nasıl engel olabilirdim? Böyle hareketlerden hoşlanmadığımı düşünürdüm hep.

"İndir beni, daha yeni kendine geldin!"

"Ayağının acıdığını söyledin. Hem az önce bir sülüğe bastın." İnmek isteyen ben değilmişim gibi ayaklarımı sallayıp nerede olduğunu bilmediğim sülükten kurtulmaya çalışırken yüzümü gömleğine gömdüm. "Yalnız bir sorun var."

"Ne oldu?" Mahcup bir ifadeyle gözlerime bakarken nasıl bir sorun olacağı konusunda endişelenmeye başlamıştım bile.

"Böyle olmaması gerekiyordu. Kapıyı kim açacak?" Geniş bir kahkaha atıp indim kucağından.

"Beni kapıdan bu şekilde geçirmen için hiçbir sebep yok şu an." Gülüşlerim arasında kurduğum cümlenin nereye dokunduğunu anlayamamış olmanın verdiği hüzünle ilk önce gülüşüm soldu ve ardından yok olmak istedim. Beni nüfusuna almasını söylesem daha az utanırdım herhalde.

"Haklısın. Her şeyin bir zamanı var." Kapıyı açtığında içeri doğru bir adım atmıştım ki ilk önce başım döndü ve sonra deprem oluyormuşçasına yerin sallandığını hissettim. Tutunacak hiçbir yerim yoktu. Görüntüler değişirken olduğum andan yavaş ve sancılı bir şekilde koptum. Daha önceki görüşlerimden farklıydı. Neredeyse hissiz geçirdiğim görüş süreci bu sefer acı hissetmeme neden olacak kadar gerçekti. Çağlar'ın seslenmelerine ve ana tutunmaya çalıştım ama başaramadım. Boşlukta yüzercesine yalnızdım şimdi.

20:22 / Siyah bir arabanın içi.

Çok sıcak, baskı yoğun ve çaresizlik ete kemiğe bürünmüş gibi.

Biri var. Bir kadın, eli camda. Yardım istiyor.

Etrafta kimsenin olmaması ne kötü.

"Öyle ya da böyle bu oyun oynanacak. Buna engel olabileceğini sanıyorsan, sanma. O kadar da güçlü değilsin."

Bir erkek. Beyaz üzerine mor çizgili bir forması var.

Forması da kendisi gibi sevimsiz. / 20:38

"Beni duyabiliyor musun?"

Derin derin nefesler alırken gözlerimin önünden geçen birçok sahne vardı. Çağlar'ın adımı seslenen görüntüsü bu sahnelerin arasında gidip gelirken salonunda olduğumuzu idrak edebilmem yarım dakikadan fazla sürdü. Kimin olduğunu bilmediğim bir arabanın içi ve salon görüntüsü arasında gidip geliyordu her şey. Nefes nefese kaldığım anlar içinde bir an nefes alamadım ve güçlü bir şekilde öksürdüm.

"Bu normal değil. Doktora gitmeliyiz."

Çağlar'ın sesi kendime gelmeme biraz daha yardımcı oldu ve koluma dokunmak üzereyken yakaladım onu. Kontrolsüz güç ve kontrolsüz tepki... Tüm gücümle elini itip koltuktan resmen kaçarcasına kalktım. "Bir daha sakın morluklarıma dokunayım deme."

"Hera. Bu nasıl mümkün olabilir?" derken hâlâ morarmakta olan kolumu izlediğini görebiliyordum. Kendimi gizleyecek hiçbir eşyam yoktu yanımda. Uzun kollu tişörtümü arayacağım aklıma bile gelmezdi.

"Çağlar... Lütfen. Kurcalama." Kollarımı birbirine sarma içgüdümü bastırıp ondan uzak bir köşede dikilmeye devam ettim. "Morluklarıma dokunamazsın."

"Anlayışla beklediğimi biliyorsun ama sebebini-sonucunu boş ver. Senin için endişeleniyorum. Bakışların her donuklaştığında, gözünü bir noktaya dikip tamamen başka bir yere gittiğinde ya da morluklarının saniye saniye arttığını görürken hareketsiz kalmamı bekleyemezsin. Zamanı gelince anlat ama en azından iyi olduğu görmeme izin ver."

Koltuğun köşesine yaslanıp ayakkabılarımı çıkardıktan sonra yavaşça döndüm ona. Onun adımlarına nazaran daha minik adımlarla yanına iyice yaklaşıp kolumun değmemesine özen göstererek başımı omzuna yasladım.

Kolları sarılmak için açıldığında bu sefer kibar bir şekilde engelledim hareketini. İki elini avuçlarımın arasına alıp tekrar yanına indirdiğimde başım hâlâ omzundaydı. "Sen iyi olduğuma inanana kadar buradayım, bu gece sende kalabilir miyim?" İşin doğrusu incelemeye bir türlü fırsat bulamadığım sade ve modern salonun en güzel köşesindeki geniş koltuğa uzanmaktan başka bir şey istemiyordum. "Özür dilerim," diye mırıldandım geri çekilirken. "Bu gece gerçekten daha güzel geçmeliydi."

"Bu gecenin kötü geçme gibi bir olasılığı hiçbir şekilde yoktu Hera." Şu an dokunmamasını istediğimi iyice anlamış olacak ki kibarca koltuğunu işaret edip oturmamı istedi. Elbiseyle oturmak hiç rahat değildi ama işaret ettiği yere oturduğumda o da yanıma oturdu. "Bu gece seni yanımda ne şekilde istediğimi biliyordun ve bana o şekilde geldin."

"Çünkü bana değer verdiğinden ve nasıl hissettiğimden eminim. Emin olduğum bir diğer şey ise... aç olduğum," dedim karnımı tutarken. Dudaklarına yayılan gülüşü saniyesi saniyesine izlemek öyle keyifliydi ki. Güldükçe kısılan gözleri ve yüzündeki o tatlı ifadeyle gecemiz ne kadar kötü olabilirdi ki?

Bana giyecek birkaç parça getirdikten sonra mutfağa girdi Çağlar Ataman. Onun açık mavi eşofmanının içinde kaybolacağım kadar kayboldum ama umurunda değilmiş gibi görünüyordu. Kollarımı geriye katlarken saçlarımı toplamak için ağzımda beklettiğim tokayı dudaklarımdan aldı ve arkama geçip beceriksizce saçlarımı toplamaya çalıştı.

Çok ciddi bir iş üzerindeymiş gibi davrandığı için bozmadım ama bir saçı basitçe toplamak ne kadar uzun sürerse o kadar uzun sürdü işimiz. Nihayetinde iyi bir iş çıkardığına karar vermiş olsa gerek beni bırakıp mutfağa geri döndü.

"Çok uğraşma. Azıcık bir şeyler atıştırsam yeter. Hemen uyumak istiyorum." Hareketlerine gözle görülür bir hız kattığında kendimi kötü hissettim. "Yine de acele etme. Hemen uyumasam da olur."

10 Numara'nın dakikalarca süren uğraşlarının ardından uykum gerçekten açılmıştı. Ne yaptığını bilen elleri ve sistemli çalışması hayranlıkla izleyeceğim türdendi. Mutfağı net gören bir koltuğa tünemiş utanmazca onu izlediğimi ondan saklayabilirdim belki ama kendime itiraf etmek istiyordum.

Ev haline tamamen bürünen sadece bendim.

Gömleğinin kollarını dirseklerine kadar gelişigüzel katlamış, yakasını rahat edebileceği kadar açmıştı. Pürüzsüz göğsünün bir kısmını rahatça görebildiğimi varsayarsak pek akıllı bir seçim olmadığı açıktı. Yemek yapışını izliyor olmam gerekiyordu, onu değil. Yine de asla pişman değildim.

Dağılmış saçlarını da dikizliyordum ki görmezden gelmek mümkün değildi. Tavada yaptığı omleti çevirirken havada döndürdüğü yumurta mıydı yoksa giden aklım mıydı bilmiyordum.

"Bir şey diyeceğim ama gülme," diye mırıldandım. Ciddi bir ifadeyle eğdiği başını oynatmadı, sadece bakışlarını bana çevirdi. "Çok çekici görünüyorsun şu an. Ciddiyim. Gülme, bu ciddi bir konu." Gülüşünü bir anda yok edip elini abartılı bir hareketle tezgâhın üzerine koydu.

"Ya şimdi?"

"Anlatacak kelime bulamıyorum." Sadece mutfaktan yayılan ışıkla aydınlanan loş salonun ortasından ona sataşmaya devam ettim ve o da her seferinde komik bir şekilde cevap verdi. Keyfimi yerine getirmek için yaptığına emindim ve bunun için ona minnettardım ama karşılığını nasıl vereceğim hakkında hiçbir fikrim yoktu.

Çok kısa sürede yaptığı sebzeli omleti yaptığından daha kısa sürede bitirdik. "Çaktırmıyorsun ama sen de acıkmışsın bak."

"Garip bir gündü. Acıkmışım gerçekten ama bunları yarın konuşuruz. Şimdi uyu."

Başımla onayladıktan sonra ne kadar karşı çıksa da çıkan bulaşıkları hallettim ve ona bu sırada bana ince bir battaniyeyle yastık verip veremeyeceğini sordum. Yukarıdaki odalardan birinde uyumam konusunda ısrarcıydı ama kesin bir şekilde reddettim. Koltuk gerçekten çok fazla rahat görünüyordu. Kendi evimde bile çoğu zaman koltukta uyurdum.

Bu tartışmanın en başında amacım onu tamamen mutfak dışına çıkarmaktı çünkü hemen halledip mutfaktan çıkmak istiyordum. Dikkatimi dağıtması için herhangi bir şey yapmasına gerek olmuyordu sonuçta. Ellerimi kurulayıp mutfaktan çıktığım sırada kucağında battaniye ve yastıkla geldi salona. "Hâlâ üst kattaki odalardan birinde yatabileceğini düşünüyorum."

"Ve ben de hâlâ burada uyumak istiyorum. Tabii ev sahibi sensin, seni zor durumda bırakacak hiçbir şey yapmamalıyım." Abartılı bir kibarlıkla gülümseyip kucağındaki eşyaları aldım. Ben yatağımı hazırlarken salonun tamamen cam olan duvarının perdesini küçük bir düğmeye basarak indirdi.

"Beni biraz bekleyebilir misin o halde?" Yemek yerken açılmıştı zaten uykum. İşlerini halledip gelebileceğini söylediğimde vakit kaybetmeden merdivenlere yöneldi.

Yaklaşık yarım saat sonra salona tekrar döndü, kucağı doluydu ama üzerini değiştirmiş, saçlarını yıkamıştı. Bayıldığım nane kokusu salonun her tarafına yayılırken kokuyla birlikte tekrar uykumun geldiğini hissettim.

Yattığım koltuğun tam karşısında kalan tekli koltuğun -en azından ben tekli olduğunu düşünüyordum- neresinde olduğunu bilmediğim bir düğmesine bastığında tekli koltuk açılıp uzunca bir yatak haline dönüştü. *Boşuna koltuk takımı almışım,* diye geçirdim içimden. Eve bir tane bundan alsam yeterdi.

Hızlıca yaptığı mütevazı yatağı tamamladığında kendini bırakırcasına uzandı ve kolunu başının altına koyup tamamen bana döndü. Yüksek tavanlı salonu mutfaktan gelen loş ışık aydınlatıyordu. İlk kez buradaydım ama defalarca burada uyumuş kadar rahattım.

"Bazen geçmişini çok merak ediyorum." Az önce kapattığım gözlerimi yavaşça araladım.

"Geçmişimde merak edilecek pek bir şey yok. Sakin bir çocukluk geçirdim, asi bir ergendim şimdi buradayım işte." Tam olarak böyle olmasa da çocukluk hayalim buydu. Annemin ve babamın bir türlü alışamadığı özelliğim, görüşlerim yüzünden başımızın sürekli derde girmesi, kimseye anlatamadığım ama hâlâ peşimde olduğunu bildiğim doktorum... Sakin bir çocukluk geçirsem fena olmazdı diye düşünmeden edemiyordum çoğu zaman.

Uykum olmasına rağmen uyumama izin vermeyen düşüncelerim aklımı kurcalarken dakikalarca gözlerim kapalı uzandım. Çağlar'ın çoktan daldığı uykusuna imreniyordum ama yattığım yerden onu izlemek ayrı bir keyifti.

Günler birbirini kovalarken gelecek günlerin yoğunluktan nefes aldırmayacağını bilseydim bu anın tadını daha çok çıkarırdım.

7

Davet gecesinin üzerinden geçen birkaç günün ardından her şey daha yoğun bir tempoyla işlemeye devam ediyordu. Bilinçsizce yapmış olsa da Çağlar'ın yardımıyla geniş morluklarım iyileştiği için iznim bitmeden başladım işe. Çalışmayı seviyordum. Takımımızla ilgilenmek başta bir mecburiyet gibi gelse de şimdi severek yaptığım tek iş olabilirdi.

"Yine mi kaytarıyorsun?" dedi Fatih Hoca beni uzaklara bakarken yakaladığında. Haftayı bitirmek üzere olduğumuz bir cuma günündeydik ve hava tamamen kararmak üzereydi. Gün akşama dönmesine rağmen sıcaklık çok fazlaydı ve uzun kollu tişörtüm yine bana yardımcı olmamakta kararlıydı. Davet akşamı görüşümden kalan morluk hâlâ kolumda olduğu için başka şansım yoktu.

"Bu dosyalar kaytarmama izin vermeyecek kadar çoklar. Akademisyen olmalıymışsınız, hocam."

"Bir ara düşünmedim değil ama birebir işkence teknikleri bana daha çok uyuyor." Masasına oturmadan önce kontrollü hareketlerle gerildi ve kaslarını esnetmeye çalıştı. Yoruluyor, kimse söylemediği halde fazla mesaiyle zamanından fedakârlık ediyor ve takım için koyabileceği her şeyi ortaya koyuyordu. Bu aralar örnek aldığım tek insandı Fatih Hoca.

"Size kahve yapayım," dedim yerimden usulca kalkarken.

"Bu düşünceli tavırların yok mu..." Bunca zamanın ardından nasıl içtiğini sormadan kahvesini yaptığımda daha da etkilendi ve abartılı bir tavırla alkışladığında ben de ona uyarak abartılı bir teşekkür sundum. "Bu hareketine karşılık topları toplamaya hak kazandın! Alkış!" Kaçan keyfimle alkışlamaya devam ettim.

"Neden ben?" diye sormadan edemedim.

"Çünkü... sen benim öğrencimsin ve ne dersem yapmak zorundasın." Gayet mantıklıydı. Birbirimizi alkışlamaya devam ettik. Biz de böyle bir takımdık işte.

Fatih Hoca'nın gözüm gibi bakmamı istediği anatomi dosyasını kapatıp sahaya inmek için odadan çıktım. Az önce herkesin evlere dağıldığını öğrendiğim için hayal kırıklığı yaşamıyor değildim, Çağlar'ı özlüyordum. Kendi çalışma şartlarıma yoğun diyordum ama o benden çok daha fazla yoruluyordu.

Sabah antrenmanlarında izleyebildiğim kadar izliyordum çalışmasını. Önümüzdeki iki maç çok fazla önemliydi ve konsantrasyonunu bozmamak için geri çekmiştim kendimi. Bazen sabahın erken saatlerinden akşamın takip edemediğim saatlerine kadar çalışıyorlar, bazen ise hiç sahaya inmeden spor salonunda vakit geçiriyorlardı.

Geldiğim ilk günden itibaren fazlasıyla işi hallettiğim için onu görecek bir bahanem de yoktu üstelik. Fatih Hoca'nın kuyruğuydum desem yalan olmazdı ama sahaya indiği vakitlerde beni hep ofiste bırakıyordu.

Basketbol sahasının kapısından girdiğimde kendimi farklı bir dünyaya giriyormuş gibi hissettim. Ortalığa saçılmış turuncu toplar dışında etrafta kimsecikler yoktu. Işıklar sadece orta sahayı aydınlatıyordu ve sanırım Fatih Hoca topları toplayacağım için ufacık bir ışık bırakmayı düşünebilmişti. Ne düşünceli adamdı ama...

Kocaman demir sepeti sahanın ortasına itip topları teker teker toplamaya başladım. Fakat bir an siyah çizgili turuncu topu ellerimin arasındayken sepete bırakamadım. Ne kadar sürdüğünü bilmiyordum ama topa bakmaktan alıkoyamıyordum kendimi. Çağlar'ın elinden çıkan topun potaya değemeden yuvarlanacağı ve felaket zincirinin ucunu göstereceği o görüntülerin hissettirdiği yoğun duygular vücudumu sararken tüm hücrelerim basketbolu sevmediğimi haykırmak istiyordu.

"Doğru söyle, beni çok özlediğin için basketbol topunda yüzümü görmeye başladın, değil mi?" Bakışlarımı toptan sesin sahibine doğru yavaşça çevirdim. Gerçekten çok fazla özlemiş olduğum gerçeği tüm düşüncelerimi silerken topu sepete bırakıp ona koştum. Koştuğumu görünce durdu ve kollarını açtı, tüm gücümle sarıldım ona.

Yeni duş aldığı kokusundan belliydi ama benim en sevdiğim açık mavi eşofmanlarına işlemiş nane esansıydı. "Sorma, her yerde yüzünü görmeye başladım." Onda kaldığım gecenin sabahında beraber yaptığımız kahvaltıdan sonra bir araya gelme fırsatımız hiç olmamıştı. Birkaç kere telefonda konuşmuştuk ama onları saymam mümkün değildi. "Gittiğini düşünmüştüm."

"Gitmiştim ama telefonda Fatih Hoca'yla konuştuğumda hâlâ burada olduğunu öğrendim. Geri döndüm." Geri çekilip yenilenen enerjimle gülerek baktım ona.

"Azıcık işim kaldı," dedim parmaklarımla ne kadar az kaldığını tarif etmeye çalışırken. "Şöyle otur sen, işimi bitireyim çıkalım. En azından yolda vakit geçirebiliriz."

İlk başta sallana sallana yaptığım işi çabucak bitirmek için geri döndüm. Birkaç topu daha sepete atmıştım ki başımın üzerinden bir top tam sepetin ortasına düştü. Şok olmuş bir şekilde topun geldiği yöne baktığımda Çağlar'ın bu atışı sahanın en uzak köşesinden yaptığını gördüm. "Vay canına, bunu nasıl yaptın?"

"Sana verdiğim bellekti videoları izlemedin, değil mi?" Utancımı gizlemeden başımı eğdim hafifçe. Tamamen unutmuştum.

"Söz, izleyeceğim eve gidince ama öncesinde sana sormak istediğim bir şey var." Sahanın diğer ucundan yanıma emin adımlarla yaklaşırken kazandığım zamanla birkaç top daha attım sepete. Koskoca adamların bıraktığı dağınıklığa inanamıyordum.

"Sor bakalım."

Boğazımı temizleyip ciddileştim. O gelmeden önce ne düşünüyorsam paylaşmaya karar verdiğim anlardan biriydi. Alışkın olmadığım için tedirgindim ama kendisiyle sürekli bir şeyler paylaşmamı isteyen oydu. "Basketbolu bırakmayı hiç düşündün mü?"

Gözle görülür şekilde irkilip gerilmesi sorumu sorduğum anda pişman olmama neden oldu ama iş işten geçmişti. "Bu nasıl bir soru?" dedikten sonra gergince ekledi. "Düşünmedim."

"Çok sevdiğine eminim ama senin için tehlikeli olduğunu hissetmedin mi mesela?" Nasıl toparlayacağımı bilemediğim ufak bir uydurmayla sorumu daha net soracağımı fark ettiğimde beklemedim. "Geçen gün internette basketbol kazalarını izliyordum. Senin için endişelendim. Belki... Hep hayalin olan ama yapamadığın başka bir iş vardır diye düşündüm."

Hiçbir şey söylemeden sepetin içinden bir top aldı ve sektirmeye başladı. Boş sahanın sessizliğini bozarak yankılanan top sesi rahatsız olmama neden oluyordu ama belli etmek istemedim. Elindeki top ritmik bir şekilde yerle eli arasında gidip gelirken bakışları bendeydi. "Sesi duyuyor musun?" diye sorduğunda başımı aşağı yukarı salladım. "Kendimi bildim bileli bu sesle yaşıyorum ben. Endişelerini anlıyorum ama yaşasam da ölsem de burada olacak. Basketbol benim hayatım. Başka bir şey umurumda mı sanıyorsun?"

Fazlasıyla tanıdık bu an çok önce gördüğüm bir görüşümü hatırlattı. Kesinlikle oydu, demek ki bunu söylediği kişi bendim ya da başka biriydi ama zaman içinde değişmişti.

"Öyle demek istemedim." Mırıldanışımı ben bile zar zor duydum ama tam anlamıyla depresiftim şu an. "Çağlar... Sebeplerim var. Yanlış anlama beni."

"Yanlış anlamıyorum. Daha önce geçirdiğim kazalar da oldu. Annem, arkadaşlarım ve hatta çok sevdiğin Fatih Hoca bile basketbolu bırakmam gerektiğini düşünüyordu. Vazgeçmedim, vazgeçemem. Bunu şimdiye kadar kim söylerse söylesin cevabım değişmedi." Topu öylece bırakıp iyice yanıma yaklaştı ve ellerini omuzlarıma yerleştirdi. Başımı kaldırıp parıl parıl parlayan gözlerine baktım. "Seni hayatımın en özel yerine koymak istiyorum. Zaman içinde ne yaşarsak yaşayalım bana bunu bir daha söyleme."

"Tamam," Yenilgiyi kabul ettiğim fazlaca açıktı. "Söylemem."

"Gel de sana basketbolun güzel yönlerini göstereyim." Elimi tutup sepete girmeyi bekleyen toplardan birine götürdü beni. "Üzerine çık."

"Ben öyle şeyler yapmam." Başımı olumsuzca sallasam da iki elimden tutup topu iyice önüme getirdi. "Cidden yapamam. Düşerim."

"İlk önce tek ayağınla sağlam bir şekilde basıp dengeni kur. Tutacağım seni." Tekrar reddettim ama pes etmedi. O kadar hevesliydi ki... Ayağımı topun üzerine koyduğum an dengemi kaybedeceğimi anladım.

"Top çok yuvarlak." Gözlerini kocaman açıp abartılı bir ifade takındığında genişçe gülümsedim.

"Ciddi olamazsın," dedi söylediğimi ilk kez duyuyormuş gibi. "Ben de diyorum neden yerinde durmuyor bu top. Yuvarlak olduğundanmış."

"Şimdi benimle alay etmenin acı sonuçlarını göreceksin." Hırslı bir şekilde tuttuğu ellerinden aldığım güçle topa tekrar bastım ve dengemi korumaya çalışırken iyice odaklandım. "Sıkı tut," diye seslendim Çağlar elini çekmeye yeltendiği sırada. Saniyeler sonra iki ayağımda topun üzerindeydi ama istediğim gibi yürümüyordu bu iş. Dik durmam imkânsızdı. Eğilmiş bir vaziyette dengemi korumaya çalışırken Çağlar elimi bıraktı ve ufak çığlığım sahada yankılandı. "Nasıl bırakırsın elimi?" Topun üzerinde rüzgârda yalpalanan bir ağaçtan farksızdım.

Elimi bıraktıktan çok kısa bir süre sonra belimi kavradığında başımı kaldırıp yüzüne baktım. Çok yakındı ve bu yakınlıkta dengemi korumamı istiyordu benden. "Şimdi doğrulabilirsin."

"En son hatırladığım kadarıyla basketbol böyle oynanmıyordu. Bana atış yapmayı öğretiyor olman gerekmez mi?" Bir yandan dengemi kaybetmeden doğrulmaya çalışırken bir yandan laf yetiştiriyordum. Çok yorucuydu...

"Onu denedim. Hatırlıyor musun, bilmiyorum." Hatırlıyordum tabii ki. Herkesin içinde topu bana atıp basketbol yeteneklerimi test etmek istediği günü nasıl unutabilirdim?

"Dikkatimi dağıtıyorsun 10 Numara." En nihayetinde tamamen doğrulduğumda çok iyi hissediyordum. Hatta öyle ki dengemi bozmaktan korkmasam topun üzerinde zıplayabilirdim bile. Kocaman topun üzerinde olduğumdan mıdır bilmem yüzüm daha yakındı Çağlar'a. "Başardım," derken odağım tamamen değişmişti. Bir adım daha öne geldiğinde dans ettiğimiz zamanki kadar yakındık. Kaçmak istiyordum ama hem topun üzerinde olduğum için hem de göğsünden yayılan bağlayıcı sıcaklıktan kopamadığım için kıpırdayamıyordum.

"Başardın." Kafasını eğdiğinde yüzlerimiz arasındaki mesafe de minimuma indi.

"Neyi?" Çağlar keyifle gülerken neyden bahsettiğini bilmiyordum ama çekinerek de olsa yaklaşmak istiyordum. Göğsünden destek alıp topun üzerinde hafifçe yükseldim ve güldüğü yeri öptüm.

Dudaklarının kenarında birkaç saniye oyalandı dudaklarım. Aman Allah'ım… Çok sıcaktı.

ACİL DURUM! diye bağıran iç sesimi duymamış hiçbir hücrem yoktu. Öyle bir haykırıyordu ki içimde. *Hera kontrolünü kaybetti. Acil durum!* Kaybettiğim tek şey kontrolüm değildi. Top ayağımın altından dengesizce kaydığında istemsizce tüm gücümü Çağlar'a tutunmak için kullandım. Ayakta kalacağını düşünüyordum. Geriye doğru hafif bir iniş yapan 10 Numara'nın üstünde boylu boyunca uzandığım sırada buhar olan düşüncelerimin arasına az önceki düşüncem de dâhildi.

Üzerinden yana doğru düşmek için harekete geçtiğim sırada iki koluyla sardı belimi. Dudaklarındaki gülümsemeyi gördüğümde gözlerimi kıstım. *Kimi kandırdığını sanıyorsun Çağlar Ataman?* "En başından beri bunu planlıyordun, değil mi?"

"Yok artık," dedi fazlasıyla abartılı bir masumlukla. "Diyene bak üstelik. Az önce yaptığın neydi öyle?" Kocaman açılan gözlerimle kurtulmak istedim kollarından. Bu konuşmanın gidişatını sevmemiştim çünkü utanıyordum. Hem de çok…

"Bırakacak mısın?" Kolları sadece birazcık gevşedi ama tam olarak açılmadı.

"Gerçekten bırakmamı istiyorsan, bırakacağım." Gözlerimi kaçırıp başka yerlere bakmaya başladım.

"Bir dakika. Düşüneceğim," derken bile üzerindeydim ve bunu ciddi ciddi düşündüğüme inanamıyordum.

Şimdi hazır düşmüşüz... diye başladı benimle işbirliği yapan iç sesim. *Yakın zamanda bir daha böyle düşer miyiz? Düşmeyiz. Hem niye düşelim?* "Düşünürken şuraya yaslanabilir miyim? Kafamı yukarıda tutmaya çalışırken düşünmek çok zor." Göğsünü işaret ettiğimde ciddi bir şekilde başıyla onayladı ve geniş göğsünün tam ortasına yasladım başımı. *Ne düşünüyordum az önce? Bu da nesi? Neden bu kadar iyi hissettiriyor? Böyle olması doğal mı?* Ne kadar öylece kaldım bilmiyordum. Kalp atışlarını dinlediğim her saniye yıllara dönüştü ve tüm güzel şansımı burada yattığım için kullandığımı düşündüm.

Başından beri gördüğüm tüm görüşlerin içinde en gerçek olanı buydu. Kulağıma dolup kalbimi hızlandıran kalp atışları şimdiye kadar duyduğum en güzel sesti. Onun haberi olmasa da şimdiye kadar çok farklı şekillerde görmüştüm onu. Kanlar içinde de görmüştüm, sargı bezleriyle dolu soluk teniyle de... En kötüsü de, ölürken bile görmüştüm. Derin bir nefes alıp gözlerimi tekrar kapattım. Neresinden bakarsam bakayım günün sonunda gelmek istediğim yer tam da burasıydı artık.

"Hera," diye seslendi tok ve pürüzsüz sesiyle. Anında başımı kaldırıp ona baktım. Rahatsız mı olmuştu? İçimi görebiliyormuş gibi derin derin bakarken gözlerime, dudakları yavaşça kıpırdadı. "Tekrar öp beni. Çekinmeden. Tam olarak nasıl öpmek istiyorsan öyle."

Havada asılı kalan sessizlik gerilimi beraberinde getirdi. Az önceki isteğimi ve çekincelerimi nasıl anlamıştı, bilmiyordum ama gözlerimi kapatıp derin bir nefes aldım. Gözlerim tekrar açıldığında ise parıldayan ela gözleriyle karşı karşıyaydım. Hafifçe yukarı yükselip yüzlerimizi aynı hizaya getirmekten çekinmedim. Yüzüne doğru dökülen saçlarımı omzumun üzerinden diğer tarafa atıp kalan birkaç tutamı da kulağımın arkasına sıkıştırdım.

Saklamaya çalıştığım heyecanım ve başaramayacağıma olan inancımla gözlerine bakarken elimi yanağına koydum yavaşça. Yeni tıraş olduğu pürüzsüzlüğünden belli olan yüzünü sevgiyle okşarken hayatımda yaşadığım en garip ama en bağlayıcı anlardan birinde olduğumu kalbimin derinliklerinde hissediyordum.

Yaşadığımız ilk yakın temasın benim hâkimiyetimde olmasını çok sevdim. Belki o yönlendiriyordu beni ama hazır hissettiğimde harekete geçeceğimi biliyor olmanın verdiği rahatlığı anında benimsemiştim. Gülerek yanağına ufak bir öpücük kondurdum. Sızlanacağından o kadar emindim ki. Belli etmek istemiyordu ama benim nasıl yanağındaki elim titriyorsa onun da nefes alışları düzensizdi. Heyecanımı kontrol edememe noktasında yalnız olmadığımı bilmek biraz daha tetikledi cesaretimi.

Yanağını bir kere daha öptükten sonra dudaklarına doğru ufak ufak ilerlemeye başladım. Güvenli bölgeden çıkıyormuş gibi bir korku ve heyecanla dudaklarına yaklaştığım her saniye kalp atışlarım daha da hızlandı. Artık gidecek yolum kalmadığında yanağındaki elimi çenesine götürüp kendim için biraz kaldırdım. Ardından tereddüt etmeden öptüm onu. Dudaklarım dudaklarına değdiği an tüm endişelerimi ve korkularımı bu anın dışına attım.

Belimden iyice destekleyip oturur pozisyona geçtiğinde boynuna sıkıca tutundum. Dudaklarımla birlikte hareket eden dudakları ve sıkı tutuşuyla içinde bulunduğumuz anda sadece benim 10 Numara'mdı.

"Hera!" Uzaklardan etkili bir şekilde bana seslenildiğini duyduğumda aceleyle geri çekildim. Çağlar'ın tutkulu yüzünün keyfini çıkarmaya vaktimin olmaması üzücüydü fakat bu şekilde yakalanmamak için delice bir hızla yere kaydım kucağından. "Hera!"

"Efendim!" diye seslendim Fatih Hoca sahaya girdiğinde. Girişte durmuş, direk yutmuşçasına hâlâ şaşkın şaşkın yerde oturuşumu izlerken gözlerini kıstı. "Biz, az önce öpüşmedik," dedim birden. Kendimden utanarak gözlerimi kapattığım saniyeler içinde Çağlar ayaklandı ve topları toplamaya benim kaldığım yerden devam etti.

"Tabii ki, uslu çocuklar gibi top oynuyordunuz."

"Onu da yapamıyoruz çünkü Hera basketbol oynamayı bilmiyor." Ayağa kalkarken *demek öyle,* dercesine baktım muzip ifadesine ama istediğim şekilde kızamıyordum bile. O kadar keyifliydim ki farklı bir tavır takınasım gelmiyordu.

"Toplar bittiğine göre," derken demir sepeti itmeye başladım. "Basketbol oynamayı bilmeyen Hera şimdi gidiyor."

"Senin için bıraktığım dosyaları al da öyle git." Başımla onaylayıp sahadan çıkmak üzereydim ki Çağlar seslendi.

"Dur, ben de seninle geleyim," dediğinde Fatih Hoca tarafından durduruldu. Bunun için yarın ona güzel bir kahve yapacaktım.

"Sen benimle geliyorsun. Maça iki gün kaldı." Çağlar'ın onunla gitmek istemediğini görmek düşündüğümden çok daha eğlenceliydi. Muzip bir şekilde elimi sallayıp genişçe gülümsedim. Bir sonraki görüşmemize kadar ancak toparlardım kendimi. Yüzümün hâlâ ateş gibi olduğuna yemin edebilirdim.

Top sepetini hole bıraktıktan sonra daha sakin adımlarla ofise yürümeye devam ettim. Dakikalar öncesindeki heyecanımı günlerce yaşamak ve sürekli düşünmek istesem de düşünmem gereken çok daha önemli detaylar vardı.

Çantamı toparlayıp dosyalarımı da aldıktan sonra evin yolunu tuttum. Neyse ki buraya yakın olan evime taksiyle çok kısa sürede ulaştığımda akşamın ferahlatıcı havası çoktan yatışmış heyecanımı biraz daha söndürdü. Işığı açıp dosyaları tezgâha ve tişörtümü kapıdan girer girmez çıkarıp koltuğun üzerine koydum.

"Önce bir şeyler ye." Yalnız yaşadığım süre boyunca kendimle konuşmaya alışmış olmamın yanı sıra bunu seviyordum da. Bilgisayarımı çok sevgili üçlü koltuğumda açılmaya bırakırken dün akşamdan yaptığım pilavı çıkarıp yiyeceğim kadarını ısıttım. Ufak tepsime kavanozundan dikkatle çıkardığım közlenmiş kırmızıbiberi ve bir kâse yoğurdu aceleyle koydum. Hazırlamaya başlarken hissetmediğim açlık yoğun bir şekilde bastırdığında tam olarak ısınmasına izin vermediğim pilavımı tavasıyla birlikte koydum tepsiye.

USB belleği de yanıma aldıktan sonra bir yandan hunharca yemeye başlarken bir yandan da belleğin içindeki dosyaları incelemeye başladım. Üç büyük boyutlu dosyanın içinden en eski tarihli olana tıkladığımda karşıma sadece iki tane video çıktı. Ağzım pilav dolu olmasa fena bir şekilde gülebilirdim. *'Genç Çağlar Ataman'a Âşık Olman İçin Bir Neden Daha'* Videonun ismi bile böyleyken sabırsızca videoyu açıp izlemeye başladım.

"Sevgili Çağlar, sezona yine harika başladınız. Açılıştan itibaren dört haftadır rakiplerinize nefes aldırmadan bitiriyorsunuz maçları. Kristal Dinamo'nun bu sezona en iyi şekilde hazırlandığını görebiliyoruz. Neler söylemek istersin?" Heyecanla gümbür gümbür konuşan sunucunun coşkusunu memnuniyetle karşılayan Çağlar, boynundaki havlusunun uçlarını tutarken genişçe gülümsedi.

"Bu dört haftada gayet güzel bir sıralama elde ettik ama henüz kazanmış gözüyle bakmıyoruz olaya. Önümüzde uzun bir yol var ve elimizden geldiğince sezonu en iyi şekilde tamamlamak Kristal Dinamo'nun hedefi. Rakiplerimiz çok güçlü. Daha sıkı çalışacağız." Kameraya ve hayranlara el salladıktan sonra röportajı bitiren Çağlar'a odaklanmıştım ki arkasından nefret dolu bakışlarla geçen Hakan'ı sadece birkaç saniyeliğine gördüm. Ağzıma götürdüğüm kaşık orada kalırken videoyu geri sardım. Gerçekten de birkaç saniyeden fazla görünmüyordu ama gördüğüm kadarıyla üç sene öncesinde bile vardı bu düşmanlık.

İzlediğim videoyu kapatıp bu sefer *'Rövanş Maçında Harikalar Yaratan Çağlar Ataman'* adlı videoyu açtım.

"Hava atışıyla birlikte ilk hücum Kristal Dinamo'nun. Anıl Balkan üç sayılık atışını kullandı, isabetli! Anıl Balkan maçın kritik sayılarından birini buldu. Hücum sırası Galata Metropol'de. Hakan Doğu topu elinden kaçırdı. Top Çağlar Ataman'ın elinde, hücum şansı tekrar Kristal Dinamo'da. Üç sayılık atışını kullandı, isabeti buldu Çağlar Ataman." Tam o sırada Hakan öyle bir faul yaptı ki olay sanki şimdi ve önümde yaşanıyormuşçasına irkildim. Hakan'ın sert çarpışıyla dirseğinin üzerine sertçe düşen Çağlar'ı izlerken kaşlarımı çattım, onu böyle izlemek çok zordu. Yerde dirseğini tutan 10 Numara için sağlık ekipleri sahaya girdiğinde video bitti.

Video bittiği gibi de olduğum anın yavaşça elimden kaydığını hissettim. İlk defa karşı koymadım, gözlerimi kapattım ve gideceğim anın beklentisi içinde kendimi bıraktım.

22 Temmuz 2018 / Fena bir kalabalık var.

20:13 / Biri koşuyor, tüm gücüyle.

Aslında koşmaktan çok kaçıyor gibi.

Biri tüm bunları durdurmalı.

Kahverengi saçlı bir adam dolaşıyor etrafta ama ne yapacağını bilmiyor.

Saatini kontrol edip duruyor. Kaç! Kaçmalısın!

Arabanın içinde bir takım sesler.

Sahada ise ayakkabı gıcırtıları.

İki düşman karşı karşıya. Faul! Maçı durdurun.

Biri dengesizce ve hızını alamadan kafasını pota korumalığına çarpıyor.

Çığlıklar yükseliyor. Kimse birdenbire ne olduğunu anlamıyor.

Top orta sahaya doğru yavaşça yuvarlanıyor.

20:39 / Yerde yatan biri var. Forması açık mavi renkli.

Arabanın içi çok sıcak, alınan her nefes ciğer yakıcı ve çok keskin. / 103-66

Elimdeki kaşık tepsiye düşüp tüm pilavın koltuğa dökülmesine sebep olurken keskin bir geçişle olduğum ana geri döndüm. Bilgisayarın ekranını hissizce izlemekten başka yapabileceğim hiçbir şey yokmuş gibi, kendime gelmeye zahmet bile etmeden ekrana öylece bakıyordum.

Saate bakmadım, tarihe bakmadım... Saatin kaç olduğunu ya da hangi günde olduğumuzu çok iyi biliyordum. "Çok az vakit var," diye mırıldandım tamamen transa geçmişçesine ekrana gözlerimi dikmişken. "Çok az vakit var. Daha hiçbir şey yapamadım. Ne yapacağım şimdi?"

Bugün günlerden 20 Temmuz Cuma. Hatta gün dönümüne yarım saatten az kalmıştı. "Ne yapacağım?" Tekrarladığım tek şey sürekli ne yapacağımdı. Bilmiyordum çünkü, aklıma mantıklı hiçbir plan gelmiyordu.

Ayaklanıp "Polis!" diye bağırdım kendi kendime ama hayır. "Yapamazsın, polislik bir durum değil bu." Panik hali tüm hızıyla düşüncelerimi, hareketlerimi ve daha kötüsü ruh halimi etkilerken ellerimi saçlarımdan geçirdim. "Sakin ol."

Çantamdan telefonumu çıkarıp vakit kaybetmeden Gizem'i aradım. Artık bununla tek başıma başa çıkamazdım. Maça iki günden az bir süre kalmıştı ve engellemek için aklıma hiçbir şey gelmiyordu. Ne yaparsam insanlar bana inanırdı? Ne söylesem geleceği gördüğüme ikna edebilirdim onları?

Yeni morlukların oluştuğu kolum omzuma kadar sızlarken kolumu ovaladım ama önemli değildi. Şu an sadece herhangi bir çözüme ihtiyacım vardı. Onu kaybetmeme neden olacaksa bile Gizem'e anlatmaya karar verdim ama açmıyordu. Soğukkanlılığımı korumakta zorlandığım her dakika onu aramaya devam ettim ama asla açmıyordu.

"Lütfen aç..." Fısıldayışım salonumda kaybolup giderken kendimi koltuğa bıraktım. Artık elimde şimdiye kadar ulaşmaya çalıştığım her bilgi mevcuttu:

22 Temmuz 2018

20:39

Hakan Doğu

Çağlar'ın kontrolsüz çarpışı ve yere yığılışı...

Gördüklerimi unutup, tüm bunların hiç yaşanmıyor olmasını dileyerek ellerimi gözlerime bastırdım. Her taraf pirinç tanesiydi, video kendiliğinden durmuş, tepsi bir yere tava başka bir yere savrulmuştu. Her şey birdenbire gün yüzüne çıkmıştı. Elimde kalan koca bir boşlukla derin nefesler aldım.

Yapacak bir şey yoktu. Hiçbir çözüm yolu bulamazsam Çağlar'la konuşacak ve en azından maça çıkmasına engel olacaktım. Tüm varlığımı ortaya koymaya hazırdım. Ayrılacaksak ayrılacaktık, benden bu yüzden uzaklaşacaksa hiçbir şikâyetim olmayacaktı.

Gizem'i bir kez daha aradım ama açmadı. Ne yapabilirdim? Kiminle konuşabilirdim? Aklıma ilk gelen planı uygulamaya koydum. Derinlemesine düşünecek vaktim yoktu. Daha önce elime geçen dosyalardan kişisel bilgilere ulaşarak Anıl Balkan'ın numarasını tuşladım.

Birkaç kez çalan telefon sonunda açıldığında sesimi düzgün ve normal tutmaya çalıştım. Ellerimi geçtim, içim bile titrerken bunu nasıl başaracaktım, bilmiyordum. "İyi geceler Anıl Bey, rahatsız ediyorum, kusura bakmayın."

"Olur mu Hera, ne rahatsızlığı. Bir sorun mu var?"

"Aslında Galata Metropol'ün antrenman yerini biliyor musunuz diye soracaktım. Biliyorsunuz, Gizem orada çalışıyor ve onu almaya gideceğim. Adresi veremeden telefonunun şarjı bitti."

"Florya tarafında büyük bir tesis var, biliyor musun? Taksiye bineceksen Galata Süren Tesisleri dersen kolayca götürür seni. Çağlar'ı da arayabilirsin aslında. Sahi, onu neden aramadın?" Ağrımaya başlayan başımı ovalarken birkaç saniye sessiz kaldım.

"Ben çıkarken Fatih Hoca'yla işleri var gibi görünüyordu. Rahatsız etmek istemedim." Ne kadarına inandı bilmiyordum ama önemli değildi. "Anıl Bey, çok teşekkür ederim. Görüşmek üzere." Arama sonlandıktan sonra koşar adımlarla odama gidip üzerimi değiştirdim. Şansım varsa eğer Hakan'la karşı karşıya gelmek istiyordum.

Çantamı ve telefonumu alıp evden çıktığımda en yakın taksi durağından bir taksi çağırdım. Gideceğim yeri önceden söyleyip bilen bir beyefendinin gelmesini rica ettikten sonra beklemeye başladım. Zaman kaybetmeye niyetim yoktu. Geçen günlerde bizim takım da geç saatlere kadar antrenman yapmıştı. Antrenman yapmasalar bile kompleksin içinde vakit geçirmeleri için her türlü olanak sağlamıştı takımımız.

Evine gitmeyip tüm zamanını komplekste geçiren sporcular yok değildi.

Taksi geldiğinde panik halinde bindim ve adresi bir kere daha söyledikten sonra arkama yaslandım. Yapabileceklerim sınırlıydı. Kendimi sahaya atmadığım sürece maçı durdurmam imkânsızdı. Ki durdursam bile zamanın değişkenlik gösterebildiğini biliyordum artık. Benim durduğum ve müdahale edemeyeceğim bir noktada maç devam ettiğinde olayın olmayacağının bir garantisi yoktu.

Çağlar'a anlatmak son çarem olarak kalsın istiyordum. İsterdim ki bunu çok uzun bir süre öğrenmesin ama durum daha çok taze olan ilişkimizden daha derindi. Akşamın ilerleyen saatlerinde olduğumuz için trafik derdine düşmeden tesisin önünde indim. Tahminimden kısa süren bu yolculuğun ardından güvenlik kulübesine kelimenin tam anlamıyla koştum.

"İyi geceler," dedim en kibar halimle. "Hakan Doğu buradaysa kendisiyle görüşmek istediğimi iletir misiniz?"

"Üzgünüm böyle bir yetkim yok. Tesise personel hariç giriş izni verilmiyor."

Bir adım daha ilerleyip kulübeye daha çok yaklaştım. "İlla ki istisnalar oluyordur, Abdullah Bey." Yaka kartından adını öğrendiğim Abdullah Bey başını olumsuz anlamda sağa sola salladı.

"Olmaz zaten de hadi diyelim ki istisnalar oluyor ama bu saatte değil. Saatin kaç olduğunun farkında mısınız? Seven ya da görmek isteyen herkes içeri girmek istese? Sizce bu mantıklı mı?"

"Seviyor ya da görmek istiyor değilim." Düşünmeden söylediğim, muhtemelen içeri girme şansımı da tamamen yok eden cümlenin ardından gözlerini kısan Abdullah Bey bana yolu işaret etti.

"Lütfen zorluk çıkarmadan gidin."

Vazgeçmeye niyetim yoktu. "Arkadaşım burada fizyoterapist yardımcısı. Gizem Başören. Kontrol edin, daha önce de gelmiştik buraya beraber."

"Arkadaşınızla gelirseniz içeri alırım ama başka türlü olmaz." Sinir küpü olmama yakın anlardan birinde olduğum için derin derin nefes alarak içimden saymaya başladım. Sakinleşmem gerekiyordu. Panik halinde dolaştığım her saniye midem düğümleniyormuş gibi hissediyordum.

Kaldırıma oturup ellerimi başımın arasına aldığımda yoldan geçen arabaları izledim bir süre. Ne diyeceğimi bilmediğim bir görüşmenin peşinde koşarken kendime olan güvenim törpüleniyordu. İşim şansa kalsın istemiyordum ama hiçbir şey kesin değilken ve diğer insanlar neler olacağını bilmiyorken her şey çok zordu.

Beklenmedik bir tarihti, çok erkendi ve hazırlıksızdım. Gecenin serinliği saçlarımı hafifçe havalandırırken yanmaya başlayan gözlerimle izledim etrafı. Neden bilmiyordum, telefonu açmayacağından emin olduğum arkadaşımı bir kere daha aradım ve açmadığında neredeyse fırlatmak üzere olduğum telefonu cebime koymayı başarabildim.

"Hera Koçoğlu?"

Başımı sesin geldiği yöne çevirdiğimde üzerinde takım eşofmanı ve yandan taktığı çantasıyla tesisten çıkan Hakan'ı gördüm. İçimde biriken, ona göstermek için yanıp tutuştuğum öfkemi şimdilik belli etmemeye çalışıyordum ama gözlerim yanmaya devam ediyordu. Güvenlik görevlisi normal olmadığımı en başından beri hissediyor olmalıydı. Hakan kapıdan çıktığında o da kulübesinden çıkıp benim hareketlerimi takip etmeye başladı.

"Hakan Bey," diye mırıldandım dişlerimin arasından. "Sizinle konuşmam gerekiyor."

"Yasak dedim, hanımefendi. Diğer güvenlik görevlilerini çağırmadan önce gidin." Abdullah Bey tüm kartlarını ortaya dökerken kararlı ve kesin bir ifadeyle Hakan'a bakmaya devam ettim.

Bir şeyler olduğunu az çok anladığını gördüğüm sırada güvenlik görevlisine beni tanıdığını ve sorun olmadığını söyleyip beni dış otoparka yönlendirdi. "Neymiş bakalım gecenin bir vakti seni buraya getirecek kadar önemli olan?"

"Ne planlıyorsunuz?" diye sordum beklemeden. Arabasının yanında dikilirken içeriyi göremiyordum ama görüşümdeki siyah araba olduğunu yoğun bir şekilde hissediyordum. "Çağlar'la bu kadar alıp verememediğiniz ne? Siz de çok başarılı bir basketbolcusunuz."

"Neyden bahsettiğini anlamıyorum," dese de bakışları sertleşti ve sahte olduğunu bildiğim kibarlığından eser kalmadı.

"Maçın öncesinde potanın sağlamlığını kontrol ettirmek için birilerini görevlendirmeli miyim?" Ayağı yerde ritmik bir şekilde hareket etmeye başlarken çantasını arabasının üzerine koydu ve kollarını göğsünde birleştirdi.

"Bunu yapmak için yetkin yok," dedikten sonra ifadesini değiştirdi. "Yani, bunu neden yapasın?"

"Ben de bunu merak ediyorum," derken yumruklarımı sıkıp tüm koruma içgüdümle ona doğru bir adım attım. "Neden böyle bir şey yapmalıyım diye düşünmeden edemiyorum."

"Ne söyleyeceğini merak etmiştim ama belli ki buraya kadar saçmalamaya gelmişsin. Güvenlikleri çağırmama şu kadar kaldı." Parmaklarıyla sabrının azlığını ifade etmeye çalışırken geriledim.

"Ne yapmayı planlıyorsanız, yapmayın. Sonuçları tahmin ettiğinizden daha büyük ve sizin için de kötü olacak. İster inkâr edin ister etmeyin. Ne demek istediğimi çok iyi anlıyorsunuz." İlk önce etrafa şöyle bir baktı ve ardından omuzlarımdan tuttuğu gibi arabasına sertçe çarptı beni. Aniden sırtıma saplanan ağrı yüzünden bir an nefes alamadığımı sandım, aynı zamanda gözlerim kocaman açıldı. Ciğerlerimin yerinden söküldüğüne yemin edebilirdim.

"Bana bak," dedi tehditkâr bir tonda. "Saçma sapan konuşmayı kes ve git buradan. Hiçbir şey bildiğin yok senin."

Kollarımı ondan kurtarmaya çalışmadım bile. Sinirden parlayan gözlerine bakıp bir daha tekrarladım. "Uyarımı dikkate alın, Hakan Bey. Potayı bizzat ben kontrol edeceğim. Bana izin vermezlerse yetkili biriyle görüşmek için elimden geleni yapacağım."

"Kazanmama engel olabileceğin bir yarış değil bu."

Meydan okuyan bakışlarıma uzun süre karşılık verdikten sonra bir anda kollarımı bıraktı ve çantasını arabanın üzerinden aldıktan sonra sürücü koltuğuna geçti. Çekilmemi beklemeyeceği için geri çekilip kendimi güvene aldım. Hızlı bir manevrayla arabayı çıkışa doğru döndürüp tehlikeli bir hızda otoparktan ayrıldı. Paniklemişti işte, bir şeyler planladığını biliyordum ama en nihayetinde hiçbir maçı kazanmak başkasına zarar vermeyi planlayacak kadar önemli değildi.

İlk görüşüm potanın üst kısmındaki camın bir ihmal sonucu patlamasıydı. Sonucunu net olarak biliyordum. Ağır bir felç geçiriyor ve ardından çok geçmeden ölüyordu bu senaryoda. Fakat Hakan'ın kasıtlı faulüyle olan senaryonun belirli sonu yoktu. Felç kaldığını görmüştüm ama bir diğer görüşte de durum farklılaşmıştı.

"Elde var sıfır." Mırıldanışım gecenin içinde kaybolduğunda yoldan geçen bir taksiyi durdurdum.

Aslında bir yanım Fatih Hoca'yla konuşmanın doğru olacağını savunuyordu. Konuşacaktım da... Lakin saat artık epey geç olmuştu ve sabahı beklemeliydim.

Eve giderken Gizem'i bir kere daha aradım. İki günde bir arardı hep ama en son bir hafta önce aradığını gördüğümde endişelenmeden edemedim. Mesajlaşma uygulamasını açıp minik mikrofona basılı tuttum. "Nerelerdesin? Konuşmamız gerekiyor. Her şeyi anlatacağım sana. Yardımına ihtiyacım var. Lütfen aramalarımı gördüğünde ya da ses kaydımı dinlediğinde bana geri dön. Tamamen bocaladım, Gizem. Senden haber bekliyorum." Tek tik kalan ses kaydıma güven olmazdı ama illa ki interneti açacaktı, yani umarım.

Etrafa dağılmış kap kacakla, dökülmüş yemekleri topladım. Sessiz evim düşüncelerimin karamsarlığında daha da sessizleşiyordu. Bilgileri yazdığım kâğıdı elime alıp kontrol altına almayı başardığım ama hep benimle olan paniğimle birlikte inceledim yazanları. İki gün... Akşamdan beri kaçıncı olduğunu saymadığım o kelimeler döküldü dudaklarımdan: *"Çok az vakit var."*

En başından beri kahraman olmak istemiştim. Geçmişte yaptıklarıma karşılık, istemeden de olsa karıştığım tüm kötü işlere karşılık temiz bir sayfa açmak istemiştim. Bir insanın hayatından çok, kendi hayatımda yeni bir sayfa açmanın umuduyla girişmiştim her şeye.

Doğru ya da yanlış, işler istediğim gibi gitmeye başladığında bile başarma ihtimalinin peşinden koşmuştum. Çağlar Ataman'ı tanımaya ve ondan etkilenmeye başladığım zamana kadar her şey kendim içindi.

Şimdi bunu tüm kalbimle inkâr etsem de ondan hoşlanmaya başladığım ana kadar kolaydı. Başarabilirsem harika olacaktı ama başaramazsam da elimden geleni yaptığım için iyi hissedecektim. "İyiymiş..." Kendimi bıraktığım koltuk ağrıma biraz bile iyi gelmediğinde sırtımı birkaç yastıkla desteklemek zorunda kaldım. Anlaşılan zarar vermekten bir an bile çekinmeyen bir adamdı Hakan.

"İşler kötü giderse ne olacak?" Ellerimle yüzümü kapatıp karar vermeye çalıştım. Uyumamın mümkün olmadığına ve sabaha daha bir sürü vakit olduğuna göre... İyi olacak mıydım bilmiyordum ama kutumu almak için odama gittim. Kutumu sehpanın üzerine koyduktan sonra tişörtümü çıkardım, buzdolabının fişini çektim, klimayı ve bilgisayarımı kapattım. Fazladan ses yapabilecek her şeyi ortadan kaldırdım. Hatta duvar saatimi bile indirip pillerini çıkardım. *Ne kadar morarırsa morarsın, umurumda değil.*

İstediğim bilgileri elde etmiştim ama şimdiye kadar gördüğüm her şey bir noktada değişmişti. O anı görmesem bile öncesinde ya da sonrasında ne olacağını görmeye ihtiyacım vardı. Özellikle kendimi görmek için her şeyi yapardım. Çağlar'ın olayından çok ne yaptığımı görmeliydim.

Kutumun içinden çıkardığım minik kavanozlar ve kuvars kristallerini aceleyle dizdim etrafa. Bu sefer bir farklılık yapıp mumlar da ekledim sehpanın üzerine. Aydınlık problem değildi normalde ama başım çok ağrıdığı için yoğun ışıkta yapmak istemiyordum.

Avuçlarımın içine sığacak büyüklükte iki taşı sıkıca tutup rahat bir şekilde bağdaş kurdum oturduğum yerde. Burnuma dolan adaçayı kokusu, titreyen ellerim ve dolan gözlerimle o anı hayal etmeye çalıştım ama çok zordu. Son görüşümde Çağlar, kafasını çarpıp yere düştüğünde burnundan akan kanlar sahanın parlak zemininde büyük lekeler oluşturmuştu. Taşı tutan elim iyice titremeye başladığında kendimi bırakmadan odaklandım ve odaklandım.

İçim çekilir gibi, ruhum dışarı koşar gibi koptum zamandan. Kendiliğinden gelen görüşler kolay olsa da kendi başıma görmeye çalıştığım görüşler her seferinde daha da zordu.

Kapalı gözlerimin ardından bile gördüğüm mum ışığı yavaşça söndü ve karanlıkta kaldım. Karanlığı sevmememe rağmen bir kere daha, karanlıkta kaldım.

Biri tekmeliyor.

Ayağı kırılacak neredeyse.

Eli çoktan morarmış.

Dışarıdan gelen sesler yoğun.

Karmaşa her yerde. Ben neredeyim?

Tam yeni ay vakti. Gözlerini aç!

Yüksek bir yerden düşercesine koptum görüşten ve nefes nefese nerede olduğumu idrak etmeye çalışırken gürültülü bir şekilde çalan telefonuma uzattım elimi. Karnıma kramp girer gibi iki büklüm kalmıştım ama telefon susmadan yetişebildim. Arayan Çağlar'dı.

"Efendim?" diye açtım telefonu. Şimdi hiçbir şey belli edemezdim.

"Merak ettim seni. İyi misin?" Durumun tüketen saçmalığına sesli bir şekilde güldüm.

"Çok iyiyim," dedim yüzüme düşen saçlarımı geriye iterken. "Çok iyiyim."

"Yarın görüşemeyeceğiz büyük ihtimalle. O yüzden uyumadan sesini duymak istedim. Maçtan sonra telafi ederiz. İki gün bir yerlere kaçarız. Ne dersin?" Bütün gün çalışmış olmasına rağmen içimi ısıtan enerjik sesine odaklanmak istesem de söyledikleri içinde olduğum durumu kolaylaştırıyor denemezdi.

"Şu maç bir geçsin..." dedim sakin bir tonda. "Ne istersen yaparız."

"Ne istersen dedin bak." Gülüşü dudaklarıma buruk bir gülümseme olarak yansıdı. Göğsümde hissettiğim ağrı morardığını işaret etse de bakmadan gülümsemeye devam ettim. "Evet, ne istersen."

"Kamp yapalım birlikte. Bana çay yaparsın belki?" Yanımda olsa da koluna vursam diye düşünmeden edemedim. Kapatmam gerekiyordu ama konuşmak istediğini anlayabiliyordum.

"Kamp yaparız ama çayını kendin yaparsın. Ben yıldızları izlemek isterim."

"Geçenlerde bir kitapta şunu okumuştum. *Gözlerini kapattığında yıldızlar benim, ben senin olacağım,* diyordu." İlk çalışmaya başladığım zamanlarda gördüğüm bir görüşün içindeydi bu cümle. O zaman da biri kulağıma fısıldıyor gibi hissetmiştim, şimdi Çağlar'ın kendisi söylüyordu.

"Hangi kitap bu? Ezberlediğine göre çok seviyor olmalısın." Başımı sıkıntıyla kaşıyıp elimi göğsümün üzerine koydum. Sıcacıktı.

"Harika Romantik Ataman kitabından bir alıntı. Tavsiye ederim, muazzam bir kitap."

"Ya Çağlar." Kıkırdadım belki ama o daha fazla güldü söylediğine. "Bu akşam keyfin yerinde."

"Aslında çok yorgunum ve sen de yorgunsun. Uyuman için kapatacağım şimdi. Yarın yoğun bir gün olacak." Derin bir nefes alıp o görmese de başımla onayladım. Kısa bir iyi geceler faslından sonra arama sonlandığında telefonun ekranına öylece bakakaldım.

Maçtan sonra yapmayı planladığı çok şey vardı. Görüşlerin değişkenliğine bel bağlamak istemesem de umutluydum. Eğer kesin olsaydı görüşlerim bu bir felaket olurdu. Geleceği bilmek lanetten farksızdı. Kesinliğinden emin olsaydık bu laneti sonuna kadar yaşamaktan başka çaremiz kalmazdı ama... Şimdiye kadar çok şey değişmişti.

Sehpanın yanındaki yerime geçtim ve rahat pozisyonuma geri döndükten sonra eğilip adaçaylarını kokladım. İşe yarar bir şey görmeden bırakmak istemiyordum. Başımı sağa sola yatırıp iyice esnettim, gerginliğimi almak içinse pozitif düşünmekten başka yapabileceğim bir şey yoktu.

Ellerimdeki taşın sıcaklığını hissederken bir daha odaklandım.

Neler olacağını söylemek çok zor.

Soyunma odası mı burası?

Uzun demir bir bank, arka tarafta çelik dolaplar.

Açık mavi tişörtü tutan bir el.

"Ataman!" diye bağıran biri.

Bağırmasını istemiyor.

Başı fazlasıyla ağrıyor. Sonlandırmak istiyor.

Çığlıklar hâlâ çok yoğun.

Derin nefesler ala ala koptuğum görüşüm belimde hissettiğim acıyla inlememe neden oldu. "Ah, canım yanıyor." Ellerimi belime götürüp acının dinmesini beklerken bu sefer ben uğraşmadan geldi görüntüler. Görüşlerin birbirine bu kadar yakın olması zamandan kopma sürecimi daha sancılı hale getiriyordu.

Çağlar'ın evini önü.

Bembeyaz elbise giymiş bir kadın. Ne güzel bir elbise.

Sapsarı saçları var, başında da papatyadan bir taç.

Romanlardan fırlamış gibi alımlı.

Kapı açılıyor, o da kim? Çağlar mı o?

Çok farklı görünüyor o an için.

Bir anda yüzü asılıyor, bir şeye kızmış olmalı.

Kapıları kapatsa da kız içeride.

Dışarıda kalan biri var. İstenmiyor.

Tamamen uyuşmuş bir şekilde uyandım. Ne zaman uyuyakaldığımı hatırlamıyordum ama ellerimde taşlar vardı ve başım geriye doğru düşmüş öylece uyuyakalmış olmalıydım. Kuvarsları sehpaya bırakıp eriyip kendiliğinden sönmüş olan mumlara baktım. "İyi ki sönmüşler. Bir yangınımız eksikti."

Bağdaş kurduğum bacaklarımı açmak ise yaptığım en zor hareketlerden biriydi. Kurumuş bir tahta parçasından farksızdım. Öyle ki hareket ederken resmen her yerim zonkluyordu.

Aynaya baktığımda karşılaşacağım görüntüyü az çok tahmin ediyordum ve hazırdım da. Sadece bütün gecenin bir hiç olarak sona ermesi hassasiyetimi iyice geriyor ve paniklememe neden oluyordu. Kendimi çok fazla zorladığımı biliyordum ama uzun görüşlerin içine bir türlü dalamadığım için hiçbir anlamı yoktu.

Kısa kısa ve birbirinin benzeri görüşlerin içine düşerken ekstra bir bilgi edinmem neredeyse imkânsızlaşmıştı.

Her tarafım ağrırken ayaklandım. Ayrıca buruşturduğum yüzümde hissettiğim çatlama da hayra alamet değildi. Ayaklarımı sürüye sürüye ilerledim banyoya. Hayatım boyunca unutmayacağım aksimi aynada seyrederken tepki veremeyecek kadar hissizleşmiştim. Kollarımdaki geniş morluklar kendimi bundan bir önceki zorladığımda oluşan morluklarla aynıydı.

Siyah sutyenimin gizlediği göğüslerim hariç görebildiğim her yerde morluklar vardı. Yüzümün yarısı da buna dâhildi. Boynumdan yanağıma uzanan geniş morluğu ve ne zaman kanadığını dahi bilmediğim burnumdan akıp ince bir yol halinde kurumuş kanı gözlerimle takip ettim.

"Önemli değil," diye seslendim kendi kendime. Musluğu açıp hızla temizledim yüzümü. "Tamamdır işte." Odama dönüp siyah bisiklet yaka ve uzun kollu bir tişörtle siyah bir pantolon giydim. Atkuyruğu topladığım saçımı şapkamın arkasındaki minik pencereden çıkardığımda her şey tamamdı. Makyaj yapmadım ya da morlukları kapatmaya uğraşmadım bile. Tek istediğim Fatih Hoca'yla konuşup biraz olsun ilerleme kaydetmekti.

Sabırsızca evden çıktım ama aynı zamanda garip bir dinginlik vardı üzerimde. Çok yorgun hissediyordum ve zamanın hızlı akışı karşısında duramamak yorgunluğumu daha da tetikliyordu. Ciddi ciddi yarın akşamdı maç. Ne kadar çırpınırsam çırpınayım olacakları öylece bekliyor gibiydim.

"Dilenci abla?" Tatlı bir sesleniş le önümde beliren ufaklığa çarpmak üzereyken durdum. Dikkatim fazlasıyla dağınıktı, çokça dalıp gidiyordum ve bu noktada çocuğu ezmekten son anda kurtulmuştum.

"İnsanların karşısına pat diye çıkmamalısın," diye mırıldandım. Söylediklerimi yarım dakika sonra unutacağını bilsem de söylenmeden edemedim.

"Markete mi gidiyorsun?" Başımı olumsuz anlamda sağa sola salladığımda yüzümün yarısını kaplayan morluğu gördü. Nasıl olsa kaçacağını bildiğimden sesimi çıkarmadım ama çocuk bir kere daha şaşırttı beni. Ne yaptığını bilmeden kötü veletlerin peşine takılmıştı. Sırtıma su balonu atan tayfanın içinde kendisi de vardı. "Acıyor mu?"

İçim sızım sızım sızlarken başımı tekrar olumsuzca salladım. Dolmaya başlayan gözlerimi sakince izleyen çocuğa gülümsemeye çalıştım. Ne olursa olsun çocuklar gülümsemeden başka bir şey görmemeliydi. Su gibi akıp giden zaman içinde büyüyüp hayatla karşılaşmadan önce görebildikleri kadar gülümseme görmeliydiler. "Acımıyor." Yavaşça yaklaşıp anca bacağıma yeten boyuyla kollarını bacağıma doladı.

"Sana su balonu attığımız için hâlâ kızgın mısın? Annem çok yanlış bir şey yaptığımızı söyledi. Bu yüzden mi ağlıyorsun?" Ufaklığın sorusuyla gözyaşlarımı elimin tersiyle silip son gülücük kırıntılarımı kullandım.

"Bundan sonra kimseyle alay etmeyeceğine söz verirsen ağlamam."

Bacağımı bırakıp birkaç adım uzaklaşan çocuk hevesle zıplamaya başladı. Gördüğüm en tatlı erkek çocuklardan biri olabilirdi. Küt kesim saçları ve yeşil bahçıvan pantolonuyla küçük bir oyuncak gibi dolanıyordu etrafta.

"Tamam, anlaştık!" Hevesle bağırışı üzerine yanımıza genç bir kadın yanaştı. Parlayan kızıl saçları ve kendine baktığını açıkça belli eden dış görünüşü normal bir zamanda olsa etkileneceğim kadar ön plandaydı. Eğilip çocuğu kucağına aldığında çocuğun gözleri parladı. "Anne evsiz ablayla anlaştık. Artık kimseyle alay etmeyeceğim, o da ağlamayacak."

"Aferin benim oğluma." Kadın çocuğun başını okşadıktan sonra kibar bir gülümsemeyle bana döndü. Döndüğü gibi gülüşünün yok olması bir oldu. "İyi misiniz?"

"İyiyim ama gitmem gerekiyor." Hiç planda yokken fazlasıyla zaman kaybetmiştim zaten.

"Şiddet mi görüyorsunuz?" dediğinde ise saklamadan gözlerimi devirip cevap vermeden uzaklaşmaktı niyetim. Fazlasıyla ilgili olan ve bu ilgiyi yanlış zamanda uygulayan kadınla iletişimimi bir an önce kesmek istiyordum. O ise bana düşündüğümden daha çok yaklaştı. İki elini ensesine götürüp bir şeyler yaptı ama ne yaptığını bana uzattığı kolyeyi görene kadar anlamadım. "Bunu size takabilir miyim? Sonra hemen gideceğim." Hiçbir şey söylemeden ucunda koyu turuncu ve ince beyaz çizgileri olan taşlı kolyeyi ellerinden alıp boynuma taktım. Daha fazla zaman kaybetmeye niyetim yoktu.

"Ne taşı bu?" diye sordum boynumdaki kolyeyi avucuma alırken. Şimdiden içime yayılan sıcak enerjiyi hissedebiliyordum.

"Ölümsüz taş, akik." Şu an sorgulamaya vaktim olmasa da derin ve anlamlı bakışlarına karşılık kısaca teşekkür ettim. Bir gecede kaba bir insana dönüştüğümü düşünsem de aslında birkaç ay öncesinde olduğum insana dönüşmüştüm. Sevecenlikten uzak bir şekilde yanlarından ayrıldım ve komplekse kadar yürüdüm. Yer yer düşünüp yer yer panikleyerek tamamladım yolculuğumu ama yürümek morarmış bacaklarıma biraz olsun iyi gelmişti. Ofise girmeden önce iki kahve ve Fatih Hoca'ya en sevdiği sandviçi almak için birkaç dakika daha kaybettim. Yüzümü gören görevli şok olmuş bir ifadeyle ne olduğunu sorduğunda iyi olduğumu söyleyip geçiştirdim. Bugün bu tepkiyle sık sık karşılaşacağımı biliyordum.

En nihayetinde ofise girdiğimde onu masasında, çoktan işlere dalmış bir şekilde buldum. "Geldin mi?" diye seslendi kafasını incelediği kitaptan kaldırmadan.

"Size kahve ve sandviç getirdim." Kafasını kaldırıp bana baktığında bakışları saniyeler içinde cidddileşti ve parmaklarının arasındaki kalem yavaşça elinden kayarken ayağa kalktı. Yüzündeki şaşkınlık tanıdıktı ama artık rahatsız etmiyordu.

"Neler oluyor, Hera? Bu halin ne? Yüzün, boynun, ellerin..."

"Mor?" diyerek tamamladım onu. Başını sallamaktan başka bir şey yapamayan Fatih Hoca'ya oturmasını işaret ettim ve aldıklarımı kibarca önüne koyduktan sonra karşısındaki koltuğa oturdum. Şapkamı çıkarıp masaya koyduğumda bakışlarının yanağımda, boynumda ve ellerimde gezindiğini bilmek için takip etmeye gerek yoktu.

"Seni kim bu hale getirdi?" Sıcacık kahvemden büyük ve ağız yakan bir yudum aldım. Uyanmama ve kendime gelmeme biraz olsun yardım edeceğini umuyordum.

"Sizinle bir şey konuşmalıyım." Sorusunu duymazlıktan geldim çünkü olayı anlatmaya ancak enerjim vardı. Kendimi başka zaman anlatabilirdim. "Çağlar yarınki maça çıkamaz, hocam."

"Ne saçmalıyorsun, Allah aşkına? Çağlar bizim kalemiz. Futbolda Fenerbahçe-Galatasaray karşılaşması neyse basketboldaki karşılığı Kristal Dinamo-Galata Medipol karşılaşmasıdır. Belli etmese de Çağlar için de önemli maçlardan biri bu." Önüne bıraktığım kahvesini sertçe kavrayıp dudaklarına götürdüğünde masaya sabitlediğim bakışlarımı gözlerine çevirdim.

"Yarınki maç bir felaketle sonuçlanacak. Geleceği görebiliyorum hocam. Benim için bunları anlatmak kolay değil. Hatta hayatımın en zor anlarından birini yaşıyorum şu an. Bana inanmalısınız." Ciddiyetimi kontrol ettiğini bakışlarından sezebiliyordum.

Azıcık bile gülümsesem şaka yaptığımı düşünmeye meyilliydi.

"İyi değilsin," diye mırıldandı ama daha çok ne olduğunu anlamaya çalışıyor gibiydi. "İstersen yönetimle konuşup geçen gün kullanmadığın izinleri kullan-" derken sözünü kesmek zorunda kaldım.

"Yarın ya asıldığı pota patlayıp düşmesine neden olacak ve felç kalacak ya da Hakan Doğu tarafından güçlü bir şekilde itilip pota korumalığına kafasını çarptığında boynu kırılacak. En iyi ihtimal bile felç kalması. Başından beri Çağlar'ı kurtarmak için buradayım. Aylar öncesinden böyle bir olayın gerçekleşeceğini biliyordum ama zamanını bir türlü göremiyordum. Dün gece gördüm. 22 Temmuz akşamı saat 20:39'da olacak her şey."

"Pota korumalığı mı? Böyle bir kaza en son 1993'te yaşandı. İhtimali bile yok. Delirmişsin sen," dediğinde bunu defalarca duymama rağmen kalbim ezildi, olduğundan daha da küçülüp saklanmaya çalıştığını hissettim.

Uykusuz ve dolu gözlerimden düşen yaşları silme zahmetine girmeden baktım Fatih Hoca'ya. "Delirdim belki de, artık ben de bilmiyorum ama bu söylediklerim riske atmaya değer şeyler mi? İçinizden hiç 'Ya doğruysa?' demiyor musunuz? Ya da sonradan beni dinlemediğiniz için pişman olmayacak mısınız? Morluklarıma bakın." Kollarımı sıvadım, boynumu biraz daha açık bırakmak için tişörtümün yakasını iyice esnettim ve yüzümün moraran yarısını işaret ettim. "Bunlar görüşlerimin bana bıraktığı morluklar. Dün gece beni gördüğünüzde bunların hiç biri yoktu. Bir gecede nasıl oluştuklarını merak etmiyor musunuz?"

"Hera..." diye seslendi gözlerini kaçırırken. "Hayatım boyunca böyle şeylere inanmadım." Başını sıkıntıyla kaşıdığında yüzündeki ifadeden bana inanmadığını ve ne diyeceğini bilemediğini anladım. Buradaki işim tamamen bitmişti.

"Bir şey söylemenize gerek yok." Şapkamı taktım ve ayaklandığımda beni bakışlarıyla takip etti. "Bu maçın ardından işi bırakıyorum. Olur da işler istediğim gibi gitmezse burada olmamın hiçbir anlamı olmayacak. Buna artık dayanamıyorum." Kapıya yöneldiğimde arkamdan seslendi fakat söylediği hiçbir şeyi duymak istemiyordum. "Son olarak, lütfen bugün maçın oynanacağı sahadaki potaları kontrol etmesi için yetkili birini gönderin. Selçuk ya da Kemal bunu yapabilecek pozisyonda, değil mi? İnanmasanız bile gönderin. Sonucu kimi gönderecekseniz ondan öğrenirim."

Bakışlarım odağını kaybederken ofisten çıktığımda ne yapacağımı bilemeden birkaç dakika dikildim. Açıklayabileceklerimi en sade ve ayrıntılı şekliyle anlatmaktan başka ne gelirdi elimden? Annemle babamın bile buna inanması yıllarını almıştı. Fatih Hoca'dan beklentim büyüktü ama inanmadığı için onu suçlayamazdım.

Arka cebimden telefonumu çıkarıp Gizem'i aradım. Telefonlarımı açmaması beni iyice uç noktalara doğru sürüklüyordu. Çağlar'la konuşmadan önce hâlâ biraz vaktim vardı, Fatih Hoca ve Hakan Doğu ile de konuşmuştum. Sonuç iyi değildi. Sonuç hiç iyi değildi.

Parmaklarımın ucuyla şapkamı biraz daha aşağı indirip merdivenlerden dikkatlice indim. "Hera?" Merdivenin son basamağını iniyordum ki bir ayağım zeminde, diğeri merdivende kaldı. Burada olmaması gerekiyordu. Bugün spor salonu günüydü.

Başımı hafifçe çevirip merdivenin başında beni izleyen 10 Numara'ya baktım. Merdivenleri hızlıca inip yanıma geldiğinde koluma uzandı ve sıvadığım kollarımı açık bıraktığımı o zaman fark ettim. Dokunmasına izin vermeden geri çekildim. Çağlar her tarafımı incelerken sürekli dokunmak için istemsizce uzanıyor, ben ise sürekli elini itiyordum. Son itişim tahmin ettiğimden daha sertti. "Üzgünüm ama şu an bana dokunamazsın."

"Başını kaldırıp bana bakmazsan yüzünü tutmak zorunda kalacağım." Birkaç adım daha geriledim ve başımı kaldırıp ona baktığımda yüzümü gördü. Ne düşündüğünü anlamak imkânsızdı.

"Yarın geleceğim yanına," dedim kompleksin kapısına doğru koşmadan önce. "Ben gelene kadar kendine iyi bakmak zorundasın." Cevap vermesine izin vermeden kompleksten çıktım ve ana kapıya doğru neredeyse soluk almadan koştum. Caddeye giden yolun yarısını da koşarak tamamladığımda enerjim kalmamıştı. Yoldan geçen taksi olmasaydı muhtemelen gün içinde ikinci kez kaldırıma çöküp kalacaktım.

Gizem'in evinini adresini verdiğim taksi şoförü arka koltuğa iyice yerleştiğim sırada yola dikkat ederek peçete uzattı bana. Uzattığı peçeteye anlamsız bakışlarla baktığımı fark ettiğinde bir tane daha uzattı. "Burnunuz kanıyor."

Parmaklarımı dudaklarımın üst kısmına götürdüğümde ıslandı elim. Peçeteleri alıp burnuma dayadım. "Fark etmemişim, teşekkür ederim." Daha önce başıma gelen bir durum olmadığı için ya da bir anda bir milyon düşünceyle boğuştuğum için gerçekten farkında değildim.

Neyse ki sadece birkaç damlaydı ve Gizem'in evine gelene kadar tamamen durdu. Arabadan inip apartmanın önünde dikilirken daha önce arkadaşımın evine hiç gelmediğimi fark ettim. Arabasıyla beni aldığı zamanlarda evime geçmeden önce uğrayıp birkaç eşya almak için gelmiştik buraya sadece. Dışarıda beklemiştim her zamanki gibi ve şimdi daire numarasını bile bilmiyordum.

"Kötü bir arkadaşsın Hera Koçoğlu." İşin kötü yanı ise on katlı binada hangi dairede oturduğunu bir türlü anımsayamadım. Birçok zile basıp insanları rahatsız etmektense onu bir kere daha aramayı denedim. Sonuç aynıydı, açmıyordu.

Sanki görebilecekmişim gibi başımı kaldırıp binanın pencerelerine bakmaya başladım. Yüzüme vuran güneş cildimi yakarken gözlerim kamaştığı için çok bir şey gördüğüm söylenemezdi. "Sürekli övündüğün önsezini kullanma zamanı." Zillerin olduğu kutucuğa ilerleyip bütün numaralara şöyle bir baktım. "No:8!" diye mırıldanıp tereddüt etmeden bastığımda hoparlörden tanımadığım bir kadının sesi yükseldi.

"Kim o?"

"Ben Hera Koçoğlu," diyerek başladım söze. Görüntülü diyafondan yüzümü görüyorsa diye şapkamı çıkarıp öyle dikildim kapının önünde. "Bu binada oturan bir arkadaşım var. Gizem Başören. Fizyoterapist, ela gözlü ince ve uzun bir kız? Kendisine ulaşamıyorum da, bir bilginiz var mı?"

"Şu ünlü sporcuyla sevgili olan kız mı?" Onu tanımlayacak birçok madde sıralamıştım ama ünlü bir sporcuyla çıkması onu böyle etiketliyordu demek.

"Evet, o. Gördünüz mü hiç bu günlerde?"

"Dün elinde büyük bir çantayla siyah bir arabaya binip gitti," dedi coşkulu ve hoparlörden çıkan metalik sesiyle. Bu konularda konuşmayı çok seviyor olmalıydı. "Sporcuyu görmedik ama arabasını magazin haberlerinde görmüştük."

"Çok teşekkür ederim," deyip şapkamı taktım. Yakınlardaki herhangi bir taksi durağını araştıracağım sırada telefonum çaldı. Genelde bilmediğim numaralardan gelen aramaları açmazdım ama bu sefer Gizem olabileceğini düşünüp hemen açtım.

"Merhaba Hera, Selçuk ben. Nasılsın?" Hiç değişmeyen tonlamaları ve ilgisiyle Selçuk, evime gelip kutuyu bıraktığı günü hatırlattı bana. Bugün ilk zamanları fazlasıyla hatırlıyordum.

"İyiyim Selçuk, sen nasılsın?" Yapacak çok daha önemli işlerim olduğunu kibarca söylemenin yollarını arıyordum ki Selçuk benim dilimden konuşmaya başladı.

"Ben de iyiyim. Fatih Hoca beni ve birkaç kişiyi maçın yapılacağı sahaya gönderdi bugün. Bilgileri seninle paylaşmak istiyordum. Müsaitsen bir kahve içelim."

Biraz dinlenmek iyi gelebilirdi. "Olur. Hatta sana konum atsam ve yakınlardaysan geçerken beni de alsan, olur mu?" Otobüs kartım yoktu ve her tarafım morluklar içindeyken minibüse binmek istemiyordum. Dünden beri defalarca taksiye bindiğim içinse biraz sıkılmıştım açıkçası.

"Tamam, bana uyar. Konum at ve takıl oralarda. Geliyorum ben." Aramayı sonlandırdıktan sonra konumumu gönderdim. Yakınlarda olduğunu ve on dakika içinde geleceğini söylediğinde yine kaldırıma oturdum. Etrafta herhangi bir sandalye ya da oturacak yer olmadığından ayakta durmak zorundaydım ve açıkçası o kadar enerjim yoktu.

Oturduğum yerde kollarımı ovaladım, omuzlarımı hareket ettirip açma-germe hareketlerinin en kolaylarını yaptım. Göğsümde, kaburgalarımda ve sırtımda hissettiğim ağrılar sabitti. Onlar için yapabileceğim şeyler sınırlıydı ama ısıtmaya çalıştığım diğer yerlerim daha iyiydi.

Gizem'i arayıp bu sefer sinyal sesiyle mesajımı bıraktım. "Evinin önünde oturuyorum şu an ve senin için çok endişeleniyorum. Zaten her şey çok karışık. Tamam, hiçbir şeye dâhil etmeyeceğim seni. Yardım da istemeyeceğim ama lütfen iyi olduğunu söyle bana."

Kompleksin arabalarından biri önümde durduğunda ayaklandım ve hızlıca yerleştim arabaya. Beni ve yüzümü gördüğü anda Selçuk'un gülüşü yavaşça soldu. Seslice yutkunduğunu işittiğimde başımı çevirip dışarıyı izlemeye başladım. "Soru sormazsan sevinirim."

Yakınlardaki kahve dükkânına kadar sessizce ilerledik fakat sıkıca tuttuğu direksiyondan ve gergin çenesinden merak ettiğini ya da endişelendiğini anlayabiliyordum. Komplekste her gün muhakkak görüştüğümüz ama iletişimimizi ilerletmediğim biriydi Selçuk. Şimdiye kadar benimle ilgili şeylerde hep yardımcı olmuştu. Taşımamın zor olduğu kutuları iki kere evime taşımış, Fatih Hoca'nın verdiği işlerde çoğu zaman yardım etmiş ve şimdi olduğu gibi ne dersem elinden geldiğince yapmıştı.

Derin düşüncelere daldığımdan arabanın durduğunu bile fark edemedim. "Hera?" diye seslendi çekinerek. Tüm yaptıklarına karşılık suratsız olmamın kaba kaçacağını düşünerek başımı ona çevirdiğimde gülümsüyordum. "Geldik."

"Tamamdır, kahveler benden." Arabadan inip sevdiğim mekânın bir diğer şubesine girerken tanıdık hava ve kahve kokusunun beni biraz daha yatıştırdığını hissediyordum. "Sen boş bir masa bul, ben geliyorum. Ne içersin?" İçeceğini de öğrendikten sonra sıraya girdim. Tabii ki değişmez bir kural olarak etraftaki herkesin gözü muhakkak bir kere değdi yüzüme. İçimde bir yerlerde eski Hera koşarak kendini eve kapatmak ve morluklar geçene kadar dışarı adımını atmamak istiyordu ama şimdiki ruh halimle hiçbir bakışı umursamıyordum. Yine de insanların meraklı ve çoğunun acıyan bakışları hâlâ çok rahatsız ediciydi, inkâr edemezdim.

"Siparişinizi alayım hanımefendi." Dikkatimi satış görevlisine verip siparişimi sıralamamın ardından geçen birkaç dakika içinde kahveler hazırdı. Tepsiye ihtiyaç duymadan kahveleri karton korumalığa geçirdim ve Selçuk'un gözden uzak bulduğu masaya doğru yavaş adımlarla ilerledim.

"Al bakalım, afiyet olsun." Kahvesinden bir yudum alıp günün yorgunluğunu atmışçasına gülümsedi. Üstelik daha öğlen saatini yeni geçmiştik.

"Araştırmamızı istediğin şeyi araştırdık," diye başladı söze. Kahvemi elime alıp koltuğumda arkama yaslandım. "Oraya gittiğimizde birkaç görevli pota üzerinde çalışıyordu zaten. Ne yaptıklarını sorduğumuzda genel bakım yaptıklarını söylediler ama Fatih Hoca ne olursa olsun iyice kontrol etmemizi tembihlediği için işleri bitene kadar bekledik. Yanımızda bu işlerden anlayan bir arkadaşımız vardı. Görevliler işlerini bitirdikten sonra başımızdaki güvenlik görevlisiyle inceledi arkadaşım pota ve çevresini. Hiçbir sorun yok şu an. Ama bence..." dedikten sonra yaslandığı koltuğunda doğruldu ve bana doğru yaklaşıp sesini alçalttı. "Bakımdan çok tamir gibi bir uğraş veriyorlardı biz geldiğimizde. Yani ben öyle hissettim, bilmiyorum. İlk kez böyle bir şey yapıyoruz."

"Anlıyorum." Kahvem elimi yakmaya başlarken derin düşünceler içerisindeydim. "Gözüne çarpan herhangi bir şey oldu mu?" Hakan demek ki yaptığı işi düzeltmişti. Bu ne demek oluyordu? Seçeneklerden birini elediğimiz anlamına gelebilir miydi, bilmiyordum.

"Olmadı. Ah!" dedi aceleyle kahvesini bırakıp telefonunu eline alırken. "Nasıl unuturum? Bugün sonuçlar açıklanacaktı."

"Ne sonuçları yahu, sakin ol," desem de heyecanını sürdürmeye devam etti. Hatta öyle ki bir an için beni unuttuğunu rahatlıkla söyleyebilirdim. "Neymiş seni bu kadar heyecanlandıran?"

"Gerçekten bilmiyor olamazsın, Hera. Gerçi duyurular ve aday başvurusu senenin başında yapılmıştı. Sen yoktun o zamanlar." Gözlerimi devirip açıklamasını bekledim ama bağlandığı canlı yayını izlemeye devam etti.

"Söyleyecek misin?"

"Ah, üzgünüm." Utangaç bir tavırla gülümsedi ama telefonu elinden bırakıp bana döndüğünde tüm dikkatini vererek anlatması oldukça hoşuma gitti. "Basketbol Federasyonu senenin başında Türkiye için bir basketbol yüzü, basketbol elçisi seçeceğini açıkladı. Öyle donanımlı bir iş ki bu tahmin bile edemezsin. Yerli ya da yabancı tüm etkinliklerde imzası olacak seçilen sporcunun. Gençlere basketbolu tanıtmak ve sevdirmek için çalışmalar yapacak. Elçi olduğu bir senenin sonunda kendi genç takımını bile kurabilecek," dediğinde gülümsemeden edemedim.

"Tam Çağlar'a göre bir iş."

Onaylarcasına başını salladı. "Biz de onu diyoruz ya. Ekstra bir federasyon desteğiyle birlikte yerini iyice sağlamlaştırdığını düşün. Çağlar'ın milli takımdaki yerini de iyice pekiştirecek bu seçim."

Gözleri parlayarak anlattığı seçimleri ilgiyle dinledim ama anlamadığım bir şey vardı. "Adayları kim seçti ve adaylar kimler?"

"Federasyon seçti tabii ki adayları. Toplamda beş kişi. Bizim takımdan iki kişi var üstelik. Çağlar Ataman, Anıl Balkan, Boban Salvovic, Emin Derler ve

Hakan Doğu. Emin'in şansı çok az, geçen gün bir skandala karıştı adı. Yine de ne olacağı belli olmaz tabii."

"Kazanmama engel olabileceğin bir yarış değil bu," derken demek bundan bahsediyordu, Hakan.

"A-ha!" diye bağırdı kendini tutamayarak. "Çağlar seçildi!" Komplekste olsaydık bu neşeyle dans edeceğinden neredeyse emindim. İçimden bir ses bu seçimin işleri daha kötü hale getireceğini söylüyordu. Hakan'ın başından beri peşinde olduğu şey maçı kazanmak değildi. "Manyak herif ya, nasıl delirmiştir şimdi."

"Kimden bahsediyorsun?" Mutluluğuyla yerine sığamayan Selçuk kahvesinden büyük bir yudum alıp arkasına yaslandı. Tam bir takım adamıydı.

"Hakan'dan bahsediyorum tabii ki. Bundan beş sene önce bir seçim daha oldu. Bu kadar büyük bir seçim değildi ama Çağlar'ın tüm yeteneğinin halkın görebileceği kadar göz önünde olduğu bir seçimdi. Onda da kaybetmişti. Şimdiye kadar Çağlar'la girdiği tüm ikili yarışları kaybetti."

Keyfini kaçırmak istemesem de "Bu gülünecek bir şey değil," diyerek kestim sözünü. "Bu gerçekten bu kadar gülerek anlatabileceğin bir şey değil, Selçuk. Kaybetme hissi ve başa çıkamadığı hırsı yüzünden insanların neler yapabileceğini, var olmak için sürekli rekabet halinde olan insanları bir de kalıplara sokan seçimlerin nelere mal olabileceğini bilemezsin."

Gülüşü yavaşça soldu ve bitkin yüzüme karşılık savunmaya geçtiğini anladım. "Çağlar'la yakın olduğunuzu sanıyordum. Neden Hakan'ı savunuyormuş gibi konuşuyorsun?"

Elimdeki kahveyi sertçe masaya bırakıp ayaklandım. "Hayatta savunacağım en son insan bile değil Hakan Doğu. Bakış açını genişletmen gerektiğini düşündüğüm için söylediğim sözlerdi onlar. Belli ki bunun için biraz daha olgunlaşman gerekiyor."

Cevap vermesine fırsat bırakmadan masanın üzerindeki telefonumu alıp kafeden aceleyle çıktım. Neyse ki ana cadde üzerinde bir mekândaydık ve birkaç dakikalık bekleyişimin ardından çevirdiğim taksiye bindiğimde midemdeki ağrıyla tarif ettim evimi. Çağlar ısrarla aramaya devam ediyordu ama açsam da söyleyecek hiçbir sözüm yoktu. Aramaları ardı ardına cevapsız bıraktığım için kendimi kötü hissediyordum, bu yüzden mesaj atmaya karar verdim.

Kime: Çağlar Ataman

"Seçimi kazandığını az önce öğrendim, Sayın Basketbol Elçisi, 10 Numara. Tebrik ederim. Beni merak etme. Yarın öğlen saatlerinde geleceğim yanına, lütfen bana zaman ayır."

Mesajımı okuduğunu görebiliyordum ama bir süre cevapsız bıraktı nedense. Cevap geldiğinde ise Fatih Hoca yanımda olsa üzerine atlayacak kadar sinirlenmiştim.

Kimden: Çağlar Ataman

"Fatih Hoca garip davrandığını ve kötü göründüğünü söyledi. Kötü olduğunu ben de gördüm. Neler oluyor?"

Kime: Çağlar Ataman

"Yarın."

Telefonumu cebime koyup başımı koltuğa yasladım. Yolculuk iyice uykumu getirmişti ama uyuyamazdım. Hayatımın en tüketici bekleyişiydi.

8

Evime girdiğimde her zamanki gibi tişörtümü çıkarıp uzandım üçlü koltuğa. Yapmam gereken bir şey daha vardı. Arka cebimden telefonumu alıp kompleksin ana numarasını tuşladım. Bizimle birlikte gelen sağlık görevlisi arkadaşlarımızın dahili numarasını bilmediğim için kompleks sorumlusundan beni onlara yönlendirmesini rica ettim.

İsteğim çok basitti. Saat 20:30 itibariyle tüm müdahale ekibinin orada olmasını rica ettim ve bunun Fatih Hoca'nın isteği olduğunu söyledikten sonra aramayı sonlandırdım. Onay için onu aradıklarında geri çevirmeyeceğinden emindim. Bana inanmadığını biliyordum ama şüphesi bile yeterdi. Boşuna uğraşmadığımı iş işten geçmeden görsün istiyordum ama ne yapabilirdim? İnsanları görüşlerimin içine sokamayacağıma göre onları buna inandırmak neredeyse imkânsızdı.

"Biraz daha mı zorlasam?" diye düşündüm seslice. Gözlerimle tavandaki hava kabarcıklarını takip edip sayarken elimi morarmış karnımın üzerine koydum. "Görecek neyim kaldı?" Gözyaşlarım yanaklarımı ıslatmaya başlayana kadar ağladığımı fark etmedim. Akşama dönen günü çoktan geceye karışmış ruhumla karşıladım ama bir kere bile kırpmadım gözümü.

Olay defalarca canlandı gözümde. Ertesi gün olana kadar bekleyişimin her anı derin bir ağrı ve sancı getirdi hayatıma. İki gün içinde birinin hayatı ve enerjisi ne kadar değişebiliyorsa o kadar değişti her şey.

Gün doğumunu yattığım yerde aynı şekilde uzanırken karşıladım. Geçtiğimiz öğlen içtiğim kahvenin acı tadı ağzımı daha da acılaştırmışken zorlukla yutkundum. Kanım çekilmişçesine başladığım, beklerken soğuk soğuk terlediğim bu günü ömrüm boyunca unutmayacağımdan adım kadar emindim.

Ne değişirse değişsin ve olaylar nasıl ilerlerse ilerlesin gecesiyle birlikte bugün, hayatımın en kötü günüydü. Olayları engelleyemesem bile zararı en aza indirmek için orada olacaktım.

Yüzümü yıkayıp saçımı şöyle bir düzelttim ve koltuğun üzerine bıraktığım tişörtümü giyip şapkamı taktım. Dünden tek farkım daha da koyulaşmış gözaltlarım ve iyice ifadesizleşen yüzümdü. Çağlar'ın karşısına bu şekilde çıkarsam en azından durumun ciddiyetini anlayacağını umuyordum.

Saklanmadan, bahane uydurmadan ve en açık haliyle...

Paylaşmamı istediği ne varsa paylaşmaya hazır bir halde çıktım evimden. Saat onu yirmi beş geçerken dakikalar sonra saate baktığımda ve bunu yol boyunca tekrarladığımda saat bile sinirimi bozan ayrıntılardan biri haline gelmişti.

Elimi kolumu bağlayan en büyük düşmanımdı zaman. Hakan'dan bile acımasız ve kesindi. "Bu kadar erken olacaksa bana daha erken göstermeliydin." Kiminle konuştuğumu bilmiyordum ama görüşlerime olan kızgınlığım yetmiyormuş gibi bir de zamanla derdim vardı şimdi.

Kompleksin kapısından koşarak girdiğimde nefes nefese bakındım etrafa. Herkes ayrı bir heyecanlıydı bu akşam için. Heyecanlı olan herkesi teker teker sarsmak ve nasıl bu kadar mutlu olabildiklerini sormak istedim. Bayram yeri gibiydi kompleksimizin içi. Sporcumuz artık federasyon elçisiydi ne de olsa… Bizden mutlusu olmamalıydı, değil mi?

Giriş katında bizimkilerden kimse görünmediğine göre alt sahada son konuşmalarını yapıyor olmalıydılar. Derin bir nefes alıp ağrıyan göğsümü şişirdim, görüşlerimden bağımsız moraran sırtımı dikleştirdim ve şapkamı ucundan tutarak şöyle bir düzelttikten sonra merdivenlere yöneldim. *Hadi bakalım, Hera Koçoğlu. Yıllardır gizli olan her şeyi ortaya dökme zamanı…*

Merdivenlerden yeni inmeye başlamıştım ki bir el sertçe kavradı kolumu. O kadar sertti ki ya da kolum morluklardan dolayı o kadar ağrıyordu ki sızlanmadan edemedim. Buruşan yüzümü gördüğünde tutuşunu gevşeten Fatih Hoca'ya şaşkınlıkla baktım.

"Ne yapıyorsunuz?" diye çıkıştım kolumu kurtarmaya çalışırken.

"Konuşmamız lazım." Etrafa bakıp beni çekiştirmeye başladığında direnemedim çünkü tuttuğu nokta o kadar hassastı ki biraz daha zorlasa kolum tuttuğu yerden kopacakmış gibi hissediyordum.

Ofise gittiğimizi koridorun sonuna doğru hızlıca yürürken anladım. Saniyeler sonra ofiste birbirimize bakarken onun da yüzü benimki kadar solgundu. *Güzel,* diye geçirdim içimden. Ben perişan haldeyken mutlu olmayan birini görmek biraz olsun umudumu arttırmıştı. Yalnızdım. Yalnız olmak istemiyordum.

"Çağlar'a gidiyordun, değil mi?" Başımla onayladığımda kolumu bıraktı. "Onunla konuşamazsın. Sana inanmayacak."

"İnanmasını umuyorum. Başından beri bende bir şeyler olduğunun farkında. İnanana kadar kendimi anlatmaya hazırım. Dünden beri ne haldeyim, bilmiyorsunuz. En başından beri ipuçlarını birleştirip tarihi ve saati öğrenirsem her şeyi düzeltebileceğime inanıyordum. Şimdi ise öğrendiğimden beri elim kolum bağlı. Hakan vazgeçmiyor, arkadaşım ortadan kayboldu, siz bana inanmıyorsunuz ve zaman gittikçe daralıyor. Bırakın hocam beni, gitmeliyim."

Arkamı dönüp kapıya ilerlediğim anda tekrar durdurdu beni. "Bu delilik," dese de dün sabah onunla konuştuğum Fatih Hoca'dan farklı görünüyordu. "Bu resmen delilik."

"Beni bunları söylemek için tutmayın. Kaybedecek zamanım yok. Gerekirse Çağlar'ı buradan kaçırırım, yine de maça çıkmasına izin veremem."

"Dev gibi bir adamı nasıl kaçıracaksın, Allah aşkına? Tüm planın bu mu?" Derin derin nefesler almaya başladığım sırada bana bakan gözleri büyüdü. Bu sefer hissetmiştim. Elimi burnuma götürdüğümde içimden sıkı bir küfür ettim.

"Ah, yine mi?" Bu sefer biraz fazla kanıyor gibiydi. Başımı eğik tutmaya özen göstererek masamın çekmecesini açıp peçete paketimi bulmaya çalıştım.

"Gel otur şuraya." Bu sefer daha nazik bir hareketle kolumdan çekip koltuğa oturmama yardım eden Fatih Hoca kocaman bir peçete rulosu tutuşturdu elime. Burnumun ucundaki yumuşak kısma baş ve işaret parmağının arasıyla hafifçe baskı uygulamaya başladı. Birkaç dakika kadar devam etti fakat hâlâ tam olarak durmamıştı kanama. "Sen gerçekten iyi değilsin," dediğinde başımı kaldırıp gülümsedim.

"Beni boş verin şimdi. Şu kanı durduralım da gideyim." Masasının yanındaki mini dondurucudan koyu mavi bir buz torbası çıkarıp yanıma geldi.

"Burnunun üzerine ve yanaklarına bunu koy biraz. Çok fazla tutma ama. Bunları biliyor olman lazım, yanlış bir şey yaparsan gözüme görünme." İki gündür her kanadığında yanlış tedavi yöntemlerini uyguladığımı bilse beni yaka paça kovacağını biliyordum. "Biraz daha mor olsan yeşil Hulk'ın mor versiyonu gibi görüneceğinden haberin var mı?" Kollarını göğsünde birleştirmiş bir şekilde masasına yaslanmıştı. Gergin ve hatta biraz da sinirli olduğunu görebiliyordum ama bu durumda bile bunları söylemesi biraz daha iyi hissetmemi sağladı.

"Siz bir de beni görüşlerle boğuşurken görün. Jean Grey'i bile ağlatacak kadar havalı oluyorum." Dudaklarına yayılan sönük bir gülümsemenin ardından yaklaştı ve elini sırtıma koyup sakince sıvazladı.

"Sana hâlâ inanmıyorum," dediğinde bile bozamadı moralimi. Sırtımı sıvazlarken desteğini sonuna kadar hissetmek için öylece durdum elinin altında. "Ama bir kere aklımı karıştırdın ve şimdi Çağlar için endişe ediyorum. Ah, keşke bu akşam hiçbir şey olmadan bitse de seni bir güzel azarlasak."

"Keşke bu akşam hiçbir şey olmadan bitse de beni bir güzel azarlasanız." Burnumun kanaması tam olarak kesildiğinde kanlanmış peçeteleri çöpe atıp ayaklandım. Şu sıra sessizde unuttuğum telefonumda Çağlar'dan beş cevapsız arama vardı. Saat neredeyse on iki olmak üzereydi. "Artık tutmayın beni."

"Çağlar'la bunu konuşma. İkimiz halledelim. Maçı iptal etmemiz şu saatten sonra imkânsız ve nasıl durduracağımızı bilmiyorum ama Çağlar'a anlatman hiçbir şeyi değiştirmeyecek. Bu akşam orada öleceğini bilse bile..." Cümlenin sonuna doğru düşen sesi ve tüm bedenine yayılan irkilmenin ardından, "bu maça çıkacağını senin de biliyor olman gerekir," diye ekledi.

"Geleceğimiz bile kesin değilken kesin gördüğümüz yargılara nasıl güvenebiliriz? Çağlar'ın bana inanmama ihtimalinin daha ağır bastığını ve bu maça çıkacağını biliyorum ama denemeden nasıl vazgeçebilirim?" *Onu seviyorum,* diye tamamladım içimden cümlenin sonunu. *Ve bunu ona söyleme fırsatım bile olmadı.*

"Dediğim gibi seninle elimizden geleni yapalım ama Çağlar'a söyleme. Gerekirse kendimizi sahaya atar yine de engelleriz. Sen orada olduğun sürece sorun olmayacak. Belki o an başka bir görüş gelir?"

"Bana inanmıyorsunuz ama benimle birlikte hareket edeceğinizi mi söylüyorsunuz?"

"Çağlar'ı seven bir sen misin sanıyorsun? Kardeşimden farksızdır o benim için. Ona zarar geleceği düşüncesi bile her şeyi yerle bir etmeme yeter. Tabii garip bir kızın gelip, geleceği görebildiğini söylemesi beklentilerimin dışındaydı, orası ayrı."

"Hocam... Ciddisiniz, değil mi? Beni geçiştirmek için söylüyorsanız size bunu ödetmeden bırakmam." Gözleri bugün ikinci defa kocaman açılan Fatih Hoca ellerini masum olduğunu gösterircesine kaldırdı.

"Yemin ediyorum, geçiştirmiyorum. Vay canına Hera, gerçekten korkutucusun."

Kapıya doğru ilerledim ve odadan çıkmadan önce son bir kez ona döndüm. "Haberiniz vardır muhtemelen, sağlık ekiplerine tetikte olmaları için bir saat verdim. Siz orada olacaksınız, ben orada olacağım. Baktık ki kendimizi sahaya atsak da değişmedi bir şeyler, ilk yardımı en iyi şekilde yapmalıyız. Ne olacağını bilmiyoruz ama Boban Jankovic'i benden daha iyi biliyor olmalısınız. Pota korumalığına kafa attıktan sonra felç kalsa da inanılmaz bir ilk yardım faciası olarak geçiyor tarihte. Bunun tekrar olmasına izin veremeyiz."

"Sen orada ol yeter." Başımla onayladıktan sonra ofisten çıktım. Ne kadar doğru yaptığım konusunda hâlâ şüphelerim vardı ama tek başıma değildim. İki kişi bu işin üstesinden daha kolay gelmez miydik?

"Neredesin sen?" Koridorun diğer ucundan seslenen Çağlar her zamanki takım eşofmanlarıyla bana doğru koşmaya başladığında olduğum yerde bekledim. Gülümsemeye çalıştığım çok belli oluyor muydu bilmiyordum ama elimden geldiğince doğal davranmaya çalıştım.

"Ben de tam aşağı iniyordum. Fatih Hoca ve işleri… Biliyorsun, beni yakaladı mı bırakmıyor."

"Neler oluyor Hera? Neden iki gündür bu haldesin ve neden bana hiçbir şey anlatmıyorsun?" Yanağıma dokunmak için elini kaldırdığında birkaç adım geriledim. "Ve neden sana dokunamıyorum? Neden on kişiden dayak yemiş gibi mosmor her tarafın?"

"Öğreneceklerinin sonunda bu akşamki maça çıkmanı istemiyorum desem, yine de öğrenmek ister miydin?"

"Sana bu meselenin konuşmaya açık olmadığını söylemiştim." Konu hiç iyi bir yere gitmiyordu ama Çağlar tur otobüsüne çağrıldığında daha çok panikledim. Bu şekilde gönderemezdim onu. Sarılmak istiyordum ama morluklarla doluydum. Elimden öylece gidiyordu. "Akşam konuşacağız. Maçtan sonra hiçbir yere ayrılma." Gitmeye yeltendiği sırada tuttum tişörtünden. Kalp atışlarım delice hızlanıp, oracığa çökerek gitmemesini söylememek için kendimi zor tutarken daha da doldu gözlerim.

"Hera." Odasının kapısından seslenen Fatih Hoca'nın sesi bile tişörtünü bırakacak gücü veremiyordu bana. Yaklaşıp elini başıma koydu ve eğilip sağlam olan yanağımı hafifçe öptü. Burnuma dolan kokusu, sürekli yanımda hissetmek istediğim varlığıyla baktı gözlerime. "Seni böyle bırakıp gitmek hiç içime sinmiyor."

"Ataman! Gitmemiz gerekiyor!" Otobüs için aldığı başka bir çağrı geri çekilmesine neden olduğunda bıraktım tişörtünü.

"Şimdi gidiyorum ama dediğim gibi akşam hiçbir yere kaybolma."

Ve gitti.

Adım adım benden uzaklaştığı her saniye nefeslerim daha da sıklaştı ve kalbim o kadar hızlıydı ki az sonra patlayacakmış kadar güçsüz bir kalbim varmış gibi hissediyordum. Gözlerimin önünde kapıdan çıktığında istemsizce ona doğru yürümeye başladım. Gitmesini istemiyordum. Göz göre göre gitmesine nasıl izin verebilirdim? Otobüsün kalkmaya hazırlandığını duyduğumda daha da hızlandı adımlarım. Şapkamın ne ara düştüğünü, saçlarımın ne ara dağıldığını anlamasam da gün ışığına çıktığında görülebilen tüm morluklarımla atladım otobüsün yoluna. "Hera!" Arkamdan koşturan Fatih Hoca bile durduramadı o an beni.

Motoru henüz çalıştıran şoför bir yandan çekilmemi işaret ederken bir yandan da Fatih Hoca'ya bakıyordu. Arkadan nasıl bir işaret aldığını bilmiyordum ama çekilmemi belirttiği işaretlerini kesti ve otobüsün camından garipliğimi izleyen oyuncular gibi izlemeye başladı.

Otobüsün içine girmeye karar verdiğimde kapı tarafına yönelmiştim ki açılan kapıdan Çağlar'ın gergin bakışlarla indiğini gördüm. Elim ayağıma dolanır gibi oldu, adım atamadım ve olduğum yerde kaldım. Ağlamak istemiyordum ama o kadar çaresizdim ki dolu gözlerim ve sık nefeslerimle korkutucu bir görüntü sergiliyor olmalıydım.

Sakin adımlarla yanıma geldiğinde dayanamadım ve kocaman sarıldım ona. Gücü azalacaksa bile akşama daha çok vardı. Dinlendiğinde kendine geliyordu ve gelemese bile şikâyetim olmazdı.

Aynı geçen gün sahada dinlediğim gibi dinlemeye başladım kalp atışlarını. Birkaç damla gözyaşım tişörtünü ıslatırken dinleyebildiğim kadar dinledim. Bir tarafım iyi olacağına inansa da kötümser tarafım bu sesi bir daha duyup duyamayacağından emin değildi. "Özür dilerim," diye mırıldansam da o kadar güçsüzdü ki sesim, ben bile zar zor duyuyordum. Bir eliyle başımı sevgiyle tutarken bir koluyla da belimi sarıp iyice çekti beni kendine.

Otobüstekilere birkaç dakika içinde döneceğini söyledikten sonra geri çekildi ve elimden tuttuğu gibi kompleksin gözden uzak arka bahçesine götürdü beni. Gözlerimin içine sevgiyle bakmaya başladığında ne diyeceğimi bilemedim. Parmaklarının ucuyla saçlarımı geri attı ve yüzümü şöyle bir okşadı. "Seni bu kadar endişelendiren ne, Hera?" diye fısıldadı beni sakinleştirmek istercesine tatlı bir sesle. "Güzel Hera'm... Endişelenme."

"Bir daha beni görememe ihtimalin olduğunu bilseydin... endişelenmeden durabilir miydin?" Sorgulamasını, merak etmesini, kendi için endişelenmesini ve hatta gitmekten vazgeçmesini istiyordum ama o bunlardan hiçbirini yapmayacaktı, biliyordum. Belli belirsiz gülümsedikten sonra bir kısmına morlukların uzandığı dudaklarımı öptü. Avuçlarımın içine topladığım tişörtünü daha çok sıkıp karşılık verdim öpüşüne.

Sakin ve sevgi dolu öpüşüne karşılık yorgun ve karamsar hislerim birbirine karışmış gibiydi. Geri çekildiğinde sendelemesini ya da gücünü kaybettiğini görmeyi beklesem de hâlâ aynıydı. "Ne şekilde olursa olsun sana geri geleceğim," dedikten sonra ön tarafa kısa bir bakış attı. "Şimdi gitmek zorundayım."

"Neden sormuyorsun?" diye bağırdım benden birkaç adım uzaklaştığında. "Neden böylesin? Ne biliyorsun? Neden beni tutmaya çalışıyorsun? Neden bu kadar kötüsün? Neden... Neden hiçbir şey sormuyorsun, Çağlar!"

Tekrar bana döndüğünde aslında onun da gergin olduğunu bakışlarından anladım. Ellerini eşofmanının cebinde yerleştirip rahat bir duruş sergiliyor olsa da gözlerine ulaşmayan gülümsemesi o kadar da rahat olmadığını gösteriyordu. "Sordum, Hera," dedi üstüne basa basa. "Kaç aydır sana neden böyle olduğunu, neden bu kadar kötü olduğunu sorup durdum. Sormamı istemediğin zamanlarda da sordum, evinde de burada da hep sordum. Şimdiye kadar hiçbir şey söylemek istemeyen sendin. Bu kadar önemli bir günde de ben duymak istemiyorum. Sana söyledim, yaşasam da ölsem de sahada olacak. Basketbol benim hayatım."

Başımla onaylayabildim sadece. Kendimi toplamak zorundaydım. "Sözünü tut. Ne şekilde olursa olsun bana geri dönmek zorundasın." Güzel ve unutamayacağım bir ifadeyle gülümsedi ve elleri ceplerinde ön kapıya doğru yürürken bu sefer sessizce izledim onu.

Bir yandan hâlâ nasıl sakinleşeceğimi bilmiyor, paçasına tutunmak zorunda kalsam bile onu göndermemeyi istiyordum. Bir yandan ise aslında çoktan içimde bir şeyleri bitirmiştim, akşam için enerji topluyordum. Çağlar'ın gidişinin ardından dakikalar geçmesine rağmen bir süre olduğum yerde kalakaldım. Fatih Hoca geldiğinde akan burnumu koluma silmeye yeltenmiştim. O ise yine peçete uzattı bana. "Topla kendini, biz de gidelim."

"Üzerimi değiştirip öyle geleceğim," dedim tişörtümü işaret edip. Her yerim kan olmuştu. Onlar hem ısınmak hem de son antrenmanlar için önceden gidiyorlardı oraya. Tişörtüm siyah olsa da ıslaklığını hâlâ koruyan kan lekeleri rahatsız hissetmememe neden oluyordu.

"Tamam, biz geçeceğiz üç gibi. Rahat rahat bir saatin var ama sakın geç kalma."

Ellerimle yüzümü ovuşturduktan sonra yola koyuldum. Başımdaki yoğun ağrı için yapacağım hiçbir şey olmamasına karşın umutluydum ama her geçen dakika gücüm tükeniyor gibi hissediyordum.

Komplekste evimin bulunduğu yöne giden bir personelin arabasına binip beni bırakıp bırakamayacağını sordum. Neyse ki kibar bir beyefendiydi. Beni evime bırakabileceğini söylerken şöyle bir baktı ve onun dışında rahatsız olacağım hiçbir hareket ya da bakışta bulunmadı. Tek kelime etmediğim için üzgündüm ve ortamın garipleştiğinin farkındaydım.

Apartmanımın önünde indiğimde kısa bir teşekkür faslı geçirdik. İstersem hazırlandıktan sonra beni tesise götürebileceğini söyledi ama geri çevirdim. Yeterince gerilmişti yanımda ve her şeyden önce ben huzursuzdum. Yalnız gidersem daha iyi olacağını biliyordum.

Tüm yorgunluğumu yüklenip ağır adımlarla merdivenleri çıkarak kendimi eve attım. Fakat tam kapıyı kapatmak için döneceğim sırada başımın arkasındaki yoğun acıyla yere yığıldım. Elimi başımın arkasına götürüp bulanıklaşan görüşümle elime baktım. Kanıyor gibiydi ve işin kötü yanı zaten bitkin olan bedenim güçlü kalmayı deneyemiyordu bile. Gözlerim bir kapanıp bir açılırken tanıdık bir koku doldu burnuma.

Biri kollarımı tutup beni salona doğru sürüklerken gözümün önünde beliren tek yüz Gizem'in yüzüydü. Kokulara duyarlı burnum bu kokuyu daha önce test etmişti. Ve ayakkabıların kesinlikle ona ait olduğunu biliyordum. Doğum gününde onun için mutlulukla seçtiğim ayakkabılar yavaş yavaş kaybolan görüşüme sızan son görüntülerdi. Bir şeyler söylüyordu ama anlamıyordum. 'Neden?' Merak ettiğim tek şey Gizem'in bana bunu neden yaptığıydı.

Bütün bunların rüya olduğunu bilerek uyanmak ama öncesinde uzunca uyumak istiyordum...

Başımı koparıp atmak istediğim iğrenç bir ağrıyla açtım gözlerimi. Şakaklarımı tutarken kalkmaya çalıştım ama her tarafım zonkluyordu sanki. "Neler oluyor?"

Dizlerimden destek alıp ancak emekler gibi kendimi yerden ayırmayı başarabildim. Bulanık görüntüler arasında sehpayı seçebildiğimde sağlam tahta parçasına tutunup oradan koltuğa bıraktım kendimi. Başımı iki yana sallayıp toparlanmaya çalıştım. Karanlık evimi aydınlatan tek ışık penceremden vuran sokak lambasının ışığıydı. Tam bir boşluğun içinde gibiydim. Dünya bensiz dönüyor, saniyeler beni etkilemeden akıp gidiyormuş gibi hafiftim.

En son neler olduğunu hatırlamaya çalıştığımda şimşekler çaktı beynimde. Parkedeki kana, kapının yanındaki ikiye ayrılmış telefonuma ve halının ortasına kadar dağılmış çantama baktım. Birinin başıma vurduğu anı anımsadım ilk önce ki başımdaki ağrı bunu desteklercesine yoğundu. Hatırlamam gereken tüm anlar da peşinden geldi.

Saate bakmak için telefonuma koştum ama kapalıydı. Duvar saatimin de pilini dün akşam çıkarmıştım sessizlik için. "Saat kaç!" diye bağırdım evin içinde deli gibi dönüp dururken. Bilgisayarın düğmesine bastım ama açılana kadar bekleyecek sabrım bile yoktu. Ne çantam, ne anahtarım ne de başka bir şey… Hiçbir şeyi düşünemeyecek kadar gözüm dönmüştü, kendimi evden dışarı attığımda kararan hava daha çok paniklememe neden oldu.

Ana caddeye doğru son hızda koşarken geçmişteki görüşlerim geliyordu aklıma. Bu sahneyi daha önce görmüştüm. Gözlerim kocaman açılmış bir halde saatime bakıyorum.

Geç kalıyorum!

"*Geç kalamam!*" diye bağırdım koşarken. Görüşlerimin detayları zihnime dolduğuna göre biraz da olsa zamanım vardı. "Saat kaç acaba?" diye sordum yoldan geçen bir kadına. Soluk soluğa kalmış halime, kirli kıyafetlerime ve yüzüme baktıktan sonra yüzüne dehşet ifadesi yayılsa da telefonunu çıkardı.

"20:22"

Koşmaya devam ettim ana cadde üzerinde. Elimi kaldırdım, arabaların beni görmesini istiyordum. Bu kadar zor değildi. Niye kimse durmuyordu?

Kimse durmuyor, hiçbir araba durmuyor.

Gitmeliyim.

Daha fazla zaman kaybedemem.

Yetişmem için bir arabanın önüne atlamam gerekse de önemli değildi. Birkaç dakika geçmişti bile ama kimse durmadı. Ne kadar kötü görünürsem göreyim yardıma ihtiyacım vardı tam da şu an. Şimdi yardım etmezlerse daha ne zaman edeceklerdi? Göz göre göre geri çevriliyordum her seslenişimde. En sonunda gözümü karartıp kendimi resmen yavaşlamakta olan bir taksinin önüne attım.

Orta yaşlı bir şoför arabadan iner gibi oldu ama kapıdan bağırmak daha kolay geliyor olmalıydı. "Ne yapıyorsun be kardeşim! Eceline mi susadın?"

"Hiç param yok!" diye bağırdım tamamen panik halinde. "Ne olur beni Arena Mega Spor Salonu'na götürün. Yemin ederim ödeyeceğim paranızı. Çok acil bir durum. Lütfen." Neye uğradığını şaşıran adam ilk önce duraklasa da ardında arabayı işaret etti.

Vakit kaybetmeden bindim ön koltuğa. "Teşekkür ederim," derken ağlamaya başlamıştım bile. Kaç dakikam kaldığını ya da yetişip yetişemeyeceğimi bilmiyordum.

Ne kadar da uzaktayım.

Neden uzaktayım?

Delice ağrıyan başımı ellerimin arasına alıp sakinleşmeye çalıştım. Taksi şoförü halimi gördükçe hızlanıyordu neyse ki ama yeterli olacak mıydı? Radyoya uzandım ama çalışmadığını anladığım an ikinci bir hayal kırıklığı daha yaşadım. Beklemekten başka şansım yoktu, yerimde oturmakta zorlanıyordum. Camı açıp nefes almaya çalıştım.

"Ne kadar kaldı?" Adamı da korkuttuğumu biliyordum ama bu durumda başka türlüsü gelmiyordu elimden.

"Birazdan oradayız."

"Gizem, seni ömrümün sonuna kadar affetmeyeceğim. Nasıl yaparsın bunu bana? Neden?" diye söylendim ağlamaya devam ederken. Fatih Hoca ne yapacağını biliyor muydu? Saati hatırlıyor muydu? Çağlar iyi olacak mıydı?

Maç günü olduğu için müsabakanın yapılacağı salona yaklaştığımız an trafiğe takıldık. "Bak, şu ilerideki ışıkları görüyor musun?" dedi adam en az benim kadar endişelenirken. "Koşarsan beş dakikaya yetişirsin ama bu trafikte, arabayla on beş dakikayı geçer oraya ulaşman."

"Kartınızı verin," diye bağırdım arabadan inerken.

"Boş ver kartı. Allah yardımcın olsun," dediğinde dolu gözlerimle teşekkür ettim ona ve koşmaya başladım. Tutmayan bacaklarıma rağmen kalan tüm gücümle ilerlemeye çalışıyordum.

Hafif meltem dağınık olan saçlarımın içinden geçip darbe yediğim kısmı serinletirken koşabildiğim kadar koştum. Kaldırımdaki insanlara çarpa çarpa ve çoğu zaman sendeleyerek koşarken gücümün son kırıntılarını kullandığımı biliyordum. "Hadi!" diye bağırdım hızımı arttırmaya çalışırken.

Dakikalar sonra spor salonunun kapısına geldiğimde aldığım her nefes ciğerime bıçak gibi saplanıyordu. Nefes nefese kaldığım yetmiyormuş gibi dönen başım ayağımı yerden kaydırmaya çalışsa da direndim. Kapıya yaklaştığım sırada iki güvenlik görevlisi karşıladı beni.

"Biletiniz?" dediğinde ne demek istediğini o an için idrak edemedim.

"Bilet mi?" Durup birkaç saniye düşündükten sonra kendime geldim. "Kristal Dinamo Spor Kulübü'nde çalışıyorum ben. Hera Koçoğlu."

"Personel kartınızı görebilir miyim?"

"Hiçbir şeyim yanımda değil. Lütfen içeri alın beni. Çok önemli bir durum var."

"Alamam hanımefendi, hem maç başlayalı çok oldu." Kendimi ileri atıp aralarından geçmeye çalıştım ama iki güvenlik görevlisi kollarımdan tutup beni geriye doğru iterken ne yapacağımı bilmiyordum.

"Bakın, doğruyu söylüyorum!"

"Hera? Ne yapıyorsun?" Elindeki sigarasıyla yanıma doğru koşan Selçuk'u gördüğümde dizlerimin bağı çözüldü.

"Kartın yanında mı? İçeri girmem lazım, kartım yok," dediğimde güvenliklere döndü kurtarıcım.

"Size her maç öncesinde bir liste veriliyor. Personel isimlerini oradan da takip edebilirsiniz. Hera Koçoğlu benimle birlikte." Güvenlikler istemeyerek de olsa geri çekildiğinde onu beklemeden koşmaya başladım içeri doğru. "Bekle beni!"

"Saat kaç?!" Bağırışım arkamdan koşmakta olan adamı durduğunda bile yavaşlamadım.

"20:39!" diye bağırdığı anda içeriden müthiş bir çığlık koptu. Salonun girişinde öylece kalakaldım. Çığlık sesleri kulağıma dolarken zorla yutkundum ve tekrar hız kazanmadan önce dönen başımı kontrol altına almaya çalıştım.

Salonun içine adım attığımda kendimi görüşümün içinde gibi hissediyordum. Bu kadar uzak ve dışarıdan görmemin nedeni gerçekten de uzak ve dışarıda kaldığımdan kaynaklanıyormuş demek... Fatih Hoca ve sağlık ekipleri sahanın ortasına toplanmışlardı.

Bir kişi daha vardı.

Gizem, kana bulanmış elleriyle Fatih Hoca'nın hemen sol tarafında bir şeylerle uğraşırken yüzündeki dehşet ifadesini ne düşüneceğimi bilemeyerek izledim.

Olduğum yerde kalmamı ve her şeyden kopmamı sağlayan esas görüntü ise insanların bacakları arasından ya da aralarında bıraktıkları boşluklardan görebildiğim Çağlar'dı. Yerdeydi.

Kolları iki yana açılmış bir şekilde uzanıyordu. Başındaki onca insana rağmen uzakta durmuş onu izlerken bütün salon başıma yıkılıyormuş gibi hissediyordum.

Yıkılıyordu da.

Ölüyormuşçasına hissettiğim bu ağrının başka bir nedeni olamazdı. Farkında olmadan dizlerimin üzerine çöktüm, aldığım nefesler dudaklarımın kenarındaki ıslaklığı daha çok hissetmeme neden olurken seslice yutkundum. Son bir defa bulunduğum andan koptuğumu hissederken ağzımdaki paslı tada bile aldırmadan onu izlemeye devam ettim.

Tüm değişken görüşlerim, morluklarım ve çabalarımla ben, Hera Koçoğlu. Başarısız olmuştum.

Bazı insanlar için başlangıç neresiyse son da orada yeşeriyordu.

Bu bir başlangıç mıydı yoksa sonumuz daha yeni mi başlıyordu?

Devam edecek...

Milyonlarca teşekkürüm var size!

Ağustos 2016'da başlayan Çemberin Altında serüvenimin içinde şimdiye kadar değişen çok fazla şey oldu. Ben de buna dâhildim ama en nihayetinde bu yazıyı yazarken aklımda sadece sevdiklerim ve desteğini sonuna kadar hissettiğim mükemmel insanlar var.

Çocukluğumdan beri yazma tutkumu besleyen ve yazarken bile düşüncelerini merak ettiğim **okurlarıma** ilk teşekkürüm. Yazmaya başladığım ilk zamanlarda bile yazdıklarımı okuyup gelişmemi sağlayan birçok okurum vardı yanımda. Yazarlık hayatımın en değerlisi sizsiniz ve bu hiç değişmeyecek.

İkinci teşekkürüm ise *"Yazıyorum ya, şimdi gelemem,"* ya da *"Gerçekten odaklanmam gerekiyor,"* diyerek görüşmelerimizden bile fedakârlık ettiğim **aileme**. Annem Muradiye Özcan ve hayatımdaki en büyük hazinem sevgili kardeşlerim **Gizem Aydeniz, Gizay Aydeniz ve Besti Aydeniz'e** çok teşekkür ediyorum.

Şu an hastalığını atlatmak için yoğun bir savaş verdiğimiz babam Ekrem Aydeniz'e ise ikinci kitabımın sonunda iyileştiği için teşekkür edebilmeyi diliyorum.

En canımın içi **İrem Demirbaş'a** hayatımda olduğu ve beni desteklediği için hep minnettar kalacağım. Gecenin ilerleyen saatlerine kadar benim için uyanık kalması, uyumamam için sabahın ilk ışıklarına kadar attığı mesajlar, kurgu sohbetlerimiz ve bitmeyen motivasyonlarıyla geçirdiğim sürecin en parlayan parçası kendisi.

Son dönemde ise EXO'nun kendi mükemmel varlığı yetmiyormuş gibi hayatıma kattığı bazı tatlı insanlar bu sürecin güzel geçmesindeki en büyük etkenlerden biriydi.

Tatlı, düşünceli, dünyanın ve kalbimin en ponçik gezgini **Büke Çelikdemir'e,** birçok anlamda ortağım ve değerlim **Dilek Karaçöl'e,** neşesi, bol sevgisi, çoğu noktada benzerliklerimizle ikizim gibi hissettiğim ve ne zaman arasam benim için orada olan **Asena Kaleli'ye,** gelecekteki şirketimin yöneticisi ve bana sonsuz inancına minnettar olduğum **Özlem Karakuş'a** çok teşekkür ederim.

Ephesus ailesine ayrıca teşekkür ederim. Burada olmak çok yeni bir hikâyenin başlangıcı gibi benim için. Bu süreçte kitaplarımı sizinle buluşturmama olanak sağlayan **Mustafa Güneş'e,** teşekkürlerimi sunmak istiyorum.

Son olarak kitabımdan emeğini esirgemeyen sevgili editörüm **Şeyma Hanım'a** ve **Çemberin Altında** için sevgiyle uğraşan herkese çok teşekkür ederim.

Gamze AYDENİZ

02:02
Ayçiçeği Karnavalı
N.G. KABAL

Erin büyüye olan ilgisini ve son zamanlarda edindiği gotik tarzını çevresindeki herkes gibi bir ergenlik evresi sanmaktadır. Benzemeye çalıştığı o cadılardan biri olabileceğine ihtimal vermez. Fakat bir gün, kendini Vhartlox Cadı Akademisinde bulur. Her şey bundan ibaret değildir. Karanlık doğası ve sınırları zorlayan gücüyle Erin; tehlikeyi kendine çeken kişi değil, tehlikenin bizzat kendisidir. Bu durum, akademinin altına hapsolmuş kadim bir varlığın dikkatini çeker ve başına geleceklere kimse engel olamaz. Tanrıların hüküm sürdüğü zamanlardan kalan bir dava yeniden su yüzüne çıkmak üzeredir.